孙家正 著

文化境界

——与中外友人对谈录

文汇出版社

文化从何而来？由人化文；文化是做什么的？以文化
人。了解当代中国文化，就是了解当代的中国人。

——孙家正

寻找与守望

代序

拨开岁月的迷雾
远离现代的喧嚣
攀缘峭立的山崖
踏遍那荒草萋萋的古道

寻找　寻找　寻找
一千遍一万遍地寻找

寻找源头
寻找根脉
寻找回家的小路
寻找我的魂牵梦绕

多少个严寒酷暑
多少个孤灯通宵
凝视你尘封的斑驳
感受你会心的微笑

守望　守望　守望
一千年一万年地守望

守望初衷
守望未来
守望精神的家园
守望一个民族的骄傲

二〇〇五年七月赴敦煌途中

编者的话

　　那是在2005年夏日，在陪中央领导同志飞往敦煌的专机上，文化部部长孙家正与国家文物局局长单霁祥很自然地谈到了文物和文化遗产的保护，谈到考古、文物工作的清寂和艰辛……单霁祥建议孙家正为全国考古和文物工作者写一首歌，于是就有了卷首作为代序的这首诗。"寻找与守望"，是许许多多文化人的生命轨迹和精神归宿，其程途也漫漫，内蕴着太多的挚爱与忠贞，凝集着太多的坚毅与持守。此诗一经吟成和谱出，便在文物和文化界传唱萦回，正在于它形象地表达了几代文化人的志节与心声。

　　诗要有特别的情怀。"寻找与守望"，也是孙家正的心灵写照。他毕业于南京大学中文系，1994年出任广播电影电视部部长，后转任文化部部长至今。孙家正写的诗并不多，但每一篇都出自衷肠，出于自己的真实感受和体悟。他是中华文化一个充满责任感的守望和建设者，同时又在为提升当代中国文化艺术的国际地位、为维护世界文化多样性不断地寻找求索。

　　"文化是人类的一个梦，而我们就在不断追求、实现这个梦想的过程中向前发展。"孙家正在会见韩国希杰集团掌门两姐弟时这样说，于其他场合也有过类似的表述。这里所说的"文化"，是指包蕴着无限丰富和精彩的多样性文化；而"人类的梦"，则是对胡锦涛主席所倡导的"和谐世界"理念的诗意阐释。这是文化的理想境界，寄寓着一代代人的信念与操守，自尊与兼爱，责任与担荷，以及为了梦想成真不断前行的坚实步履。

本书所收录的，皆是孙家正会见中外友人时的谈话。交谈者有世界上的著名政治家和文化名流，有各国文化部长或主管文化、外交的官员，也有一些国际大型文化传媒集团的掌门人。这些会谈是朋友式的，如拉家常、话桑麻，如切如磋，如琢如磨。话题并不总是轻松的，但他的谈话始终坦诚恳切，不疾不徐，不回避任何问题。正是由于中华文化的统绪绵长和博大精深，他才有那种自然流显的谦冲平和；正是由于倡导世界文化的多样性，他才会对不同国家的文化有一种真诚的欣赏赞美；正是由于经历了二十多年改革开放的现代化进程，他才更要不时提醒中外友人：我们还有一些地区的农民没有脱贫……

孙家正是中国文化的代言人，是构建世界多元文化格局的倡导和参与者，又是一个认真倾听的谈话对象，他曾经说过："人需要倾诉，也需要倾听，倾听往往比倾诉更重要。倾诉和倾听都要用心。"以心印心，心心可通。从本书中，我们可以看到孙家正与许多来访者都成了朋友，可以看到他对文化演进与体制改革的思考，可以看到他就文化产业的国际化向中外友人的真诚请教，也可以看到他捍卫中华文化独立品格、拓展中华文化国际影响力的决心。作为一个拥有五千年文明史大国的文化部长，他当然不缺少文化自信，这却使他更加坦率，更加温润，更能直面当今的问题和症结；面对着纷繁多变的国际局势，他理所当然地表述严正立场，但即便在此时，他也能做到有理有情、有利有节。坦荡平实是这些谈话的基调，但也时时闪现哲人思致和理想光华，智者之间交锋论辩的风采亦缤纷可掬。

本书是根据文化部外联局礼宾处的录音整理稿编选的，有以下几点需要说明：

一、所有篇目和子题，均出自孙家正与中外友人的谈话内容；

二、篇目下以题记或按语方式，对会见和谈话要点进行说明，重点人物则酌加小注，以便读者；

三、正文尽量忠实于谈话的原貌，但对其中问候语、涉及具体项目或事务的地方作了一些删减，对过于口语化之处亦由作者本人作了调整润色；

四、本书所配图片多出于会见现场时拍摄，亦选用了一些相关资料。

谨此。

目录

▲ 胡锦涛主席与希拉克总统在巴黎参观中国文物展

▲ 希拉克总统参观在巴黎大宫殿举办的《神圣的山峰——中国古代绘画珍品展》，并留言。

▲ 与法国文化通讯部部长阿亚贡在凡尔赛宫参观《康熙时期艺术展》

▼ 与北京和巴黎两位市长在巴黎共度春节

▼ 沉浸在中国艺术氛围中的法国小女孩

在美国华盛顿肯尼迪艺术中心举办的"中国文化节"开幕式上致欢迎词并剪彩

▲ 与美国政治、经济、文化界名流在一起。

▼ 华盛顿的肯尼迪艺术中心从此有了一个中国厅

▼ 与世界传媒巨头默多克亲切交谈

▲ 美国石油巨子海夫纳夫妇都是中国艺术的爱好者

▼ 驻美大使周文重（左二）为中国文化节的成功举办而兴高采烈

▲ 与法国总理拉法兰握手

▲ 与卡斯特罗相会于墨西哥总统就职典礼上

▼ 在索菲亚会见保加利亚总统

▲　在伊朗参观博物馆

▼　中国画展在保加利亚开幕

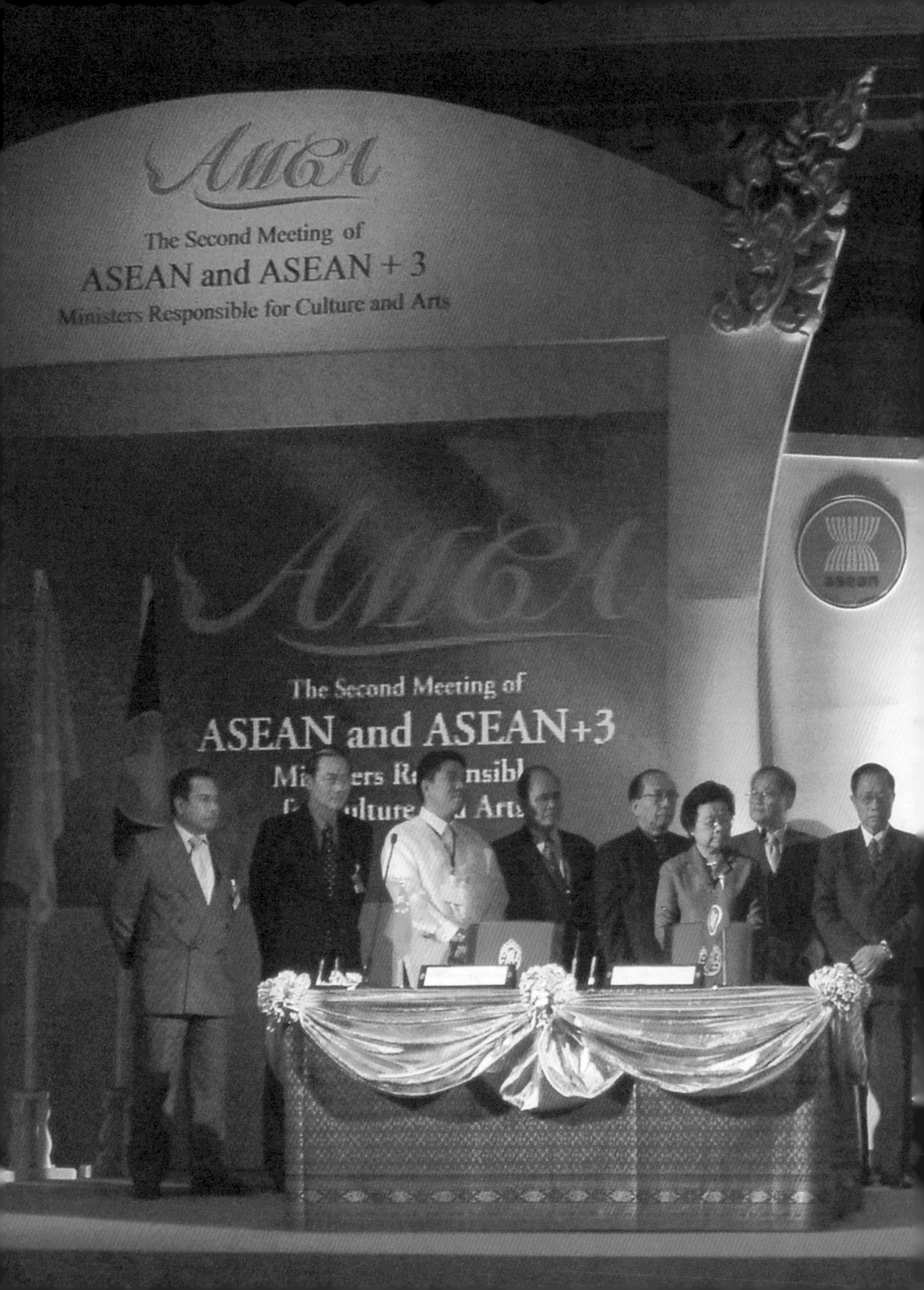
AMCA
The Second Meeting of
ASEAN and ASEAN + 3
Ministers Responsible for Culture and Arts
AMCA
The Second Meeting of
ASEAN and ASEAN+3
asean

▲ 在克罗地亚国际多边会议上致辞

▲ 与纳米比亚前总统努乔马在海豹滩合影

▼ 在联合国总部会见安南秘书长

▲　与乌兹别克文化部长小叙

▼　与龙新民同志在瑞士参观

▲ 伫立在马克思墓前

chapter 1

热爱自己的国家，同时以博大情怀面对世界

会见美国前国务卿基辛格时的谈话

2005年5月10日，孙家正部长在文化部会见了美国前国务卿基辛格先生一行，就中美关系以及两国文化交流等广泛话题进行了亲切友好的交谈。文化部部长助理丁伟、中国战略学会副会长龚显福和美国前驻华大使芮效俭等会见时在座。

孙： 有两年没见您了，看到您身体很好，我非常高兴。2002年国际博物馆协会的会议在北京召开，当时您参加了。而在2000年，我们见过两次面。当时我在美国广播电视博物馆向美国朋友发表演讲，承蒙您到会，并作了热情洋溢的讲话。后来在英国伦敦国际博物馆理事会会议上我们又见面了，而且还单独进行了会谈。当时在座的有驻英的公使衔文化参赞丁伟先生，他现在是部长助理。

中美两国关系发展到今天，人们都不会忘记当年为打开中美关系做出贡献的两国领导人和一些杰出的政治家。中国人讲究"吃水不忘挖井人"，当初您也是参与挖井的重要人物之一。从您第一次到中国，一转眼30多年过去了。据我所知，您每次来中国，我国领导人都会见您，与您就中美关系和国际事务重大问题交换一下看法。与您相比我是晚辈，您带病为我主持在美国的演讲会，并且多次在国际场合见面时以忘年之交的身份和我交谈，我很感念。如果您有什么问题要向我了解的，有什么事情要我办的，我愿意诚心诚意去做，同时我也有些问题想向您请教。

基： 谢谢部长先生。我对我们在广电博物馆的见面仍然记忆犹新。记得当时您宣布广电博物馆可以获得中国多年来的全部电视节目，这对于博物馆非常重要。您的访问为中美文化关系做出了巨大贡献。从我第一次来华到现在已经30多年了，北京已经与1971年的样子完全不同了，让我几乎已经不认识了。此次我也想借此机会与您交流看法，同时介绍我的朋友麦卡班夫人，她已经参与了一些与中国的文化交流项目，也希望能在一些方面帮助中国做些工作。我关注的一个问题就是人们都能看到中国发生了巨大的变化，那么这些变化对于传统的中国文化和中国人的生活有何影响？这一话题我以前没有机会与别人讨论。上周我从《华尔街日报》读到一篇长文，是关于工业化和计划生育对中国家庭结构变化的影响的。我也很想听听您对这方面的观点。谢谢您接待我们。

---

①亨利·阿尔弗雷德·基辛格，1923年生，美国著名外交家。1954年获哈佛大学政治学博士学位，后于该校执教。1968年起担任尼克松总统国家安全事务助理，并任国家安全委员会执行秘书。1972年2月随尼克松访华，为促进中美恢复邦交做出重大贡献。1973年出任国务卿，1974年福特总统当选后留任。去职后多次来华，继续为中美友好及两国间的文化交流做工作。基辛格的主要著作有：《核武器与对外政策》、《选择的必要：美国对外政策展望》、《重建的世界——拿破仑之后的欧洲：重新评价大西洋联盟》、《动荡年代》、《大外交》。

孙: 谢谢。上世纪70年代到现在的近30年里，中国确实发生了巨大的变化。变化之大，连中国人自己都缺乏思想准备。可以说从邓小平先生开始，改革开放、发展经济，基本方针没有改变，但是20多年来，也在不断对这个方针进行适时的调整充实和完善。特别是文化建设方面，可以说中国政府是越来越重视。中国开放了以后，大量的国外文化进入中国，我们首先认为这是一件好事，中国人对世界事务的了解和认识比30年前有了很大变化。我们面临的一个非常现实的问题，是怎样在对外开放的条件下保持中国传统文化的特点，又如何根据时代要求进行新的发展和变化。上个世纪80年代的时候，不少青年认为"一切东西都是外国的好"，最近10年多则有了明显的变化，很多青年人在考虑自己的国家、自己的文化如何在新的时代发展的问题。回归传统是一个明显的趋向，但也不是简单地回复到过去，而是怎样在现在新的时代改造和发扬这个传统。现在到国外留学的学生回国服务的越来越多，一方面是他们感到根在中国，一方面也因为中国市场大，有事可做。

现在文化界讨论的热点问题有两个：一个是民族与世界的关系，一个是传统与当代的关系。经过这些年的实践与思考，我觉得大家正逐步形成共识。青年人认识到，首先要爱自己的国家，但是同时又要爱全人类；要向世界上许多国家，包括美国这样的大国，也包括像非洲许多贫穷的小国学习，非常虚心地向外部世界学习。中国现在这一代青年人热爱自己的国家，同时以博大的胸怀来面对世界。如何处理好传统与当代的关系，是现代化进程中碰到的另一个重要问题。我们一定要继承民族的优良传统，不管怎样不能忘记我们血管里面祖先的基因，但是同时也必须要研究新的情况，创造新的文化和艺术。计划生育对中国的重要性，您是了解的。随着经济发展和对外开放意识增强，控制人口增长在普通老百姓中的自觉程度越来越高，不仅城市，农村自觉生一个孩子的家庭也越来越多了。作为政府，也把重点从过去的限制人口增长，转变为怎样帮助老百姓优生优育，如何把孩子教育好。关于为广播电视博物馆提供中国广播电视节目的事情，这有助于美国公众对中国的了解。我虽然已经离开广电部了，但我还在继续推动这个事情。原来的馆长巴查尔可以说是我很好的朋友，他的去世使我很难过。

基: 是的，你们关系很好。

孙: 我专门给他夫人发了唁电。后来我也和继任的馆长建立了友谊。这

▲ 老朋友见面，话题便可能更加深入，表情也都有些凝重。

次您来，我本来希望时间能更宽裕一点，也想向您请教当前中美关系的问题，以及怎样进一步通过文化推动中美关系的发展等问题。今年胡锦涛主席将访问美国，布什总统也将访华。在此期间，我们将在美国与肯尼迪艺术中心共同举行一个大型文化活动，一个月的文化节。如何办好此类活动？如何搞好中美之间的文化交流？我很想听听您的意见。我10月份可能要去美国，如果当时您在美国，我期待能够再见到您。

基：我还不知道我的具体日程，不过只要知道您访美的具体时间，我将会尽量安排咱们见面。我很希望能参加在纽约或华盛顿举办的中国文化节，我也将乐意在美国为您准备午餐或其他活动。

孙：谢谢。凡是我们在美国的重大活动，您总是非常关心并给予大力帮助。

基：也许您可以告诉我们的前大使先生您何时到美国，以便我们做相应的安排。我期待与您再次见面。

孙：中美关系30年走过的路程实在是非常不容易。所谓文化交流，从本质上讲，就是敞开心扉给人看，让对方看到自己一颗真诚的心。

基：不过从某一个角度来说这是很难的。中国有4000多年的历史，我们美国历史则比某些中国朝代还短。从我的经验来看，在很多问题上，中国人往往采取一种较为长远的目光，而美国人则显得不够耐心。不过即使两国关系有其复杂性，我认为过去30年两国关系总体来看还是在持续稳步发展的。我们适应了环境的很多变化。而且我的印象是，目前两国关系非常的好。我们期待两国元首不久的互访。

孙：今年是中国人民抗日战争和世界反法西斯战争胜利60周年，中国正在紧张地筹备纪念活动。在回忆起这场战争时，中国人民非常自然地想到当时美国政府和人民对中国抗日战争的支持和声援。到时候我们将邀请仍然健在的、曾参加过中国抗日战争的老战士来参加纪念活动。

基：几年前我曾参观重庆的一个博物馆，该馆展示了那个时期的历史，并对美国给予了很高的荣誉。

孙：在我工作过的南京，有个有名的墓地就是美国飞行员的。虽然遗骸都运回美国了，但那个地方仍然是纪念地，人们仍然会去祭扫和吊唁。从文化角度来看，中美两国政府经常会因为一些问题发生争执、争吵，有不同看法，对美国政府的一些政策，包括我在内的中国人也持批评态度，但是两个民族、两个伟大国家人民的情感我认为一直是亲密和接近的。

当年您参与的中美建交的谈判，其实也促进了中日关系。最近二三十年来，中日关系也有很大的发展，特别是经济关系，和中美关系一样也有很大发展。但是非常糟糕的是，中国和日本的政治关系，包括两国民众之间的情感方面，现在已经到了建交以来的最低点。中国政府领导人从胡锦涛主席开始采取了一系列措施，希望在两国关系正常化三个文件基础上改善关系。关于中日关系的问题，我也想听听您的意见。

基：部长先生您也知道，我们一直将中美关系看作是美国与亚洲以及整个世界关系的一个关键因素。同时，我们希望通过把握机会改善外交关系，以创造一个更和平、更稳定的国际秩序。我们理解中国人对历史的记忆，但是我们也欢迎中日关系的改善，对亚洲地区未来有影响的主要国家之间改善关系、加强合作将对大家都有好处。我们鼓励中日关系的改善。从我们的角度来说，我们将同时维持与中国及日本两国关系的热度。美国的有识之士不会让其他任何国家破坏我们与中国之间的关系，因为与中国的关系是非常关键的。我们不会让中美之间对抗，我们之间的关系应是合作的。美国也欢迎本地区其他国家参与这种合作性的关系。

我想请麦卡班夫人谈一谈她的基金会，她有兴趣并已经参与了中美文化交流。可否请她介绍一些情况，她出版了很多艺术杂志，建立了一个鼓励文化交流的基金会，同时她也有兴趣推广中国文化，让美国人及全世界更多的人了解中国文化。

麦：我们公司与1000多个博物馆（主要在美国）、900多个画廊有联系，在全世界15个国家推广艺术，有20多种艺术杂志。我们主要关注艺术人才、介绍各国文化。中国作为文化资源丰富的文明古国，正处在现代化过程中，新建筑比比皆是，中国保存和保护传统文化的工作也面临着很大的挑战。具体来说，我有两个设想。一是参与保护文化遗迹。中国有大量珍贵的文化遗迹，保护也需要本国、联合国教科文组织及各方面的支持。我们作为世界上最大的文化平台机构，愿意参与支持中国保护遗迹并增加旅游。二是帮助中国推广艺术家。中国一位艺术家今年6月将参加威尼斯双年展并被授予奖项，他将是我们在全世界推介的首批中国艺术家之一。我们赞赏中国对于这样的艺术创作的鼓励。

孙：我知道您的事业发展得不错，而且您旗下的杂志《艺术与拍卖》很有影响。从文化部角度讲，我们全力支持您在中国开展业务，与中国艺术单位和艺术家合作。而且这样的合作是一种取长补短的双赢合作。中国人不太善于推销自己。有很多资源、艺术人才通过与国外知名公司合作让世界了解是一件好事。您刚才说的具体项目我认为都是很好的，如果有什么需要我们做的事情，可以直接联系外联局，或者直接与文物局、博物馆建立直接联系。基辛格先生推荐了你，我们更应该把这件事情办好。

基：我也一直很有兴趣关注麦卡班夫人的一些项目和活动，包括已经确定的一个明年将来华的与博物馆有关的摄影图片展。

麦：在推广中国文化方面，我关注到一个具体问题就是保护中国西部地区文化遗迹，很多地方缺水、缺资金，但有很多非常好的文化遗迹，我们这个平台拥有很多在全世界为艺术奔走的人士，可以参与这些基础设施建设，以吸引更多人。

孙：请问是否与国家文物局有过接触？（答：没有。）我愿意为您们做介绍。文物局由文化部领导，负责全国文物和遗迹的管理。对于西部文化遗迹的保护更是具有紧迫性的问题。

基：我想再请问一下10月中国文化节的情况，是否主要在纽约？

孙：主要在华盛顿肯尼迪艺术中心，包括展览、演出等活动，规模大约是600—700人。肯尼迪艺术中心总裁为此也专门来华与我见过面。除了演出和展览之外，还计划举办一些高层恳谈性的活动，以交换意见，主题是中美文化交流当前和长远的方针和项目。我们可以坦诚地讲我们对美国一些政策的看法，美国朋友可以讲对中国政策的看法和建议。

基：举行这样的活动可谓是选择了一个很重要的时机。因为这将让美国公众更全面地了解中国在历史及当代做出的贡献，给中美两国人民以交流观点的机会。

孙：您曾经提起过：中国有些官员在国外的讲话不是讲给外国人听的，而是讲给中国人自己听的，往往对比较尖锐的问题采取回避的态度。我们正在改变这种形象。

基：实际上，美国大部分公众对中国缺乏准确的理解，所以任何可以让公众更加了解中国特性的活动都是有益的。在美国有些群体的特定利益在于散布对中国的消极印象，因此实际接触是非常有用、有效的。还有一些人士，过去30年有机会到中国来，接触中国人，对中国有积极印象，正努力加强和维持这种积极印象。

孙：在与美国朋友交往过程中，我们也感受到两国文化的差异。反省自己，我们在与美国朋友和企业打交道时，应非常坦率地讲出我们的看法和意见。不少中国人讲话常喜欢绕圈子，这个习惯应该改变。而有些美国朋友有个缺点，就是不了解情况也敢于批评。还是应在互相交往中加强了解。

基：我即将就此问题发表一篇文章，这篇文章是在我来华之前几天写的。美国人应当在用自己的方式试图改造其他社会的问题上更加虚心。远在美国存在之前，中国已经治理自己数千年了。

孙：我将期待拜读您的大作，实际上您和大使对中国都已经太了解了。

基：这篇文章也是针对全世界的。

麦：通过文化活动，可以加强交流。因为杂志、电视和其他平台都可以参与介绍中国文化节。

孙：建立联系不光是为了把文化节搞好，更重要是为了延续和加深我们的友谊。麦卡班女士有事可通过丁先生联系，重要的事情可以直接找我，因为我们已经互相认识了。

基：谢谢接待。期待在美国再次与您相会，重叙友情，您可通过大使或直接告知我本人你访美的具体日程。

孙：今晚将要宴请您的熊光楷将军也是我的好朋友，他是一个非常有文化的将军。

基：两年前将军就热情接待过我。上次是一天，现在是一周。

孙：祝您在北京期间能度过非常愉快的一周。

基：我们期待在10月份再次见到您。

chapter 2

中日友好的根在民间

会见日本前首相村山富市时的谈话

2004年2月4日，孙家正部长在文化部会见了日本前首相村山
富市①、日中友好协会会长平山郁夫等日本友人，就中日关系、
中日文化交流等进行了亲切坦诚的交谈。文化部外联局局长丁
伟等会见时在座。

孙: 您什么时候到北京的?

村: 前天。昨天在对外友协礼堂进行了演讲。

孙: 您看起来还是那么精神。

村: 两年之后再见到您, 看见您也非常健康。

孙: 和您相比我是晚辈了。村山先生任首相期间为中日友好做出了巨大贡献。离开这个位置以后, 还在继续为中日友好工作, 令我们很敬佩。中日友好的根在民间, 在社会各界中不断地发展, 但是从政府间的中日关系来讲, 老是处于一个走走停停的状况, 在一些重大问题的认识上, 都没有达到你任首相期间所达成的共识, 有的还在退步! 所以有你们这批热心于推动中日关系的有影响的政治家、社会活动家, 还有文化艺术界的人士, 对我们两国来讲, 是非常重要的。能够有机会同你见面我非常珍惜, 非常高兴。我也想听听您对下一步发展中日关系的意见。若有什么事情需要我去办的, 也请直接吩咐吧。

村: 时隔好久又见到您, 感到很高兴。您在百忙中能接见我们也很感谢。在日中关系方面正如您所讲, 日中邦交正常化之后, 民间的关系在不断地发展。特别是在两国的经济和贸易方面, 中日之间的关系是割都割不断的关系。中国和日本都在同时发展。所以在民间的交流方面, 不管是文化还是经济, 两国之间的交流都取得了重大的进展。不管怎么说中日是一衣带水的邻国, 两国之间有着两千年友好交往的历史, 我们的友好交流不仅对中日两国, 而且对整个亚洲也是有利的。在两国交往的过程中也会有摩擦, 比如说去年在西安的西北大学发生的打日本留学生事件。但是如果两国的交往就此停止的话, 摩擦就会增加。我在演讲中提到了, 日本的大学是比较社会化、大众化的, 但是在中国, 大学是一个神圣的殿堂, 不允许发生那种不严肃的事情。这还是

---

①村山富市, 1924 年生于日本大分市。明治大学毕业。历任市、县和众议院议员, 日本社会党委员长, 日本第 81 届内阁总理大臣。现为日中友好协会名誉顾问, 对小泉首相参拜靖国神社持明确的批评态度。

两国之间的理解不够，所以两国之间加强交往和沟通是十分重要的。特别是在媒体上介绍生活细节和风俗习惯是非常重要的。大家经常进行沟通的话就不会发生那种事情；即使发生了，也能够理解。所以只要我们努力的话，这些事情是能够克服的。

我刚才说的是民间的交往。最困难的是政府之间的关系。比方说小泉首相参拜靖国神社，靖国神社到底是一个怎样的地方，虽然中日两国的理解不一样。但其中最敏感的地方是里面供奉着甲级战犯。就日本国民来说，由于靖国神社里面供奉着甲级战犯，所以多数人认为首相不应该去参拜，而且日本宪法规定宗教是不能干涉政治的，所以在这个事情上，日本的国民是非常反对的。另一方面，也有一些人认为他们是为国家而牺牲的，参拜他们有什么错呢？当然在日本反对参拜的人还是占大多数的，在对华友好问题上，绝大多数人也是赞成的。我认为小泉首相在对待这个问题上应该进一步慎重地考虑，因为里边供奉着甲级战犯，他就应该顾及到中国人民的感情，慎重地考虑，不要去参拜。需要两国政府进行交流，靠各种智慧进行协商来解决这个问题。随着民间交流和文化交流的发展，以此为基础在这一方面恢复正常，我想会起到一定作用的。我相信今后日中关系会发展得很好。

孙：日本和中国这种历史和地理的关系，决定了两国关系的重要性，处理好中日关系是中日政治家不能回避的。刚才您讲到的大学生中发生的事情，不用把它看得过重，媒体也不要把它炒得过热。除了两国的国情有一些不同外，都是年轻人嘛。现在中国去日本的青年人也多了，日本人不能接受的事情也会发生。对青年人中发生的这类事情应该采取一种宽容的态度，多理解、多引导。重要的是政府的态度。历史的问题两国原来已形成了共识，正因为这样中日两国才能够恢复邦交。中日关系总不能因为靖国神社的问题成为一个绊脚石，我觉得日本的政治家应该有勇气和智慧来解决这个问题。参拜神社，这严重地伤害中国和其他国家的人心。中国人，不管政府还是老百姓，都是非常宽容的。是日本有的政治家的举动逼得我们不得不说话，逼得我们不得不重提这段不愿提的历史。一个有远见的政治家处理现实问题，总应对历史负责，对国家的长远利益负责。中国和日本既然要长期地相处下去，就应妥善慎重地对待历史问题。我相信，凡是为中日友好活动做出重大贡献的人，他们就会永载史册。通过文化的渠道来沟通两个伟大民族的理解、增进彼此的友谊，是中日文化界的共同责任。正如村山先生讲的，中日关系实在是太重要了，不但对两国、对亚洲地区乃至对整个世界的影响都是非常重要的。能够从过去的战争状态走到现在的友好程度，恢复邦交都三十多年了，那是很不容易的，很多人为之付出了辛劳、心血甚至是生命。希望年轻人能够更多地理解这一点，使中日友好事业不断的后继有人，一代一代地坚持下去。即使在政治上处于僵持的时候，人民之间这种友好的交情和往来也不应中断。

村：谢谢孙部长，你刚才的讲话深深地打动了我的心。因为我长期以来是搞文化的，所以我非常赞同你所说的，以文化来促进两国的交流，使两国的关系向前、建设性地发展。庆祝日中邦交正常化三十周年前曾经在东京举办过的"中国国宝展"，在日本受到了热烈的欢迎。现在两国政治关系比较冷淡，所以，我希望再次通过"中国国宝展"在日本的展出，来促进两国之间的理解。今天日本国内美术馆的人以及他们的协办单位《朝日新闻》的小岛先生也来了。预定于今年秋天在日本举办"中国国宝展"，希望得到您的支持。

人总是不断地变老，年轻人不断地长大。日本年轻人对中国的文化、文物还不够了解，除了用语言教育他们，还应该让他们看到实物。让他们了解中国文化和中国的伟大。在他们参观了中国的国宝展之后，他们可以产生自己的感想，原来日本的好多文化都是从中国学到的。可以在中国举办一个有关他们感想的展览会。所以我们强烈希望得到您的合作和支持。

孙：我想是不会有什么问题的。因为去年12月已经草签了展览的协议，现在应该在这个基础上继续往前走，把这个展览办成功。我支持这个事情，但具体的事项还要和国家文物局商谈。

村：那我就放心了。这是非常重要的。

孙：虽然是在日本办展览，但也是我们两国共同的一个项目。我认为在目前的状况下，民间往来和文化交流应该搞得更好一点。对文化部来讲，我们继续欢迎日本的文化界、艺术界来中国展览、演出和访问。

村：根据文物的不同，不仅要得到省一级文物部门的同意，还要得到文化部的许可，所以您的作用是非常重大的。

孙： 我们有一个国家文物局，是一个主管全国文化遗产的职能机构。国家文物局归文化部领导，但第一线的工作主要是国家文物局负责。一般情况下，他们会尊重文化部的意见，但也有例外，在一些原则性强的问题上，他们也会据理力争，逼得我们不得不让步。

村： 日本也是一样。设想一下，当日本的年轻人看到中国的文物和国宝比他们想象的还要丰富的时候，一定会被它们深深地吸引的。

孙： 这次村山和平山先生除了北京还到其他地方去吗？

村： 这次就在北京访问。后天就直接回日本了。我们就是因为今天能见到孙部长所以才来访问的。

孙： 谢谢！

注：篇首照片为孙家正与日中文化交流协会代表团成员共赏天安门广场的美丽夜色。

chapter 3

搞文化也许是政治家离任后的最佳选择

会见加拿大前总理克雷蒂安时的谈话

2004年2月10日，孙家正部长在文化部会见了加拿大前总理克雷蒂安①、加拿大鲍尔公司总裁德马雷②、贝塔斯曼集团董事长蒂伦③一行，就中加两国的文化交流、中国文化产业与鲍尔、贝塔斯曼之类跨国文化集团的合作等话题，进行了亲切轻松的交谈。

孙：您好！请坐。什么时候到北京的？

克：我们是星期天下午到的。此前我们去过云南的丽江，那是一个非常美丽的历史名城，而且发展得很好，给我们留下了很深的印象。几年前我曾经担任加拿大负责文化保护的部长，我对文化遗产保护非常感兴趣，因此，这次去丽江给我留下深刻的印象，我认为丽江对文化遗产的保护工作做得非常好。据说，每年有大约300万的游客去丽江参观游览。我祝贺您取得的巨大成功。当我担任部长的时候，我将白求恩的出生地作为加拿大重要的文化遗址，当地的民众特别高兴，因为有很多的中国游客到那里参观。

孙：您是中国人民的老朋友了，曾经多次访问中国。这次您能够率领加中贸易理事会、鲍尔集团、贝塔斯曼集团的有关负责人访华，我感到非常高兴。搞文化也许是政治家离任后的最好选择。我知道您在担任贵国总理期间就非常重视文化的建设，重视中加之间的文化交流与合作。去年12月温家宝总理访问贵国的时候，同阁下共同签署了中加两国关于文化方面的联合声明。您现在仍如此重视文化遗产的保护和文化建设事业的发展以及中加文化关系的发展，对此我感到非常高兴和敬佩。除了代表文化部对您和各位朋友的到来表示欢迎之外，我还愿意听听你们关于发展两国文化关系的意见和建议。

克：部长先生，首先我要感谢您对我们的热情接待。我现在已经不再是总理了，现在的身份是一个普通的公民。这是我卸任以来第一次出访，我选择了中国。这是因为我的家族和德马雷家族有着密切的关系。德马雷家族从1978年开始就同中国有着友好的交往。贝塔斯曼公司是德国一家历史悠久的大型的国际化的媒体公司，而鲍尔集团也就是德马雷家族拥有这一公司25%的股权。我们希望通过此次访问将贝塔斯曼正式地介绍给中国。因为中国文

---

①让·克雷蒂安，1934年生，毕业于拉瓦尔大学法律系。自1967年起，先后任加拿大财政国务部长、税收部长、国库部长、工贸和商业部长、副总理兼外交部长等职，1990年当选为自由党领袖，1993年出任加拿大总理并两次连任，2003年底提前退休。克雷蒂安重视对华关系，任总理期间曾五次率团访华，是中国人民的老朋友。

②安德烈·德马雷，加中贸易理事会名誉主席、加拿大著名跨国产业鲍尔公司总裁兼首席执行官。克雷蒂安先生的女婿。

③冈特·蒂伦，世界著名文化产业贝塔斯曼集团董事长兼首席执行官。

化的历史是非常悠久的，这对于贝塔斯曼来说非常有吸引力。贝塔斯曼在全世界70多个国家都有业务。作为加拿大的前总理和一个普通公民，我希望通过我的关系帮助中国，让世界对中国有个正确的认识，就像我对丽江的认识一样。我想请贝塔斯曼的董事长蒂伦向您简单介绍一下他们公司的情况以及在中国发展的思路。

蒂：部长先生，事实上，我们贝塔斯曼公司与贵部已经开始进行一些交流工作。我们正在筹划贝塔斯曼基金会和中国文化部以及欧洲一些国家重要的政府部门共同参与的一个国际性会议。这个重要的会议将在德国举行。会议的主要内容是中国与欧洲进行文化交流的事宜。我们公司的董事长莫恩女士让我转达她对您的问候。贝塔斯曼基金会对中国是十分重视的，加拿大的鲍尔集团和德马雷家族是我们重要的股东，他们与中国的交往已经有25年的历史，他们在中国的经验是非常宝贵的，他们能够帮助我们发展与中国的友好关系。贝塔斯曼是私人拥有的股份公司，有三个主要的股东。我们作为家族性质的公司有它的优势，那就是，我们发展的眼光都是长远的。我们目前在世界上与70多个国家拥有业务，我们获得成功的一点秘诀就是，我们尊重对方的文化。贝塔斯曼公司7年前就已经在中国开始一些探索性的业务项目。比如，在上海我们建立了一个图书俱乐部。我也希望通过我们的合作能使中国的文学家和艺术家在世界享有应有的声誉，同时也希望将中国的电视节目带到世界的传媒舞台上。我希望通过我们的合作能够将我们双方的文化和经验完美地结合，达到共同受益的目的。

孙：谢谢你的介绍。贝塔斯曼集团在图书、音乐、媒体方面是国际上非常有影响力的集团。特别是你们的BMG音乐集团非常成功。虽然进入中国市场的时间不是很长，但他们的工作还是卓有成效的。而且，我知道BMG还收录了大量的中国的作品。BMG 无论是拥有的资源还是运作的能力都是很强的。我曾经见过你们的董事长莫恩女士，跟贝塔斯曼其他的领导成员也有过接触。当时，我对她说中国不仅有广阔的市场而且有着丰富的文化资源和产品。向世界介绍中国的文化，贝塔斯曼具有实力和经验。她当时极表赞同和热情。今天，克雷蒂安阁下又郑重地介绍贵公司，毫无疑问，我们会加强同贵公司的合作。我曾经同贵公司董事长莫恩女士商讨过，本来打算在去年的5月在北京举办一个关于媒体的文化内涵和品位的高层论坛，但因为"非典"

导致这一活动推迟了。莫恩女士根据她访问中国的情况专门写了一本书。后来，她将这本书送给我。她在书中描写了她走进这间会客室时的情景，我觉得很有意思。莫恩女士是搞传媒出版社的，这一块业务和行业管理主要由新闻出版署负责。音像制品的进口，目前中国还实行对内容的审查制度。这个工作由文化部负责。尽管有的国家有些不理解，我们仍会坚持，我们必须对国家和人民负责。这也是国际上通行的做法。总之，我们会积极推动与贵公司的合作。除了高层的接触以外，我们文化部也将积极联系一些企业同贵公司合作，开展业务。

克：我认为今天的会谈是非常有建设意义的。今年5月份即将举行的这个国际会议对于双方的文化交流是有重要意义的。我之所以这么说是因为我认为，不光是西方的电视、音乐，还有其他文化节目要输入到中国，更重要的是要将中国优秀的文化产品输入到世界。在目前美国文化占主导地位的情况下，很多的文化都是用美国的标准来衡量，但我们并不认为美国文化就能代表世界的文化。在加拿大，我们就要不断地保持我们文化的独立性，因为我们受美国这个邻居的影响太大了。我们加拿大保持我们文化独立性的一个很有效的手段就是法语。我们就是用这种方法来保持我们文化的独立性。部长先生，我想请德马雷先生说两句。

德：非常感谢部长先生。我想补充的一点就是，我们鲍尔公司也曾经拥有过电视台。当时我访问中国的时候有一个特别深刻的体会，世界上很多传媒的视角都是以美国的CNN作为标准。当时，中国正遭受洪涝灾害，但美国媒体上只围绕着对一个美国人（O·J·辛普逊）的审判展开报道，而对真正对世界产生影响的事件却没有反应。所以，我们就在我们的电视台做了一期节目，将世界各地收集来的未剪辑的新闻通过卫星发送到美国和加拿大。在当时的情况下，如果仅仅依靠中国的电视台很难向美国播放中国的节目。但是他们无法阻止加拿大电视台播出中文的内容。这样，就能使世界上的观众了解到世界各地发生的真实的事件。对于相距遥远的世界各国民众来说，他们需要这样一个全面的视角了解世界。我有幸在中国各地访问，包括丽江、莫高窟等历史文化遗迹，让我感到很欣慰的是，中国的文化遗产保护工作做得非常好。比如新建的建筑都是依照丽江古老的传统的建筑形式建造。整个城市的规划建设非常好。在加拿大，我们就认为这方面有所欠缺，城市的规划建设失去了文化的特色。所以我希望借此机会再次对您表示祝贺。

孙： 加拿大是个美丽的国家。加拿大人民对中国和中国人民怀着友好的情感，中国人民对加拿大也是如此，白求恩大夫在中国家喻户晓哦。至于对美国，加拿大比我们了解，你们是邻居呀。美国也在变化，就媒体来看，对于中国的态度有着明显的进步，比较客观、理性了。人民要友好，国家要合作，这是潮流。媒体总得顺着潮流，合乎人心啊。

克： 部长先生，我不想占用您太多的宝贵时间。33年前，加拿大是首先承认新中国政权的国家之一。当时特鲁多担任加拿大总理，我在特鲁多内阁中任部长。30多年过去了，中国有了很大的发展，中加之间的交往应有大的发展，我们需要更多、更好的有关中国文化的节目。非常感谢！

孙： 谢谢您和各位的介绍，使我对加拿大以及你们的文化机构有了更多的了解。相信您这次卸任总理后的首次出访，对于中加文化交流，对于文化部与贝塔斯曼的合作，将起到积极的促进作用。

chapter 4

中法文化的对话必将在人类文明史上留下绚丽篇章

会见法国总统文化顾问戴拉诺瓦时的谈话

2004 年 5 月 20 日和 9 月 20 日，孙家正部长在文化部两次会见法国总统文化顾问戴拉诺瓦女士[①]，研究磋商即将举办的"中法文化年"事宜。文化部副部长孟晓驷、外联局局长丁伟和法国驻华大使高毅等参与了讨论和磋商。

一

孙：欢迎二位到文化部做客。中国政府对中法互办文化年高度重视。目前，我们面临两项重要任务。一是要搞好在法国的中国文化年的闭幕式，因为中国文化年开头很好，中间也很好，结尾应该搞得更好。中国政府将派出高级代表团向法国政府各界人士对文化年的大力支持表示感谢，向有关人士颁发中国政府对外文化交流的勋章。二是要高度重视法国文化年在中国举办的筹备工作。请你放心，中法密切合作，一定会把法国文化年在北京主会场的准备工作做得十分圆满。

戴：非常感谢。您给我们传递了很多好消息，这是我们双方友谊的一种象征，我想向文化部对双方文化交流发展的关切表示衷心的感谢。另外，从我目前所处的位置来看整个活动，我非常感动，我想对在座的每一位表示衷心的祝贺，特别是双方混委会的组成人员：孟部长、蒲通先生、吕军先生以及龙柏先生，他们非常卓越地完成了工作。我相信双方有理由在中法互办文化年中取得更大的成功。希拉克总统也对中法文化年给予了极大的关注，我们也十分重视中国文化年在法国的闭幕式。刚才我拜会了国家广电总局的副局长，现在又与文化部部长见面，由此可见中法文化年对两国来说都是一件大事。既然中国文化年在春节期间开幕取得了巨大成功，我们没有理由不把闭幕式办好。在巴黎将举行的闭幕式、在凡尔赛宫举办的大型招待会以及在杜伊勒底公园举办的上海文化周的活动，我们所有的法方工作人员都会尽我们最大的努力使它们圆满成功。当然，在我出发前，还存在着一些问题，我们正在积极解决。同时，今后我们的目标是使在中国举办的法国文化年能取得像中国文化年一样辉煌的成果。这是一个非常高的标准，因为中国文化年在法国的成功是史无前例的。目前我只是希望法国文化年能同样成功。

孙：你要有希望，还要有信心。

---

①瓦莱莉·戴拉诺瓦，1962年出生于萨努瓦市。法国国家东方语言文化学院毕业，历任法国外交国务秘书专职、总统办公厅专员、保卫共和联盟副总书记等职。2005年12月，获我国文化部授予的"文化交流贡献奖"。

戴：我非常有信心，因为我有一流的合作伙伴。

孙：法国文化的魅力已经使人折服，而从目前法国文化年开幕的构想来看，也是极好的方案。比如在午门举办音乐会，在中国最心脏的地区，通过最大的屏幕转播——这是史无前例的。又如将在天安门广场南面前门箭楼设置大屏幕，我正在向他们建议摆放两面巨大的中国和法国的国旗在屏幕两侧。包括长安街，届时都将挂满中法两国的国旗。我们每逢重大的国事活动才在长安街的两侧悬挂国旗，由此可见法国文化年的重要地位。现在连中国的普通老百姓都认识到，中法关系太重要了，中法文化的对话必将在人类文明史上留下绚丽篇章。你可以转告希拉克总统，中国政府从胡锦涛主席到普通民众，对此次活动都给予高度的重视，我们将通过媒体宣传，使大众参与法国文化年的满怀热情不断升温。

戴：我也想告诉您，总统先生对此一点也不担心。我们两国文化之间的对话，正像您说的那样，是史无前例的，而且我们两国的战略伙伴关系也会保证法国文化年的举办像中国文化年一样取得成功。总统先生将于今年10月访问中国，届时正值法国文化年的开幕式，我相信这是颇具重大影响力的活动。我们就像长跑运动员一样，不光在开头努力，还应在整个过程中拼搏。因此我希望法国文化年不仅在开幕的时候出彩，而且在以后的一系列活动中您都能给予持续的支持。另外，我希望以中法文化年为起点拓展我们在各领域的全面合作，不仅停留在外交、经贸、工业方面，如果能促成更多的法国青年来到中国工作生活，同时有更多的中国青年愿意学习法语、了解法国文化，我们的合作才能算是真正意义上的成功。

孙：文化年是有期限的，是会结束的，但中法互办文化年的举措将作为一股巨大的推动力，推动两国的友好合作向前发展。文化活动就是为全面的交流合作打下民众基础、人心基础。今晚你们可以和孟晓驷副部长具体讨论一下。闭幕式里的一场重头戏，就是在凡尔赛宫举办大型招待会。尽管这是中方的一场答谢宴会，但我们希望中法双方都作为宴会的主人，也希望法国的有关方面都能来参加。另外，李长春同志将代表中国政府对法方有关部门致谢，包括法国的外交部长、文化部长以及你本人，希望届时你们都能出席闭幕式。当然混委会的全体成员都是劳苦功高的，龙柏主席以及其他同志也一定要参加，我们要向你们当面致谢。

戴：那您本人将去出席吗?

孙：我到时一定陪同李长春同志前往，而孟部长可能提前去。

孟：届时我可能作为工作人员提前抵达法国，迎候李长春同志和孙部长的到来。我国也曾有过同其他国家互办文化年的经历，但通常由文化部一位副部长出席。此次中国文化年开幕式、闭幕式，由孙部长陪同国家领导人出席，可见中国政府的高度重视。

戴：我非常感谢部长阁下和中国政府对互办文化年给予极高的关注，我相信这种关注是双方的。

孙：两国领导人之所以如此重视这项活动，归根结底是两国的战略伙伴关系决定的。

孟：希拉克总统对中法文化年的筹备工作过问得也很细，使我们深受感动。

孙：我们国家领导人经常告诉我们，在当前的国际形势下，加强中法友谊是非常重要的。这不仅对两国关系而言，对共同维护世界和平、促进共同发展也是十分有益的。我们通过中法关系的巩固和发展，进而发展同整个欧洲的关系，用文化多样性的发展，促进世界政治多极化的发展。因此我们互办文化年的意义远远超出了文化的领域，超出中法两国关系的范畴，因此可以说我们一起干了一件十分有意义的事情。

二

孙：你好! 什么时候到北京的?

戴：两天前，但我后天就走。

孙：我这几天正好在参加一个中央高级会议，在会上遇到外交部的李肇星部长，还有你认识的戴秉国部长，他们都在认真准备希拉克总统的访华和法国文化年的开幕，大家都在动脑筋，确保把希拉克总统访华的事情安排好，把法国文化年开幕式搞好。他们知道你来，希望我在跟你见面的时候听听你的意见，听听大使的意见，看在细节上面，在各项安排和接待方面，具体有些什么好的建议。

戴：非常感谢部长先生！对我们来说，能见到您一直是一件很愉快的事情。如果我说得有不妥当的地方，大使会予以纠正。我们都知道，法国及巴黎方面，同总统本人一样，对法国文化年是非常重视的。我记得第一次和您见面是在两年前，那个时候也是在10月份，很快就是两年过去了，我们在一起确实干了很多工作。那时候，一开始我们谈论的话题是在法国举办中国文化年的事情。中国文化年如您所知道的那样取得了巨大的成功。所以应该对中国的团队和我们法国的团队表示感谢！正因为中国的文化年取得了这么大的成功，使得我们举办法国文化年的时候也不得不要求获得更好的成绩，做出更大的努力。正因为如此，我们希望您，部长先生对新生的参与者能够提供帮助，使我们能够获得一个与中国这样泱泱大国相称的成功。我们今天当然不是谈总统访问这个事情本身，总统访问距现在还有三个星期的时间，具体日程安排是由外交部来布置的。我想跟他访问有关的是我们法国文化年的方面，到目前为止，还有很多问题需要解决。这个地方如果说得不对，蒲通先生可以补充。我们知道，这样的大型活动，即使到了最后一刻还是有很多问题要解决。当然，要想获得成功，我们对中国有很多期待，期待在宣传方面有很好的安排和组织。中国的中央电视台和我们的协调是很好的，他们的工作也是很有效率的，但是我们还希望与其他的有关机构有很好的合作。我们还希望与公众有直接接触的机会，像在巴黎举行活动的时候，普通民众就直接参与这些活动，我们也希望这次活动有普通老百姓的直接参与。我对您表示真心的感谢，因为我们一直是在相互信任的气氛下工作的，有问题的时候我们就一块儿找解决问题的办法。我们也希望除了法国文化年的开幕仪式之外，我们组织文化年的其他活动能和您给予我们的信任相称。我还记得，部长先生您上一次和我见面是今年的5月份，您告诉我，中国把法国文化年的事情当成自己国家的事情来办。中国在法国举办的文化年是中国第一次搞这样一个大型的文化活动；现在法国文化年在中国举办，对中国来说也是接待外国、动员各方面力量举办的最大规模的一项活动。从法方来说，我们要做最大的努力，希望能和中方所动员起来的力量相称。我们除了开幕式的活动以外，还有很多大型活动是和开幕式同时举行的，比如说一些大型的画展，其中有印象派的画展以及百年时尚的回顾展等等，我们希望一方面有大量的群众能够参加，还希望通过电视能有很多中国民众了解或者参与这些活动。

高：我想补充一点，是关于总统来进行国事访问的进展情况。您知道，今天我们和贵国外交部有一个会谈，是关于总统国事访问的问题，其中涉及到一些礼宾以及其他方面的问题。法国总统的外交顾问莫瑞斯先生在本周四要来，莫瑞斯先生此次来访肯定要解决一些实质性的问题，尤其是要涉及总统访问日程安排、一些随同总统访问的部长们参加不同活动的问题，这些问题将一一得到安排。在莫瑞斯先生访问之后，我想有关总统访华日程的总体规划就可以拿出来了，当然也包括各个部长的工作安排。我想这点对于中方各单位如何协调安排接待工作都是有关系的。

孙：首先，对于中国文化年在法国取得成功，我希望通过你向法国有关方面表示感谢。直到目前为止，文化年在法国，在欧洲，甚至是欧洲以外的其他一些国家，还是经常被提起的一件事情。很多国家通过这次文化活动，对中法的关系，像目前这样全面的发展，这样亲密的关系，感到很羡慕。中国政府特别是胡主席本人对文化年的重视，实质上是反映了对于中法全面的战略伙伴关系的重视。中国各大媒体也在积极做配合，准备工作已全面展开。媒体在法国文化年的宣传这件事情上，尽可以放宽心。

戴：我们不担心！

孙：不必担心！中国媒体，是发自内心愿意把这件事情做好。具体项目的安排问题，我们将尽量尊重你们的意见，协调有关部门，做出相应的安排。胡主席十分重视希拉克总统这次国事访问，他非常珍惜他个人和希拉克总统之间的友谊。他希望通过这次访问，使得两个国家的关系更加密切，两国元首之间的友谊也更加加深。中法关系的重要性应该放到全球化的、复杂多边的国际环境当中来认识。法国在世界事务当中的主持正义、独立思考，连普通中国人都能够感受到。可以说，法国对于世界未来的关注，对于世界全球化的和平与发展所做出的正确选择，赢得了中国人民普遍的称赞和敬重。办好中法文化年，它的意义远远超过了文化的范围。我们要通过文化年的活动把两国的文化关系和其他方面的关系，全面地向前推进。通过举办文化年的实践，法国和中国的文化界、外交界，包括文化赞助企业之间都建立了很好的友谊。现在总的、大的方面，我觉得是不存在任何问题的。现在我们需要集中精力处理好每个细节、每个具体项目。如果每个具体项目、每个细节我们都能处理好，整个活动就会非常圆满。有些事情大的方面都很好，但有些具体细节处理不好，就会影响效果。就像一句俗话说的："魔鬼在细节，天使也在细节。"

戴：法国也有相同的谚语。

孙：每个细节处理好了，事情就会非常圆满。现在有两条我是最有信心的：一条是法国已经确定的这些项目会受到观众广泛的、热烈的欢迎，这一点我有充分的信心；第二条，就是我对中国媒体对法国文化年充分的报道和他们的热情，这点我也是很有信心的。

戴：非常感谢部长！我们对您本人和您同事亲身参与这些活动表示诚挚的谢意。总统来访和法国文化年的启动正好在同一时间，除了启动时间的活动之外，法国文化年还有很多其他的活动。我想我们这些活动肯定会因为您及整个团队的帮助搞得很好。我们也希望通过法国文化年能够使我们两国的关系更上一层楼。

孙：另外我们的公安部门一定会确保整个活动的顺利和安全。你两年来在处理问题上的认真态度和智慧都给我留下很深的印象。

戴：希望以后还能保持。非常感谢部长先生！

chapter 5

裴多菲的诗句曾深深激励着为自由而奋斗的中国人民

会见匈牙利文化部部长安德拉什时的谈话

2005年9月8日，孙家正部长在文化部会见了匈牙利文化部部长安德拉什①一行，就即将在中国举办的"匈牙利文化周"和两国的文化交流等进行了友好的交谈，并签署了文化交流协议。文化部外联局局长助理王燕生和匈牙利文化部办公厅主任佐尔坦等会见时在座。

孙： 非常高兴在文化部见到你！"匈牙利文化周"今天晚上就要开幕了，下午我还要陪温家宝总理去接待贵国总理。

安： 那么我们下午会再见面的。

孙： 上次我到贵国去访问，留下了非常美好的印象。

安： 是去年吗？

孙： 是的，是去年4月份。这几年，我们双方文化部的高层往来还是非常多的。这次我相信部长和总理对中国的访问，对加深两国的文化关系将会起到推动作用。匈牙利的文化艺术，在中国应该说知道的人还是非常多的，非常熟悉。因为两国文化交流历史很长，近半个多世纪以来，匈牙利和中国都发生了很多变化，但是非常值得我们欣慰的是两国的友谊一直得到巩固和发展。匈牙利加入欧盟我们非常高兴，因为我们和匈牙利有着良好的关系，我们和欧盟也在发展良好的文化关系，匈牙利加入欧盟不仅有利于我们发展同匈牙利之间的文化关系，也有利于我们发展同欧盟的文化关系。这次我们还要签署交流计划，可以说部长这次访问的收获还是很丰厚的。

安： 我认为我和您的会见是最重要的，因为这是我第一次来中国。当然"匈牙利文化周"在中国的举办，对我们各方面而言都有至关重要的意义。据我们所知，有很多国家都已经在中国举办了文化周或者文化日活动，这次我们匈牙利非常荣幸有机会在中国举办文化周活动。

有个非常重要的联系两国的文化纽带，就是裴多菲·山多尔，他作为匈牙利诗人在中国非常有名，还有很多电影以及电影演员，在中国都是有很多人知道的。据我所知裴多菲·山多尔的作品已经被收入了教材。虽然我们两国相距遥远，但是我们的电影像一座桥梁一样联通了我们两国的友谊。我们的电影周正在这里举行，到9月底中国的电影周将在匈牙利举行。

---

①博佐基·安德拉什，1959年1月出生于布达佩斯，1983年毕业于匈罗兰大学国政法学系，获博士学位。曾长期在大学工作，1987年开始参与政治活动，2005年2月出任匈牙利民族文化遗产部部长。有专著多种。

这个月底以后，中国将有很多文化项目在匈牙利举行，我这里不再罗列了，因为太多了。比如在2007年，中国将在匈牙利举办一次为期10天的"中国文化周"；我们将于2008年在中国举行一次为期10天的文化活动。另外我们对两国作家协会之间的合作也很重视，对于匈牙利民族博物馆和中国国家博物馆之间的合作我们也认为很重要。"中国工艺美术展"将在布达佩斯举办，我们的木偶展也会在北京举办。我还可以列举很多，从中也可以看出我们匈牙利对发展同中国文化交流的重视。所以我非常重视2006-2008年我们双方的交流计划。匈牙利是很小的国家，中国是很巨大的国家，虽然我们对对方都有兴趣，但毕竟相距遥远。所以我想我们应该把已有的合作巩固起来，比如在电影和文学领域。2008年将在北京举办奥运会，整个世界将会瞩目中国，我相信我们匈牙利人也会增加对中国的兴趣。对于这样一个有重要意义的事件，我希望我们双方都要努力，用更多的合作方式来丰富我们的合作，并且给老百姓的兴趣提供更大的满足。

孙：正如刚才部长所说的，我们的文化交流已经全方位展开了。中国人民熟悉匈牙利，热爱匈牙利的文化艺术。当中国人民为争取民族独立、自由、解放而斗争的时候，裴多菲的诗句深深地激励了我们。艺术是人们情感的载体，文化艺术的交流实际上是两国人民情感的交流。中国现在是实行全方位对外开放的政策，在对外开放的过程中十分重视同匈牙利的关系。我相信在中国举办的"匈牙利电影周"，包括"经济文化周"，都会受到很多中国人的关注。

你是第一次到中国来，很多人多次到中国来，每次来都发现中国变化很大，其实他们看到的很多东西还是外表的。实际上，中国最大的变化还是中国人民在情感上和对世界的看法上发生了很大的变化。现在中国正着力于建设一个和谐的社会，不光是追求物质的增长，而是在追求物质增长的同时追求人的精神的丰富，因此政府对于文化越来越重视，对于世界的看法也发生了很大的变化，现在把维护世界和平、促进共同发展作为一个坚定不移的方针。可以说现在在对外开放过程中，一方面要教育青少年热爱我们的国家，热爱我们的民族，同时要让他们热爱全世界，热爱全人类，同时要引导青少年学会欣赏别的国家、别的民族的文化艺术，在了解和欣赏别人的同时，不断丰富和发展自己。

匈牙利和我们很友好，所以在这方面议论不是很多，在西方很多国家存

▲ 会见匈牙利文化部部长安德拉什

在"中国威胁论"这样一个思潮。甚至像美国这样一个强大的国家，最近对"中国威胁"的议论也多了起来。我和美国朋友讲，你们太不了解中国现在的政策，也太不了解中国的文化传统了。我们变化是很大，我们经济总量是有了很大增加，但是我们人口多，总量分解到个人就很低了。我和美国朋友讲，我们自己和自己比是有所增加，但是和美国比，我们的经济总量是美国的七分之一，我们的人均水平是美国的三十分之一。所以说中国真正要达到发达国家的水平，赶上匈牙利的水平也不是一件容易的事情。因此中国人希望世界和平，希望和各个国家友好是发自内心的，也是我们自己发展的需要。要发展国家间的友好关系，人民间的友好关系，首先要沟通人们的心灵，而沟通人民心灵的最好的桥梁和纽带就是文化。因此，我觉得当文化部长还是非常有意义的。

安：我非常赞同您的意见，我也为自己是文化部长感到非常自豪。有些人觉得发展经济比文化更重要，因为在经济上很容易用数字来说明谁强大谁弱小，但是文化从来不能用数字来说明，因为所有国家的文化都有同样的价值，应该更看重质量而不是数字。

孙：匈牙利的文化艺术在中国很受欢迎，因为非常有特色。我在布达佩斯大街上散步，心里有一种愉悦的感觉。我们还冒雨参观了布达佩斯近郊的一个小镇，非常有意思。你第一次到中国来，时间不是很长，下次来一定要到一些小地方去，小城镇和村庄。

安：您去过几次布达佩斯？

孙：只有一次。大城市本来各有特色，但是有一个不好的趋势，就是大城市越来越趋同了，保留特色的往往是小城镇，而且地方越小，人的心靠得越近。这次访问一共多长时间？

安：上海两天，香港一天，北京两天。

孙：那时间是太短了。

安：这么大的国家即使逗留再长时间也是短的。不过在匈牙利的中国人现在很多，旅游者也多起来了，今后将不再纯粹只通过文学和艺术作品来了解中国了，可以通过自己个人的体验。

孙：中国人对匈牙利人普遍有一种亲近感。

安：这可能因为匈牙利人是从亚洲过去的，在历史的某个阶段我们也许是生活在一起的。

孙：是。我们的一些历史学家也这么认为。匈牙利文化很有特色，中国人都非常愿意接受的。我希望您能在北京、上海、香港访问顺利、成功。在中国期间有什么事情需要我做的请随时吩咐。

安：非常谢谢。

chapter 6

布拉格是一座弥漫着文化气息的
艺术之城

会见捷克不管部部长扎热茨基时的谈话

2005年7月26日，孙家正部长在文化部会见了捷克不管部部长
扎热茨基①一行，就双边关系和文化方面的交流与合作进行了亲
切友好的交谈。文化部外联局局长助理王燕生等会见时在座。

孙：欢迎部长到文化部来！我们赵维绥副部长前不久对贵国进行了访问，他回来以后对我说，这次访问给他留下了深刻的印象。前天，获悉贵国的文化部长不幸去世，他对中捷两国的文化交流做了很多有益的工作，我对他的逝世表示悼念。贵国文化部长的去世使我想到，我们活着的人应该为中捷两国的文化交流做更多的工作。

扎：非常感谢您的邀请和热情的款待！非常感谢您对我们文化部部长先生不幸逝世表示的慰问，他是捷克政府一位非常优秀的人物。文化部部长先生是捷克政府一位资深的老部长，在文艺界也是非常受欢迎的人物，他的逝世对捷克政府是一个很大的损失。现任文化部长先生请我代他来中国访问使我感到非常荣幸，出发前，他还让我代他向您发出邀请，邀请您来捷克访问。我是第一次来中国，所以我觉得非常高兴，因为我对中国这样一个有悠久历史的国家非常感兴趣。中国和捷克文化交流方面也有长期的传统，这次举办库普卡作品画展的那位收藏家的叔叔也曾经来过中国，而且文化界人士从捷克共和国建立以来对中国文化一直很感兴趣。最近中国和捷克的政治交流也正在加强，我看到捷克政府已经来中国访问和即将来中国访问的部长名单非常长。所以我相信中国的各部部长包括文化部部长也会来捷克访问。

孙：中国人对捷克这个国家和人民是比较熟悉的。在中华人民共和国建立几天之内，我们两国就建立了外交关系，后来虽然世界上，包括捷克和中国都发生了很大变化，但是我们的友谊依然保持着。现在两国关系在两国领导人的推动下应该说发展得很好。两国的文化关系方面，双方签订了《文化交流执行计划》，计划执行的情况也是不错的。捷克和中国都是充满艺术氛围的国度，捷克举办了很多世界知名的艺术节，中国的艺术家都踊跃地参加。在中国举办的大型文化活动，像"相约北京"、"上海国际艺术节"，我们都高兴地看到有捷克艺术家的参加。今天下午举办的捷克画展一定会受到中国观众的热烈欢迎。两个国家在文化交流方面做了很多事情，但是我们还有很多事情可以做。贵国的驻华大使也是非常热爱文化

---

①巴维尔·扎热茨基，1940年4月出生于捷克梅尔尼克，1968年毕业于查理斯大学法学院，获行政法博士学位。担任过文员、司法职员、大学教员，1990年出任民政管理部副部长，1996年为司法部副部长，2005年被任命为不管部部长兼政府立法委员会主席。

的大使，他对两国的文化交流很热心。中国人应该说对捷克的名字还是很熟悉的，但是对捷克目前的发展还不是很了解，所以我们希望捷克有更好的表演团体到中国来演出，有更好的展览到中国来展出，有更多的艺术家到中国来，让中国的观众对捷克有更多的了解。文化和体育方面，捷克在中国还是很有影响的，过去像《好兵帅克》、《鼹鼠的故事》在中国可以说是家喻户晓的。另外中国人非常喜欢捷克的建筑艺术，布拉格这个名字在中国就是一个艺术的代名词了。总体来讲我们之间的文化交流无论从数量上还是从规模上都有发展的余地。

另外我们也祝贺贵国成为欧盟新的成员，我们可以通过和贵国关系的加深来加强同欧盟各国的来往。欧盟的文化官员曾经到中国访问过，我也将应邀对欧盟进行访问，本来是今年，如果有特殊情况的话最迟也在明年去进行访问。大使应该比较了解，如果说中国近年来有什么发展的话，除了在经济上，到处在盖高楼以外，很重要的是，人们在思想、情感方面发生了很大的变化。中国现在的发展目标，在国内，是希望建立共同富裕的、和谐的社会，对世界则希望安定和平，各个国家搞好关系，共建和谐的世界。这都是发自内心的。我们在和各国发展关系时，把发展和捷克的关系放在重要的地位。因为从国家关系上讲，我们建交50多年，我们国家有一些老的领导人，还有一些老的专家，都曾经在贵国学习过。进入新世纪以后，我们的传统友谊得到了发扬光大，无论是政治关系也好，经济关系也好，文化关系也好，说到底就是人与人之间的关系。我相信部长您这次对中国的访问一定会加强两国间的文化关系，预祝您这次在中国的访问成功，我也预祝今天下午在我们国家最高的艺术殿堂——中国美术馆举办的画展取得成功。

扎：　非常感谢部长的讲话。我也非常赞同部长刚才所说的，两国文化交流还有很大余地，两国文化交流当中有着无尽的可能性。您刚才提到两国的体育交流，我想捷克在冰球方面可能战胜中国，但是其他方面都不太可能。

孙：　我相信捷克代表团在2008年奥运会上一定会取得好成绩。

扎：　这是我们期待的事情！

孙：中国的观众肯定会为你们加油的。

扎：我想强调我已经不是积极的运动员了，体育方面我只是关心而已。但是在艺术方面我非常感兴趣，所以我非常感谢您给我们认识中国画家的机会，我们在那里的几个小时给我留下非常深刻的印象。

孙：这次除了北京还到其他地方去吗?

扎：不去了。

孙：时间太短了！以后有机会可以到中国的其他城市包括到中国的农村去看一看。很多人看了中国的一个城市，或者两三个城市以后就说中国发展很快，我就说他的看法还是有片面性的，因为中国大部分人在农村，他们的生活虽然有改善，但是和城市的差距还是很大的。日本和美国的一些人甚至认为中国发展起来会对世界构成威胁。我说中国没有威胁他人的传统，中国只有被别人威胁、欺负的历史。中国的发展需要自己长期的艰苦奋斗，需要有一个好的国际环境。今日世界，和平、合作、共同发展是中国人发自内心的愿望。

chapter 7

认识和保护世界文化的多样性

会见芬兰文化大臣卡尔时的谈话

2003年12月1日，孙家正部长在文化部会见了芬兰文化大臣卡尔①率领的芬兰政府文化代表团，就前不久在克罗地亚举行的国际文化部长会议上所讨论的有关文化多样性的话题继续进行了深入探讨。文化部外联局局长助理王燕生等会见时在座。

孙： 您好！请坐。什么时候到北京的？

卡： 我今天刚到。您的文化部给我留下很好的印象，比较起来，我们的文化部要小多了。

孙： 谢谢！在广州和上海的行程如何？

卡： 非常好！我非常感谢您和文化部，因为我在中国期间有幸观看了赫尔辛基室内乐团的演出。不仅如此，我还有机会认识了很多来自商业界和文化界的中国朋友。非常感谢有这次机会能促进中芬的合作。

孙： 我听孟晓驷副部长说，她观看了赫尔辛基室内乐团在北京的演出，演出获得很好的反响。

卡： 我和该乐团的成员聊过，他们也反映说乐团在北京、上海和广州的演出都非常成功。他们非常高兴，也非常感谢你们的安排。

孙： 芬兰是北欧与中国建交最早的国家，我们两国的关系发展得很好。

卡： 我很高兴看到今年迎来中芬文化关系建立50周年纪念，并且很高兴看到有很多芬兰艺术家来到中国举办演出或展览，他们都有很愉快的经历。文化交流对于我们来说是非常重要的，我们也很高兴两国曾经有那么多的合作。关于双边文化协定的问题，我们希望双方都能坐下来探讨一下如何更新这一协定，看看我们现在处于怎样的情况下，在哪些问题上我们应该投入更多的精力。

孙： 前不久，我们两国都出席了在克罗地亚举行的国际文化部长论坛。我发现进入新世纪以来，整个文化关系，不论是双边关系还是多边关系都有很大的发展。很快又将在北京召开"亚欧会议文化与文明会议"。我们对发展中

---

①坦雅·卡尔，1970年8月生，社会服务学学士。1999年3月当选为国会委员。2003年4月出任芬兰文化大臣。

芬两国的文化关系给予高度的重视。无论是回顾过去50年交往的历史，还是展望未来，从长远来看，文化在两国关系发展上都起到了非常重要的作用。通过各种演出、展览还有其他的活动，双方不仅能了解对方的文化，更重要的是通过文化了解对方的国家和人民。您的此次访问以及室内交响乐团的来华演出都对我们两国的文化关系发展起到了很大的推动作用。我同意您的意见，总结我们50多年来文化交流的经验，我们应该将我们的文化交流事业做得更好。作为文化部长，我们应当把道路铺设得更加平坦和宽敞，让两国的文化艺术界包括艺术家、文化团体以及民间的文化组织能够直接地进行交流。

在经济全球化发展的今天，如何使文化的多样性得到发展是我们需要高度重视的问题。发展文化多样化有一个重要的前提，就是尊重各个国家和民族文化的特性。虽然中国是一个历史悠久拥有优秀传统文化的大国，但在与其他国家——不论是大国还是小国、富国还是穷国的文化交往当中仍学到了许多有益的东西。平等的文化交流使我们国家的人民特别是青少年不仅能了解本国的文化，同时，了解在本国之外，还有一个非常精彩的世界。在同贵国的文化交流当中，通过这些演出、展览，中国人民渐渐增加了对芬兰和芬兰人民的了解，随着了解的深入，他们将会热爱芬兰及芬兰人民。这不仅对两国关系的发展有利，而且对于整个世界的和平和发展都是有利的。

卡：　非常感谢您对我们的邀请！这对我们来说是非常重要的，我希望也相信我们在接下来的亚欧会议上能有更多的机会来讨论关于文化多样性的问题。我非常同意您说的，在过去50年当中我们两国有很好的合作，我们也非常重视这样的合作。同时我也非常同意您提到的文化多样性以及为将来创造更多的合作机会，我们也认为这对未来的发展是非常重要的。

孙：　虽然年底比较忙，但是到目前为止，已经有25个国家派出正式的代表团来北京参加本次亚欧会议，其中包括15个国家的文化部长。

卡：　我希望欧洲多一些部长来参加这次会议，因为这是两个大陆之间讨论文化以及未来文化发展的最重要的论坛之一。

孙：　我很高兴能在会议之前和您进行一次双边的会谈，讨论中芬两国文化交流的问题。在全球化框架下，区域间的合作也是非常重要的。英国和美国, 特别是美国朋友, 在提出文化多样性的问题上还是有点担心和保留的。当时在克罗地亚的会议上, 有些国家的言辞比较激烈, 但是我认为在文化这个领域应该心平气和地来讨论问题。如果有机会的话, 我们应当多做英美文化界领导人的工作, 因为文化多样性的提出并不是针对某个国家的, 而是全世界必须面对的客观事实。我们应当承认并保护文化的多样性。实际上, 美国的文化也是由不同地方带去的文化汇合而成的, 本身就带有多样性。不能单从自身狭隘的经济利益出发去反对一件事情。我们都是从事文化事业的, 文化多样性有利于文化的发展, 所有的国家都将从中受益。我们要创造一种相互尊重、心平气和的氛围, 共同商讨文化发展的重大问题。

卡: 我非常同意您的观点。我也看到, 在芬兰关于文化多样性的讨论是非常激烈的。在克罗地亚的会议上, 我们也对这方面进行了讨论。对于芬兰这样一个讲芬兰语的人口只有几百万的小国家来说, 文化的多样性尤为重要。我刚才还跟大使讨论一件事, 就是我们打算出版一本中芬词典。据我所知, 原来有一本小字典, 大概只收录了两万字。我们计划出版一本容量更大的词典, 这是非常有意义的一件事情。我非常高兴地得知在中国的一所大学里有学生正在专门学习芬兰语, 现在已经有24名学生学习一年芬兰语了。芬兰语并不是一门容易学的语言, 但我非常高兴看到这些学生在学习芬兰语的时候都是怀着极大的兴趣, 也投入了很多的精力。我明天晚上将有机会见到他们。很荣幸能和您见面。

孙: 谢谢。

chapter 8

应该学会坐下来听取不同的声音

会见丹麦文化大臣尼克尔森时的谈话

2003年12月3日，孙家正部长在文化部会见了丹麦文化大臣尼克尔森①，就中丹两国的文化交流、文化对人类进步的促进作用、安徒生在中国的影响等话题进行了友好的谈话，并签署了两国文化交流的意向书。文化部外联局局长丁伟等会见时在座。

孙：您好！请坐。这次中国之行感觉如何？

尼：很好。虽然这是我第一次来中国，但是中国给我留下很深的印象。我既感受到了古代的中国，又看到了现代化的中国。所以每天晚上睡觉前满脑子都是古代的中国和现在的中国。

孙：去年我随朱总理出访丹麦，参加亚欧会议期间有幸与您见面，所以这次您来参加会议，我非常高兴有机会能和您单独会面。近几年，中国和丹麦的文化交流情况还是很不错的。另外，在2005年我们想借安徒生诞辰200周年举办一些比较有意义的活动。上一次去丹麦的时候，我去参观了安徒生出生的小镇，挺有意思的一个小镇。中国现在的许多中年人（也就是过去的小朋友）是看着安徒生的童话长大的。文学对人的影响非常大，很多人都是先知道安徒生，后知道丹麦王国，进而对丹麦产生非常亲切的感觉的。您能应我的邀请来参加本次亚欧会议文化与文明会议，我感到非常的高兴，我代表文化部对您和您的同事再次表示热烈的欢迎。同时，我们要共同签署一个两国文化交流的意向书，确定今后文化交流与合作的方向，并不断把有意义的项目充实进来。前段时间我们收到贵国来函说，加入欧盟之后不再签署交流计划了，改为签署意向书。我认为形式并不重要，只要我们有相互交流的共同愿望，就能把两国的文化交流做好。

尼：我首先要感谢您对我们的邀请以及在中国的这几天给予我们的帮助。这些天我们除了参加会议还参观了许多中国的历史遗迹和景点，我们觉得非常有意思。作为第一次来中国的丹麦人，我们觉得所有的中国人都非常的友好，您的同事也非常的热情，工作很细致，给我们提供很多帮助。我们非常高兴有机会能亲历中国而不是单从书上了解中国。在欧洲，很容易对中国形成一种黑白分明的观点，因为我们通常只能通过书上的描述和电视新闻的报道了解中国。当我们有机会到中国来亲眼目睹中国的各个方面的发展，看到中国如何很好地处理面临的复杂问题时，我们才真正了解中国。

---

①布莱恩·亚瑟·尼克尔森，1966年1月出生于哥本哈根。1994年毕业于哥本哈根大学，获政治学硕士学位。同年9月当选为国会议员，1999年担任保守人民党副主席，2001年11月任文化大臣。有著作数种。

非常感谢您邀请我们来中国访问并热情接待我们，我也衷心地邀请您到丹麦去感受丹麦的历史和文化，非常期待能在丹麦见到您。我非常盼望着和您共同签署文化交流的意向书，这也体现了中丹两国人民的友谊。丹麦是一个很小的国家，我们可以从中国学到很多有益的东西。同时，中国也可以从丹麦这样的小国得到一些启示和灵感。我相信通过加深对丹麦的了解，中国也能对欧洲的大体情况有所了解。

我非常高兴您提到了安徒生，我们为安徒生感到非常的自豪。2005年是他诞辰200周年纪念，我希望在丹麦和中国都有很多的活动来庆祝。我听说在中国很多人都知道安徒生，并且在学校也教授安徒生的作品。我认为我们可以在这方面多加强合作，不仅在文学上，还可以在芭蕾和电影方面展示安徒生的作品。再次感谢您的热情款待，我们希望在将来能和贵国有更多的合作。

孙：　非常感谢您对我的邀请。去年，我去了丹麦的哥本哈根，当时的主要任务是陪同朱镕基总理，所以个人的时间就比较少。尽管上次访问丹麦时间很短，但是丹麦给我留下很美好的印象。陪同朱总理访问期间事务很多，但朱总理还是同意我忙里偷闲，去街道、海边以及安徒生故乡的小镇看看，感觉很好。虽然当时我是第一次到丹麦，但是却有一种似曾相识的感觉。您这次访问的时间也比较短，不过您将看到古老的中国发生的变化。

确实，这20多年来，中国发生了巨大的变化。有一些变化如高楼大厦多了，汽车多了，人们的衣着打扮也鲜亮了等等变化显而易见的，但是还有一个很重要的变化是不易察觉的，那就是中国人思想上的变化。他们对自己的国家、对世界以及对人类的未来的看法也发生了很大的改变。以前有些中国人怕听到不同的意见，但这些年已经有很大的改变。中国认为世界是很大的，不同的人对不同的事物存在不同的观点是很正常的。中国人学会了坐下来听取不同的声音，也认识到自身存在许多需要不断完善的地方。中国人为自己五千年的光辉灿烂的历史和文化感到自豪，同时也非常尊重其他国家和民族的文化，愿意向所有优秀的文化学习，通过文化不断促进人的自我完善。中国的新一代不仅要热爱自己的国家而且要热爱全人类。他们要学会和不同意见的人相处，要对整个人类的未来富有责任心。这些是我认为这20年来变化最大的。

我希望中国和丹麦能在过去的基础上进一步加强文化交流合作，把这项事业做得更好，使两国人民之间的了解进一步加深。在2000多年前，中国古代著名的哲学家孔子有个著名的观点"君子和而不同"，就是说有学问、有修养的人持有不同的观点，却能和谐地相处。我们要追求这样一种境界。中国需要学习其他国家和民族的优秀文化，在中国文化发展过程中也受到了丹麦文化包括安徒生童话的好的影响。中国人有时候会埋怨外国的朋友不理解中国，实际上中国人对外面的世界，包括对欧洲国家也迫切地需要了解。因为我们不能只停留在通过安徒生来了解丹麦。丹麦也发生了很大的变化了。中国每天也在发生着变化，最好的了解方法就是直接的接触。互相到对方的国家看看，了解一下普通老百姓的生活。我任广电部部长4年，任文化部部长6年，从事文化工作已经有10年了，我体会最深的是文化是属于最普通老百姓的，或者可以说文化是和最普通老百姓紧密联系在一起的。文化生活中随处可见的东西，更是人类心灵最深处的东西。所以我们应该很深入、很投入、很珍惜，很细致地从事文化活动。我上次和您见面的时候，觉得您年轻有为，充满了青春活力。我觉得文化也一样要永葆青春，充满生机和活力。在签署意向书之后，我愿意与您携起手来把中丹文化交流事业做得更好。

尼： 我非常同意您的观点。我认为，文化是没有国界的，一个国家的人民应该为自己国家的优秀文化自豪，也应该为彼此国家的优秀文化感到自豪。因为他们不仅生活在自己的国家里，同时也是生活在同一个地球上。他们不仅要知道自己国家的文化，同样也要了解其他国家的文化。我认为文化交流和教育交流能起到非常重要的作用，因为相互的理解可以使世界更加的和平和美好。昨天我听说在过去3年当中，有四五百名中国的学生到丹麦留学，对于中国来说，这可能只是个小数目，但这对于丹麦这样的小国来说是一个很大的数目了。我希望这些学生回国后能带回他们对丹麦新的理解，而且我们可以利用他们对丹麦更好的理解来促进将来的合作。我们可以从中国学到很多东西，因为中国有着很古老的文明。我还想告诉您，在丹麦，体育也属于文化的范畴。昨天在世界手球锦标赛上，中国和丹麦进行了一场比赛，我很惭愧地告诉您，小丹麦战胜了大中国。所以，我们在这方面也许可以给中国提供一点经验。

孙： 我们在有些体育项目上是很不错的，但在某些项目上还处于劣势。特别是让很多中国男士惭愧的是在很多体育项目上，中国的女子成绩在世界上是名列前茅的，而男子成绩却很一般。我们是不是先签署意向书，然后边用餐边谈?

尼： 好的。

chapter 9

文化交流的核心在于促进人与人的相互了解

会见西班牙文化大臣卡斯蒂略时的谈话

2004年1月9日，孙家正部长在文化部会见了西班牙文化大臣卡斯蒂略①率领的西班牙政府文化代表团，就中西两国的文化交流以及两国互办文化年等话题进行了深入友好的交谈。文化部外联局局长丁伟、西班牙驻华大使艾力赛等会见时在座。

孙：您好，请坐！非常高兴能在北京和大臣见面。我2001年到贵国去访问，西班牙给我留下了非常美好的印象。这次大臣率领文化代表团来华访问，将对促进中西两国的文化交流起到积极作用。我也非常珍惜这个机会，听听您对于发展两国文化关系的建议。在此我代表中国文化部和我的同事们对您一行的到来表示热烈欢迎。

卡：首先，我想感谢您在百忙之中抽空与我们会面并设晚宴招待我们，我们非常的高兴。我想代表我国政府表达一下我们的愿望，我们非常希望发展中西两国各方面的交流与合作，特别是文化方面，我对于中西两国的未来持非常乐观的态度。我认为中西两国将会在世界领域占据重要的地位，在世界事务中扮演主角。中西两国的合作有很好的前景，我们有条件在各个方面进行合作。当然我们也应该对合作的方式进行界定。

孙：中西两国的文化交流有着悠久的历史。当前，中西两国的政治、经济和文化的关系发展都是比较良好的。无论是政治关系还是经济关系，归根结底都是人与人之间的关系。要发展两国之间政治和经济领域的合作，首先要两国人民相互了解，而促进这种了解最好的途径就是通过文化。

不久前在北京召开了亚欧部长会议，这次会议讨论了文化的多样性和统一性的问题。中国和西班牙的文化都有着灿烂的历史，也都有自己的特色。加强两国的文化交流，不仅对于我们两国，而且对于整个世界都是有益的。为了推动中西两国的文化交流，我们需要很认真地策划具体的项目。作为政府部门来说，我们应该携手为艺术家、艺术团体和文化界人士的直接交往铺设一条宽阔的道路。我发现，进入21世纪后，通过文化推动各个国家和民族之间的交流越来越重要。中国现在对外的文化方针是进行多方位的文化交流，并且把与西班牙的文化交流放在了很重要的位置。自从上次访问西班牙之后，我发现中国人对西班牙的了解还是远远不够的。同样的，西班牙人也需要加强对中国的了解。这种了解除了可以像过去一样通过塞万提斯、毕加索等的作品，更重要的则是两国人民直接的沟通和往来。我想通过文化这一渠道，我

---

①比拉尔·德·卡斯蒂略·维拉，1953年出生于摩洛哥。马德里大学法学博士、俄亥俄州立大学政治学硕士，曾任西班牙远程教育大学教授，有专著数种。2000—2004年出任西班牙教育文化和体育大臣。

们可以为两国人民铺设一条道路，使更多的西班牙人能到中国来，而更多的中国人能到西班牙去，直接感受对方的文化，互相了解各自的国家。我们也欢迎更多的西班牙艺术品来华展出，更多的西班牙艺术家、艺术团体来华演出，更多的西班牙人来华旅游。

中国政府非常重视文化建设。而对于文化建设，我们着眼于国民素质的提高，特别是对青少年一代的教育，要把中国的青少年培养成为不仅热爱自己的国家，而且对整个世界也充满爱心的优秀公民。您这次除了到北京还要到上海去，所以您能看到中国城市发生了很大的变化。但是我要告诉您，了解了中国的城市，也了解了中国的农村，了解了中国发达的一面，也了解了中国落后的一面，就会发现中国现在无论是对内还是对外的方针都是出自国情和民情，是非常真诚的。中国人民愿意同所有国家的人民携起手来共同建设自己的国家，创造世界美好的未来。这也是唯一正确的选择。我们非常希望发展中西两国之间的文化交流，这种交流是人与人之间的心灵沟通。我愿意和大臣阁下携手共同推动这种交流。

卡： 非常感谢部长先生刚才的一席话。我还想感谢中国文化部为了配合参加2004在巴塞罗那举办的论坛派出了3个规模很大的展览团，这说明中国政府很重视。同时也感谢中国政府邀请我们参加"相约北京"的活动，这是很好的交流机会。我们希望能和中国互办文化年，因为我们已经成功地和其他国家举办过类似活动，所以很希望在一两年之内能和中国共同举办此类活动。为了能落实这一项目，我诚挚邀请您到西班牙商谈。此外，据说有航空公司要开通从马德里到北京的直飞航线，虽然不确定，但这对我们来说已经是个很好的消息。这将为我们之间的交流提供很多交通上的便利。

孙： 在中国举办西班牙文化年是个很好的想法，关键就是要集中策划一些比较好的项目，通过这些好的项目以加深人们的印象。我们在和其他国家合作过程中举办过文化月、文化周，现在正和法国举办文化年。"中法文化年"我们在法国的文化项目有300多个，除了政府支持之外，主要靠民间力量，另外也动员了友好城市开展一些活动。如果马德里和北京之间直航的话我们的合作就更方便了。我对互办文化年充满热情，我也非常感谢您对我的邀请。根据我们和法国互办文化年的经验，如果我们也互办文化年的话，我们之间的交流也会很频繁的。今天贵国大使在场，我们文化部外联局的局长丁伟也在，届时我们可以通过具体的部门进行磋商。

卡：我们西班牙的驻华使馆一定会尽力合作。此外，我非常希望不久的将来您能到西班牙访问。

孙：谢谢！明天是不是要到上海去访问？上海是个非常漂亮的城市。一般来说，外国朋友来中国访问有一条黄金线路：北京－上海－西安。所以您这次来访还有欠缺，正好下次来补上西安一站。

卡：我将来一定会去西安访问。

孙：兵马俑就在西安。中国最伟大的皇帝之一秦始皇的陵墓经过勘探，发现大约有60多平方公里的范围。据古书记载，陵墓中有人造的高山、河流。河流里的"水"就用水银代替。虽然现在没有打开陵墓，但是经过对土壤的勘测，已发现其中的水银含量超过正常标准。大使去过西安吗？

艾：去过两次了。

卡：大使可能想去查看一下地下是否真有水银。

艾：我要求我们使馆的工作人员都要到中国的其他城市了解中国的历史和文化。我同意部长先生刚才的话，我觉得每次来中国之后都会更爱中国的文化和中国的人民。

孙：确实，中西两国文化交流已经有了很好的发展，但是需要做的还很多。中国人对西班牙的了解很大一部分还停留在历史层面上，而对于现在西班牙人在想些什么做些什么却知道不多。但这恰恰是最重要的。同样的，外部对中国的了解往往也只停留在其古老的历史上面。我上次到巴塞罗那访问，巴塞罗那市长送给我一本城市规划的画册，非常漂亮。我回来以后对我们外联局的局长讲，我们不仅要把中国古代优秀的文化介绍给世界，也要把中国现在的情况介绍给国外的朋友。不同国家、不同民族的人相互越了解就越容易发现，虽然不同地方的人有千差万别，但共同之处还是很多的。人与人之间要真诚，要互相帮助，互相爱护，这都是人类共同的地方。所以文化交流核心之处就是促进人与人之间的相互了解。我们可能对一些问题有不同的看法，但我们能够做到什么问题都摆到桌面上共同讨论解决。

卡： 我完全同意部长先生说的话。目前，西班牙民众不仅对古代的中国感兴趣，而且对现代的中国也感兴趣。我觉得西方的民众有一种了解中国的现状的积极的态度，比如说社会的发展和人们的思想等等。西班牙民众很希望认识现在的中国。

chapter 10

"创意英国"的活动本身就富有创意

会见英国文化大臣乔维尔时的谈话

2004年1月19日，孙家正部长在文化部会见了英国文化大臣乔维尔①女士，就"创意英国"在中国的影响、中英文化交流以及两国互设文化中心等话题进行了深入友好的交谈。文化部外联局局长丁伟等会见时在座。

孙：非常高兴再次和您见面。时间过得很快。我非常珍惜这次再见面的机会，能够就两国文化交流和合作进行商谈。我本人有一个强烈的愿望，希望从今年开始中英的文化关系能够得到进一步的发展。应该说，中英的文化关系还是很悠久的。像我们两国通过合作都能够把香港这样一个重大历史问题解决了，其他关于发展的问题我们更应该有所作为。我首先还是想听听您对发展两国文化交流的意见。

乔：非常感谢您孙部长，首先我非常高兴再次与您会面，非常高兴15个月之后再次见到您。我非常理解中国去年遇到的困难，遭受了"非典"的影响，而且影响了中国的对外交往，对于中国的经济也带来了一定的负作用。尽管如此，我们在"非典"之前发起的"创意英国"的活动还是取得了很好的结果。因此我们非常高兴能回来再见到您。我们上一次见面时提到的想法，可以在此基础之上进一步发展，以便中英文化交流工作能够取得更多的进展。"创意英国"的活动正如它当初设计的那样，取得了如期的结果。它使双方的艺术家进行了新的交流，建立了新的联系。同时双方的记者也得到交流。关于文化交流这个问题，我们两国都有一个很清楚的认识，就是文化交流能够为双方带来好处，而且我们也希望在这些方面建立更紧密的关系。去年中国芭蕾舞团在英国演出的《大红灯笼》就是一个很好的例证，如果贵方还有类似的建议，我们也愿意接受。

孙："创意英国"的活动本身就很有创意。在上海等几个大城市都取得了良好的效果。它综合了各个门类的艺术介绍给大家，信息量还是很大的。而且"创意英国"的很多活动是互动的，我觉得这一点很好。这个活动给中国观众留下很深的印象，对文化艺术活动的组织者和策划者都是一个很好的启发。中英两国的文化交流从大的艺术门类来讲，包括交响乐、话剧、芭蕾舞，门类很齐全。"创意英国"在中国举办的展览也是出类拔萃的。我同意您的看法，我们在此基础上需要策划新的项目。这些新的项目无论在档次和水平上都应该更高一层。

---

①苔莎·乔维尔，曾就读于阿伯丁圣·玛格丽特大学、爱丁堡大学、高德史密斯大学等，现任牛津大学客座研究员。1992年当选为议员。1997年工党政府上台后，历任卫生部公共卫生事务国务大臣、枢密院官员等。2001年至今担任文化媒体体育大臣。

乔：非常感谢您，应该说在不同的领域我们都可以开展合作。在英国我们有一些艺术管理人员培训的计划，这个计划刚刚开始，主要是培训文化界的领导以及接受中国的艺术人员到英国去在职培训。以前的规模有一定限制。也希望英国的艺术家到中国来接受类似的培训。

孙：互办培训的活动非常好，从效果来看，上次15个人回来后都感到受益匪浅。

乔：也许我们应该和有关的官员商量一下，把这个活动继续开展下去。当然开展这种活动会受到费用上的限制，但是我们可以按照以前的标准把这个活动做下去。如果中方愿意按照上次的水平支持这个计划，我们可以找到中英双方参加这个活动的年轻人。

孙：我认为这是很有意义的项目，所以文化部会大力支持这个项目。我觉得它的意义不仅仅在于他们通过培训学到了新的知识，了解了新的技能，而且通过这个培训，在人员之间，在艺术家、在艺术管理者之间建立一种个人关系。这种个人之间的友谊和紧密的联系是非常有意义的。

乔：我想绝对是这样的。他们相互认识、共同工作，构成他们进一步开展合作的很坚实的基础。

孙：同时我们也希望英国那些对中国某一方面的文化艺术感兴趣的人到中国来培训学习。

乔：没错。这使我自然想起我要谈的另外一个话题。今天早上我和陈至立国务委员也谈到这一点，即中英之间互设文化中心的协议。我希望在这次谈话的基础上把落实的工作尽快地搞起来，使文化中心成为中英之间相互交流的另外一座桥梁。

孙：上次我们已谈到这个话题。互设文化中心在政策上没有任何障碍。英国是文化历史悠久的国家，理应排在我们对外文化交流的前列。我们已经签订了互设文化中心的备忘录，谁先建、后建，这些都不成为问题。中国到海外建立文化中心没有政策上的障碍，唯一的障碍就是资金，我们得按计划每年向财政部申请。与英国存在的另一问题就是需要两国的教育部进行协调。我想总会找到解决的办法的。中英之间香港的问题都能够通过协商解决，这个问题算不了什么。

乔：听到您这句话我们就放心了。我期待着您和我可以参加第一个这样的文化中心的开幕典礼，可能是在中国，也可能是在英国，但是我们希望这方面的工作能够进展下去。因为我们认为加强中英之间的文化交流是非常重要的。同时，进行博物馆之间的交流也是一个我们要推动的项目，也许大英博物馆和北京的国家博物馆，甚至与上海的博物馆开展一些活动也是可行的。

孙：直属文化部的国家博物馆现在有两个，一个是明清的故宫，是目前世界上规模最大的古老皇宫，还有一个就是你刚才提到的国家博物馆。国家博物馆是在原来两个独立的博物馆的基础上重新组建的，地点在天安门广场的东侧。我也知道国家博物馆的馆长和大英博物馆的馆长有所接触。作为文化部长，我们愿意表示同样的态度，支持他们的合作。

乔：这是一件好事情，我们需要等待他们讨论之后才能知道到底具体会提出什么样的建议。孙部长，非常感谢，我还想借此机会简要谈一下另外一个问题，这是您工作管辖范围内的，也就是涉及旅游行业的一个问题。两国政府正在商谈把英国作为一个向中国旅游者开放的目的地旅游国，我们希望已经出现或可能遇到的问题能够被克服，因为这样做会带来很多好处。首先我们欢迎中国人作为旅游者到英国参观访问，这样可以推动英国旅游行业的发展，同时我们也会鼓励更多的英国人到中国来访问和度假。

孙：我想中英互为旅游目的地对双方都是很好的事情。空中交通也是方便的。我不知道贵国有没有具体和我们国家旅游局谈过这个事情。

乔：这次访问没有这样的安排。但是我知道我们的内务部和内务部大臣和中方有过接触，结果令他们满意。

孙：我知道，我们国家旅游局对这个事情，态度是积极的。旅游观光不仅可以增长见识，愉悦身心，更重要的是可以通过这种渠道沟通人们的心灵。这种面对面的交流是非常重要的。通过旅游亲自到对方国家去看一看，两国人民自由地往来，这是了解对方的一个更直接的方式。

乔：您说得完全对。我们觉得2008年在中国举办奥运会是一个向世人展示自己的很好的机会。我知道在奥运会举办之前，还要举办奥运会文化节，我不知道这方面中国的计划是什么。

孙：从现在开始，中国奥委会将不断地举办文化活动，为2008年奥运会做文化上的准备。而且中国举办的奥运会本身就把文化作为重要的内容，希望办成一个文化奥运。文化部也参与了奥运会的筹办工作。我们也希望通过奥运会把文化活动搞得更加精彩一些。

乔：文化节的主题是什么？

孙：此事还正在筹划中。从去年开始每年年中的六七月份都将搞一个奥林匹克艺术节，一直搞到2008年。我知道英国举办过两届奥运会，现在我们的一个重要内容就是要把历届奥运会的成功经验借鉴过来，所以他们一定很愿意同英国的同行加强联系的。

乔：最后还有一点我想跟您提一下，就是对互联网进行监管的问题。因为欧盟刚刚通过一个法令，限制垃圾邮件的发送。根据该法，如果未经许可，向别人发送别人不想看到的邮件将被视为非法行为。当然互联网是为了便捷方便，但是有一些问题还是存在着的，比如垃圾邮件干涉了你的自由，另一方面还存在盗版和侵权的活动。作为文化部长我们应该了解这些问题，虽然这不是我们主要负责的领域，但是我们可以通过文化政策的制定，使这些问题进一步更好地得到处理。因此在这个领域我们两国也是有合作的空间的。另外还有BBC网站被封的问题，我已经同中国的有关部门就此进行了讨论。我想我们应该共同打击盗版，通过合作更好地促进两国的文化交流。

孙：这个问题非常重要。网络越来越显示出它巨大的威力。同时网络出现的问题以及管理不周到带来的弊端也已显得越来越突出了。中国的网吧现在发展得非常快，但是网吧当中的垃圾信息，包括色情和暴力内容对青少年的危害特别大。网吧上面的文化内容国务院授权文化部来管理，因此对此进行研究并制定法律是一个很迫切的问题。实际上现在有两大问题，一是网上运行的版权问题，二是如何防止有害信息，维护大众权益以及保护个人隐私等。我很感兴趣我们中英双方可以探讨如何充分发挥网络的优势，同时尽可能减少网络所带来的负面效应。就这些问题我非常愿意我们一起来探讨并加强合作。网络好比是我们人类创造的一把双刃剑，处理得不好它就会割破我们的手指。但是有一点可以预料的，就是在未来的事业当中网络对人们的生活和文化将造成很大的影响，并且它的影响力会与日俱增。

乔：您说得完全对，我们英国与贵国在互联网所带来的危害问题以及它所带来的机遇诸方面有共同的想法。在英国我们已经得出一个正式的结论，认为采取正式的立法方式对于互联网的控制是一个不太现实的做法。因此在英国我们主要通过业界的自我监管来对行业进行自我控制，同时再补之以欧盟范围之内的一些行动。此外在世界贸易组织范围之内还可以采取一些反盗版的行动。当然，通过各国之间的合作和一些战略的手段来对风险问题加以控制也很重要。非常感谢您，孙部长今天能够抽时间在这里接见我们。

孙：非常高兴我们进行了很好的交谈。

乔：我希望有机会再次到中国来看中国组织的奥林匹克文化节的有关活动。您知道伦敦打算承办2012年的奥运会，我们非常想了解中国在这方面所取得的经验，包括组织文化节方面的经验，希望今后彼此之间能够合作，相互交流和学习。

孙：您什么时候要来，我随时给您发邀请。

乔：非常感谢！见到您真的感觉很高兴。

chapter 11

只要民族精神和文化存在，即使在废墟上也能重建美好家园

会见阿富汗文化代表团时的谈话

2004年3月31日，孙家正部长在文化部会见了由部长拉希姆率领的阿富汗文化和信息代表团，并就中国和阿富汗2000余年的传统友谊、中阿两国的文化交流，尤其是中国政府在文化方面对于阿富汗重建的支持等话题进行了亲切交谈。文化部外联局副局长张爱平、阿富汗驻华大使巴尔拉斯等会谈时在座。

拉：　非常感谢您邀请我访华，感谢您给我机会与您见面，并访问中国这个美丽而伟大的国家。

两千多年以来，阿富汗与中国都有着光辉灿烂的友好关系。特别值得一提的是，这一关系从来都是建立在合作、友谊和理解的基础上的，我们两国间历史上从未出现过任何问题和矛盾。作为一个文明与文化交融之地，阿富汗长期以来都受益于吸收中国文化的营养。古代中国的历史发展，通过丝绸之路，对阿富汗地区的经济、文化和人民生活都发生了积极的影响；而由中国旅行家带来的知识和财富，一直都是阿富汗历史发展的一个重要源泉。同为文明古国的阿富汗与中国之间这种密切的文化联系和丰富的文化交流，也为灿烂的人类文明发展进程做出了不可磨灭的贡献。

中国的确是一个伟大的国家，在保护传统以及现代化建设上都取得了令人瞩目的成就，这一切都与中国领导阶层的英明领导是分不开的。

在过去的四分之一个世纪里，阿富汗可谓饱受磨难。宗教狂热主义、恐怖主义和外部势力的干涉给我国带来了毁灭性的破坏。综观阿富汗历史，我们在各个阶段都曾遇到过类似的苦难，而在每一次磨难中，阿富汗人民都用自己的血肉，在毁灭的废墟中重新建立了自己的家园。因此，我们相信这一次，我们的人民也一定会成功。

当然，在重建家园的过程中，阿富汗也需要来自各方面的、世界各国的帮助。而在我们眼里，拥有悠久历史和文明的中国和中国人民，是我们最为信赖的朋友。你们所提供的帮助，对于我们有着特别重要的意义。

在文化领域，您可能还记得震惊世界的巴米扬毁佛事件，其实类似的事件在阿富汗曾经屡见不鲜。在战乱中，我们失去了很多博物馆、图书馆、省级资料馆，也失去了成千上万的珍贵文物和文化人才。今天，当我们要努力重新振兴阿富汗文化的时候，我们尤其希望得到中国方面的合作与支援。

中国作为一个历史大国，在文化发展方面可以与我们开展很多合作。例如，我建议中国能否派一个由专家和技术人员组成的工作小组，到喀布尔去考察当地的文化现状，包括与我们的考古学家交流，考察我们的博物馆、图书馆等文化设施和濒危文化遗产等，以帮助我们重建。

我愿再一次表达对您的感谢。这是我第一次访问中国，但不会是最后一次。我永远都不会忘记中国和中国人民给我们的深情厚谊。

孙：　首先，我愿代表文化部以及我本人，向部长阁下和您所带领的阿富汗政府文化代表团表示欢迎。明年是中阿建交50周年，能在此时和你们见面我感到十分高兴。

中国和阿富汗有着共同的边界，更有着历史悠久的友谊。正如部长所说，两千多年以来，两国人民之间一直都保持着友好往来和密切联系。在20世纪50年代，我们两国的政治、经济和文化关系发展顺利，文化在两国关系中起到了桥梁和纽带的作用。而在过去的二十多年里，当阿富汗人民受到战火煎熬时，中国人民也一直在深深地关心着我们的邻居、朋友。我们非常愿意帮助阿富汗人民重建家园、重振文化，为帮助阿富汗更快地恢复建设贡献自己的力量。

中国历届政府和领导都非常重视同阿富汗的关系，对一切有利于阿富汗重建的工作都表示支持。今年10月我们将在上海举行一次国际文化部长会议，我邀请部长或您的代表参加。这次会议的主题正是"传统文化与现代化"，与会各国将共同讨论如何保护传统文化，并将传统文化推向现代化的问题。在这一会议上，我们还将呼吁各国以不同方式支持阿富汗、伊拉克等国家的文化重建工作。我们都知道，战乱之后，阿富汗、伊拉克等国很多珍贵文物和传统文化都遭受了很大损失，国际社会有责任来参与恢复和保护这些文化。刚才部长提到的组派专家小组赴阿考察事宜，我们也非常支持。我们可以通过派专家和技术人员到贵国考察，来确定一些技术上需要帮助的具体项目，以便把援助落到实处。按照中国政府部门的职责分配，大型的援助、援建项目都是归商务部管辖的，因此我们将会及时把有关信息通报商务部。我也希望部长在回国之后，更多地与贵国国内的相关部门协调联系，争取把文化援建项目纳入到国家整体对外要求援助的计划中去。总之，我们将尽一切力所能及的力量支持阿富汗的重建和文化复兴工作。

为了表示对部长阁下首次访华的欢迎，也为了表示我们对两国重新恢复文化交流的祝贺，我们愿向贵国文化部提供一些文化援助。贵部可以提出一个所需文化用品和设施的清单，由我们在中国采购后送到贵国首都。

中国人民对阿富汗人民在战争中受到的痛苦是抱以深切同情的，因为我们过去也曾经历过类似的痛苦。我们也相信阿富汗人民一定能在你们的土地上建设一个更加美好的家园。部长此次访华之后，我们也一定能携手共进，把两国文化关系和交流做得更好。

拉：感谢阁下热情而善意的话语。我想您确实是说出了我们两个人的心声。我们尤其感谢中国人民对我们的深切同情，这种真诚是什么都替代不了的。我们非常感谢中国文化部的慷慨援助，并将尽快提供我们所需的文化用品清单。在文化合作项目方面，除了重建和修复博物馆、图书馆、资料馆等文化设施外，我们还希望中国能在青年文化人才培养方面给予帮助。在我们重建家园的过程中，人才的短缺是一个突出的问题。因此，希望中国能以包括短期培训等形式帮助我们培养更多人才。另外，作为文化和信息部，我们也希望今后在重建新闻通讯社、广播电台、电视台等方面得到贵国的帮助。

    孙：我们会尽力的。我们的专家到了喀布尔之后，也可以细谈更多的问题。我们非常理解贵国现在百废待兴的情况，经过历次战争的浩劫之后，文化资料的流失和破坏、人民生活相对贫困都是自然的，需要我们一步一步地去恢复和建设。关于媒体方面的重建，由于当今世界技术的迅猛发展，我认为贵国甚至可以充分利用最新的技术，实现跨越式的发展，在新的时代里占到有利位置。不知贵国在战争中文艺人才的流失情况如何？

    拉：经过多年战乱，阿富汗的专业文艺人才资源可谓损失巨大，很多人或者被杀害、或者流落他乡、或者入狱受到摧残、或者年龄太老已经难以创作。以上我们所谈，如果可能，是否在适宜的时候，由专家或有关方面以协定的形式固定下来呢？

    孙：没问题。我们可以签意向性的协定，或者由考察过贵国的专家与有关方面签订具体约定。

    在新中国成立前，我们也曾经历过长期的战争，包括八年抗日和数年内战，因此我们也经历过战争后重建家园的过程。在这一过程中，大批海外科学家、技术工作者、文艺工作者纷纷回国，用一腔爱国之情为国家的重建做出了巨大的贡献。在这一过程中，我们认为应当不论人才的政治观点和宗教派别，都大力争取，要将流亡在全世界的人才都统一到国家建设的旗帜下来。阿富汗虽然久经战乱，城市和国家都受到极大破坏，但只要有两样东西在，就一定能再崛起。这两样东西就是：百折不挠的民族精神文化，以及一个能把各方面的人才团结在自己周围、能得到人民认同的政府。有了这两点，阿富汗人民必将在战争的废墟中重建美好的家园。

chapter 12

诗作是我对贵国人民和文化发自内心的赞美

会见爱尔兰艺术体育旅游部部长奥多纳休时的谈话

2004年5月9日，孙家正部长在文化部会见了爱尔兰艺术体育旅游部部长奥多纳休①一行，就爱尔兰正在中国举办的文化节以及两国之间的文化与合作进行了友好且富有建设性的交谈。文化部外联局局长丁伟等会见时在座。

孙： 非常对不起，刚刚参加完一个会议，很快往回赶。部长率领文化代表团应我的邀请到中国来访问，我感到非常高兴。几年前我陪朱总理访问贵国的时候，爱尔兰给我留下非常美好的印象。在那次访问以后两国的文化关系发展很快，近几年爱尔兰在中国的影响可以说是在大幅度地增加。爱尔兰这样一个国家的文化艺术在世界上都有着自己重要的地位。我同朱总理访问贵国的时候，与当时的文化部长共同签署了《中爱文化谅解备忘录》。这次部长来访，在中国举办了"爱尔兰文化节"，希望借此文化节能有更多的人了解贵国，希望文化的纽带进一步促进两国的关系和两国的友谊。再次欢迎爱尔兰的文化部长和爱尔兰的同事们访问中国。我们祝愿在中国的爱尔兰文化节能够取得圆满成功。

奥： 非常感谢部长热情的欢迎，我和我的代表团成员都非常感激。我特别要赞赏和感谢您为保证艺术节成功举办所发挥的重要作用，还有您与我的前任为签署《中爱文化谅解备忘录》所做出的努力。最近中国和爱尔兰的关系在不断地加强，去年爱尔兰总统访问中国、今年爱尔兰副总理访问中国都证明了这一点。这次爱尔兰在中国举办文化节期间，中国的总理也在访问爱尔兰。巧合的是，当2001年9月我还是以司法部长的身份访问中国的时候，正好是贵国总理和您访问爱尔兰的时候。好像每次我到贵国，你们的总理就要去我国一样。我特别想感谢格兰特先生，他是我们的秘书长，也是中爱互办文化节混委会的主席，以及贵部外联局的副局长蒲通先生为准备这次互办文化节所做的工作。我们在互办文化节期间也遇到了不少困难，如2003年的"非典"，以至于当时要访华的"酋长的乐队"不得不推迟到今天。但是面临困难我们双方表现了很好的合作精神，所以我也要特别感谢中国驻爱尔兰大使和爱尔兰驻中国大使。

您也许也知道今天我们要在《大河之舞》和"埃尔坦"乐队的演出当中开启我们爱尔兰艺术节的序幕。在我的办公室墙上现在还悬挂着您为《大河之舞》所题写的诗，这首诗写得非常棒②。我真诚地希望《中爱文化谅解备忘

---

①约翰·奥多纳休，1956年5月出生于嘉里郡赫希文市。就读于国立科克大学、爱尔兰联合法学院，1987年进入众议院，历任嘉里郡委员会主席、南方卫生委员会委员、财政部副部长、司法平等和法律改革部部长，2002年起任爱尔兰艺术体育旅游部部长。

②指2001年9月6日孙家正部长写于都柏林的诗作《不息的河——观爱尔兰〈大河之舞〉》。

录》中的条款都能够得到实现，其中涉及到双方之间的高层互访、艺术机构和艺术人员的互访。在条款中还写到，中国和爱尔兰都是古老的国家，有着古老的文明和文化，因此我们的合作和协助在未来有着非常广阔的前景。7-10月中国也将在爱尔兰举办文化节，我们正式地向阁下您发出邀请，希望您能给我们一个在爱尔兰接待您的荣幸，希望与您在一起痛饮爱尔兰黑啤。谢谢！

孙：谢谢您提到我在都柏林观看《大河之舞》后写的短诗。我从政之后极少写诗，但是那首诗基本上是我当天晚上就写下来的，是我发自内心的对这个国家和民族的赞美。她历史悠久，饱经苦难，但是能够发展到今天的程度确实令我敬佩。而且无论在政治、经济和文化方面都有自己的特色。在经济方面，它的产业结构的调整、现代化技术的应用在世界范围内都是走在前列的。在世界经济低迷的情况下，它保持了持续的、高速的增长。特别是文化，它既有悠久的传统，又始终跟随着时代不断地进步。比如《大河之舞》，既保留了古老的痕迹，又可以闻到现代的气息。我觉得这是一个很有希望的国家和民族。

中国和爱尔兰可以说差别是很大的。但是越是接触，越会发现我们的共同点还是很多的。在国际交往当中，我总觉得人们过多地夸大了差别。实际上对于未来世界的美好追求、对于真诚的人际关系的建立，所有这些美好的东西全世界都是共通的。当然我们在一些问题上有一些不同的看法，甚至发生争论，但是我觉得中国同爱尔兰建立了一种榜样，就是意见、观点可能不同，但是这并不影响我们的友谊。实际上我们从这些争论当中也受益。就像贵国总统和朱总理讲的，我们爱尔兰人喜欢争论，包括她和她的先生回家就争论，但是争论并不影响他们相爱。我觉得不同的观点和看法正是我们这个世界丰富多彩的表现。中国和爱尔兰可以是友好相处的朋友，也可以是在一起讨论问题，甚至是争论的朋友。我相信互办文化活动可以增进我们之间更多的了解。我愿意在部长在任期间和你携起手来把我们两国的文化关系推到一个新的阶段。

和部长一样，我也非常感谢两国的大使，他们成为我们两国促进文化交流和促进人民友谊的一个非常得力的机构。我上次去英国，见到了原驻爱尔兰的张大使，她非常怀念在爱尔兰做大使的日子。而且我个人也非常感谢她，当时，她找了一个很棒的翻译把我的诗翻成英文。其实，诗写得不怎么样，可能是翻译得好。

奥：　非常感谢，实际上您的诗写得非常感人，非常的优美。我与以前的驻爱尔兰大使张女士非常熟悉，实际上她与我们现在的最高法官有很好的关系，她曾经到我的选区去，并且还给我们准备过丰盛的中国菜。

爱尔兰作为欧盟的轮值主席国特别希望推动欧盟整体和中国之间互相理解和对话的关系。欧盟的扩大从长远上讲对中国和欧盟的贸易关系有更多的利益和好处。我们目前贸易方面可能遇到的一些困难和矛盾是可以在短期之内得到解决的。欧盟赞赏中国在世界贸易组织中起的作用。我们也愿意与中国合作，推进多哈回合谈判的进程。现在欧盟委员会的相关机构正在检查中国向世贸组织和欧盟提出的要获得市场经济待遇地位的要求，我们初步的报告将于今年年终得出。欧盟也迫切地希望解决这个问题。爱尔兰作为中国的友好国家，作为欧盟的轮值主席国，也将在推动中国尽早获得市场经济待遇方面做出努力。

爱尔兰将与中国发展文化和艺术关系作为推动我们两国之间友谊的手段。我们作为一个非常小但是很开放的国家经济已经获得了非常好的进展。我们也正在全球范围内寻找新的机遇、新的挑战和新的朋友。另一方面爱尔兰也非常感激中国政府给予爱尔兰旅游目的地国的地位。这一协定将由两国总理在本周内签订。

部长先生您刚才也谈到了爱尔兰在经济方面取得的成就。的确，近年来爱尔兰在经济方面的进展是非常巨大的，我们拥有全世界受教育程度最高的国民。我们也要感激中国，因为中国在全球当中的作用是独一无二的。

孙：　我们两国实际上在经济合作和文化交流方面互补性很强，总是可以从对方学到一些东西。与爱尔兰相比，中国的难题更多。您已经不是第一次来中国了，你只要一离开城市到一些边远的乡村走走，就会发现那里是非常贫穷的。所以我们文化和教育普及工作的任务是相当艰巨的。要想让13亿中国人的生活好一点，不管哪一届政府，都需要付出巨大的努力。我经常和美国朋友开玩笑，中国的确是在如饥似渴地向世界学习，希望在世界上的朋友越多越好，而你们美国好像太强大了，太富裕了，好像不需要朋友了。其实在国际交往中只要细心观察，每一个国家都有值得我们学习的地方。我跟我的同事经常讲，文化交流并不是简单地把中国文化介绍到世界上去，更重要的是要在交流当中向世界学习有用的东西。我们花费了很大的精力在国外举行中国文化年，向国外的观众介绍中国的文化，同样我们也用真诚的心来协助各个国家在中国举办自己的文化年，把他们的文化介绍给中国的观众。包括这次贵国在中国举办"爱尔兰文化节"，外联局以及文化部都是真心实意地把它看成自己的事情一样办好。我说过，我是很少写诗的，即使写了也从来都是自娱自乐。但这回破例，在爱尔兰文化节期间，我会将这首诗在《中国文化报》上发表。我要以身作则，带头宣传和赞美爱尔兰的文化与艺术。

奥：非常感谢!

孙：你们在北京要停留多长时间?

奥：我们呆到星期三晚上，还要去上海，星期四离开。因为现在欧盟的选举和我们地区层面的选举都是如火如荼，我不得不先回去。

孙：中国现在同欧盟的关系也是很好的，我们现在也努力同他们发展文化的关系。贵国是欧盟的轮值主席国，在政治和经济之外，我也希望贵国就推动欧盟同中国的文化关系做出自己的努力。

奥：我们一定会的。

chapter 13

真诚的道歉有一次就足够了

会见日中文化交流协会代表团时的谈话

2005年5月17日，孙家正部长在文化部会见了由栗原小卷[①]、团纪彦[②]率领的日中文化交流协会代表团，就中日两国之间的传统友谊和目前所存在的问题、民间的文化交流等进行了亲切友好的交谈。文化部外联局副局长张爱平、对外友协秘书长许金平等会见时在座。

孙：你母亲身体好吗？

栗：很好，谢谢部长关心。我一直到5月8日还在演舞台剧，您看我是不是瘦了一点？演了两个月多一点。

孙：除了话剧，在影视方面有什么新作品？

栗：有时也演一些电视剧。

孙：在中国，现在电视剧发展得很好。我们一些演舞台剧的比较好的演员很多都去演电视剧了，但是走了以后还是想念舞台，所以回来，又重新到舞台上来演出。你们这次来是参加团伊玖磨先生作品的发布会？

栗：就是今天，这是刚出版的书。

孙：他们告诉我这个发布会去了很多有名的作家和文艺界人士。这本书装帧得很典雅。

团：今天吴祖强先生出席了纪念会，还致辞了，余秋雨先生写了序言，非常好。今天正好是他去世4周年的日子。

孙：是的，是的，多快呀，一下子就是几年过去了。

团：我父亲生前非常尊敬孙部长，和您关系也很好，每次访华都期待见

---

①栗原小卷，女，1945年生于东京。1963年东京芭蕾舞学校毕业，1967年出演电视剧《三姐妹》并获日本电影制作者协会新人奖，次年出演《三人家庭》等获日本电视大奖，1971年主演电影《忍川》并获多项大奖，成为日本70年代青春文学电影的代表明星。1978年她主演的电影《望乡》在中国公演，引起了"栗原小卷热"。现为日中文化交流协会代表理事。

②团纪彦，日中文化交流协会前会长团伊玖磨之次子，现为该协会常任理事。

③团伊玖磨，日本友好人士，著名音乐家。曾长期担任日中文化交流协会会长，2001年访华期间，病逝于苏州。2003年4月孙家正部长率团访日期间，专程到其墓前祭扫。

④指孙家正部长在为团伊玖磨先生扫墓时即景吟成的悼亡诗《墓前絮语》，结章为："啊，先生！樱花谢了，明春仍会灿烂依然，你匆匆而别，我向谁倾诉这无尽的思念？"

到孙部长。

　　孙：团伊玖磨先生和我年龄差距比较大，我们是忘年交③。我经常回想起邦交30周年庆典活动期间去给他扫墓的情景。

　　团：当时孙部长还专门为扫墓写了一首诗，在墓前宣读了一遍，我们现在把它当作一件宝物保存了起来④。

　　孙：现在，中日关系出现了一些问题，此时此刻，我们更加怀念为中日关系做出贡献的一些前辈和友好人士。除了令尊，还有井上靖等先生。

　　团：在这本书里，除了正文中的散文和随笔之外，还有一篇团伊玖磨写的关于战后50周年纪念的文章，在这篇文章中回顾了中日之间的那段历史，他对这段历史有一些正确的看法。我们希望这本书不光能被越来越多的日本人看到，特别是日本的年轻人看到，还希望能有更多的中国人看到，让中国人了解在日本的知识分子中还有我父亲这种有正确历史观的人。就像孙部长说的文化交流要成为连接两国人民心灵的纽带和桥梁，我们对这个话非常赞成。

　　孙：两国的文化交流对推动两国政治关系以及经济关系都是有很大贡献的。两国人民从文化上的互相了解，会起到长远的作用。现在两国的关系虽然遇到一些不愉快的事情，总体上大的趋势还是好的。两国在重要问题上过去都有文件和声明，基础是好的。虽然最近出了一些问题，但是中国政府对于中日关系还是尽力维护的。一些过激的学生的做法，包括对你们使馆的一些违法的行为，中国政府是不支持的。对于现在的一些分歧，胡主席最近提出了五点主张，日本政府也是赞成的。在我印象当中，从外交部长李肇星到其他的一些领导人组织这么大规模的、面对群众讲解中日关系重要性的会议，先在北京的人民大会堂，然后到上海、天津、广州，这在过去是从来没有过的。

　　上次也见了一些日本朋友，我就和他们讲，我们所做的文化交流工作是非常有意义的，是会长远起作用的。中日两国要坚持友好，这对两国非常重要，我们坚持做友好的工作，对两国人民都是有价值的，遇到了困难也不要灰心。几千年的友好，发生这段历史只是在上个世纪的几十年。以历史作为镜子可以照亮我们的前程，并不是把历史当成绳子把我们手脚捆住。上次和辻井乔先生见面的时候谈到，日中文化交流协会成立到明年是50周年了，要好好筹备一下庆祝活动。趁这个日子我们也纪念和怀念一下为两国友好做过贡献的人。现在中日关系总体上情况在向好的方向发展，今年正好是战争结束60周年，中日应借着这样一个机遇，把两国关系向前推进。日本人民甚至包括普通的日本士兵都是这场战争的受害者，大家要接受这个教训：中日两国，"和则两利，战则两伤"，这恐怕是我们要深深记住的。所以包括日中文化交流协会，也包括日本其他的友好团体，我们对外友协频频邀请来中国访问。越是在这种情况下我们越要树立信心，坚持做好友好工作。你女儿读几年级了？

团：大女儿上的是上智大学的哲学系。

孙：是不是大女儿喜欢历史？

团：大女儿喜欢历史。小女儿才上小学六年级，将来喜欢什么现在还不知道。

栗：我向您介绍一下代表团的各位。这位是增井信贵先生，是指挥家。这位是黑田佳子。这位大河田叶子女士是吹长笛的。横川健先生，是协会常任理事。竹田博志先生，是日本经济新闻社文化部的。

竹：我去年在敦煌研讨会上见过您。

孙：去年在敦煌研讨会上见到的日本朋友非常多。

竹：是很多，我们日本经济新闻社也组织了很多旅游团到敦煌。

孙：日本的凸版印刷公司正准备和敦煌搞一些技术性的合作。他们和故宫的合作搞得很成功。你们都是多次到中国来吗？有没有第一次到中国来的？

横：没有。

孙：从事中日友好和文化交流的朋友到中国的次数真是非常的频繁，上次会见里千家，他们访华好像是超过 100 次了。我希望有更多的，包括一些对中国有看法、对历史有不同意见的人士来，大家多进行交流，到中国来多看看。多交流是有好处的。

团：我今天首先代表我们团体来表达我们的想法，我们日中文化交流协会，包括前会长井上靖的女儿也在座，对中日关系，尤其是对历史始终坚持一个正确的看法。一部分政治家在靖国神社问题以及教科书问题上有一些错误的想法和做法，如果由此认为所有的日本人都有这种错误的想法，我们就觉得非常痛苦了。日中文化交流协会的历任会长包括井上靖先生和我的父亲团伊玖磨先生，他们在日本的知识分子当中是对日中历史问题抱有正确认识的，他们把这些写进他们的书里，包括现任会长辻井乔先生也有这样的看法。媒体从某种角度上来看是非常可怕的，他们经常会把事情写到相反的方面。我来之前从媒体报道上看北京是非常危险的。作为我们来说，越是这种情况越是要来访华，来了之后有这么多中方的友好人士和我们进行交流，我们也会把中方的友好情谊带回去告诉更多的日本人。我个人的看法，如果对历史没有正确的看法，就没有资格进行文化交流。对您今天说的非常温暖的话，我们也非常感谢。特别是明年是我们日中文化交流协会成立 50 周年，我们要把正确的认识继续保留下去。

孙：有一部分日本民众有一个误解，认为中国人总是抓住历史问题不放，认为我们已经检讨过了，为什么还要道歉？所以不是很理解。其实中国人对过去的事情还是抱着宽容和宽恕的态度的。我认为真诚的道歉有一次就够了，关键是行动。在道歉之后不要再做刺激中国人及其他受害国人情绪的事情，多做些友好的工作。比如靖国神社的问题，包括战争当中的死者，他们的亲属在他们家里对死者进行祭奠，都是可以理解的，符合人情的。但是作为日政府领导人的首相，就不光是个人情感的事情，而是代表国家的一种行为，成了一种象征了，而且首相的参拜本身也违反日本的宪法了。

团：我和您看法是一致的，我们也经常是这样讨论的。

孙: 另外中国人非常敏感的还有台湾问题。台湾问题是中国的内政，最近国民党的主席和亲民党的主席都来过。现在日本和美国签订一个条约，日美之间的事，那你们就签吧，但是为什么涉及台湾？这就特别刺激中国人。虽然过去那场战争，中国是受害者，但是中国再强大也不会对日本人采取报复手段，日本也不可能再来侵略中国了，不可能的，时代不同了。我们不能让历史成为阻碍两国友好的绊脚石。我知道，你们多年来也是这么看的。

团: 您说的这些问题是非常重要的，比如在我的建筑设计所里面，很多年轻人对这个问题就不是很理解。为什么首相在任期前和任期后以及任期当中参拜有非常大的区别？很多年轻人不理解。所以需要通过不光是政治交流，还有包括文化交流在内的各种方式来增强彼此了解，对这些问题有更深入的了解。

chapter 14

互办文化年的意义已远远超出了文化的范畴

会见法国新任驻华大使高毅时的谈话

2004年9月15日,孙家正部长在文化部会见了法国现任驻华大使高毅①,并就"法国文化年"的筹备工作和法国总统希拉克的来访等事宜进行了友好的商谈。文化部外联局局长丁伟、副局长蒲通,中外文化交流中心主任吕军,法国驻华文化参赞白立德等会见时在座。

孙：大使什么时候到北京上任的?

高：两个星期之前。从加拿大过来。我在加拿大待了三年。去加拿大之前，我是法国派驻北大西洋公约组织大使，主要负责一些军备和战略问题。但这并不影响我对文化的浓厚兴趣。令我们感到非常欣慰的是，我们有一位对文化发展非常重视的总统，他清醒地意识到文化与政治、经济不可分割的关系，同时把文化视为捍卫政治发展的重要手段。部长先生，非常感谢您在百忙之中抽出时间接见我。咱们之间有一个非常大的合作项目：去年在法国举办了中国文化年，而今年要在中国举办法国文化年，这说明我们两国的双边关系进展得十分顺利。我们的总统将会同中国的主席以及中国的朋友们一起为法国文化年拉开序幕。我知道您本人在双边的文化合作乃至更大范围的合作领域中起着举足轻重的作用，对此我深表感谢。

孙：首先，对您到中国来出任法国驻华大使，我表示祝贺和欢迎。法国驻华使馆和中国文化部的关系一直是很密切的，而且我觉得大使在这个时候到中国来是一件非常幸运的事，因为已经筹备了两年多的法国文化年即将开幕。您来不久以后，贵国总统就要访问中国了。无论是文化年的举办还是贵国总统来访，对两国关系而言，都是非常重大的事情。在您到任以后，文化部肯定要与您紧密合作，共同筹备这两件大事。因为文化活动本身就是这次希拉克总统访华的重要内容。

我们在法国举办中国文化年，国务院以及高层领导是非常重视的。在希拉克总统的特别关注下，在法国外交部、文化部等有关单位的大力协助下，中国文化年取得了圆满成功。即将开幕的法国文化年，中国政府予以了高度重视。

从文化部的层面上，这位是主管全国对外文化交流工作的外联局局长丁伟先生，外联局副局长蒲通先生您已经认识了，文化年的中方协调人吕军先生，他们的优势是懂法文。

高：部长先生，您的两位同事昨天和我共进了午餐，主要商讨了记者招

①高毅，1970年考入法国外交部，1983年出任负责战略与条约事务的副司长，1988年为司长，1992年任驻挪威大使，后历任法国国防部国际事务顾问、外交部秘书长助理、驻加拿大大使等职，2004年出任法国驻华大使。曾获法国四级荣誉勋位勋章、法国功勋勋位骑士勋章。

待会的准备事宜。

孙：我们现在已经有了工作日程，由记者招待会开始，要把以后的工作一项项落实好。希拉克总统访问的第一站可能是成都，他来成都视察的几个项目，我们的目标是要把这场活动办好。今天大使来到文化部，我感到非常高兴，下面我想听听您的具体建议。

高：我来主要也想听听您的建议同时获得您的帮助。在法国举办的中国文化年确实取得了巨大的成功，一方面是由于中方工作十分出色，另一方面又取决于双方很好的合作：我们积极地动员了法国的各有关部门，如博物馆等，他们以高度的热情参与其中的工作。因此，由于中国文化年在法国的巨大成功，我们完全可以理解现在在法国人们随时都会提起中国的状况。中国文化年的成功在人们心中留下了深刻的印迹，现在法国的很多报纸和杂志在介绍中国的文化、政治以及中国的文明，这正说明我们当初预期的目标已经实现了。

在今年6月，我国的部长理事会任命我为驻中国大使的时候，我很快投入了文化年的准备工作。在了解情况的过程中，我发现法国人民对中国文化的狂热，他们对当代中国非常的关注。甚至在此后一段时间我去加拿大的时候，在那儿也感受到了人们关注的热情。仅就此次活动吸纳到了三千万欧元的资金而言，在法国与其他国家的合作项目中，也是史无前例的。这不仅表明了文化方面的合作成果，还表明了两国政府对此次活动的重视。从资金的来源渠道看，有政府的拨款，还有私人的赞助，原因在于他们看到了两国合作关系的前景，这也表明他们有参与两国合作的愿望。

法国文化年目前准备了170多个项目，这些项目有的进展得快些，有的慢些，总的来说各个项目都需要得到您和您的同事们的理解和帮助，希望得到您的建议和指点，因为我们知道您在筹备工作中取得的经验对我们是非常有益的，同时也能体现双方的合作精神。部长先生，作为一个外交官，没有什么比较大的事情还需要我去协调解决。各方面都进展得很好，但总不敢大意，比如雅尔的音乐会、总统的来访、大型招待会等等，准备工作的压力依然很大。我相信中方的各部门一定会提供帮助，我们会处理得很好。另外一些项目如印象派的展览等，也进展得很好，我顺便提一句，从价值方面看，这个展览是法国最大的海外展览。

最后说一个比较重要的问题，即总统的访问日程安排，现在两国的礼宾部门正在向各自的元首汇报，这方面最后还有待确定。单从文化日程上看，是安排得很好的，就是两国元首夫妇在正阳门拍照（与中国文化年相应的活动）的事宜还有待落实。另外就是两国元首共同出席雅尔音乐会的建议也是很好的。现在两国的礼宾部门也正在就此进行准备，而这也将把整个活动推向高潮。部长先生，我还忘了提一点：从您的简历中，我们发现您还曾经在广播电视领域工作过，这一点我们非常感兴趣，希望在这一方面也加强合作。

孙：　中国政府，特别是文化部，把办好法国文化年当作自己的事情。这里我们会非常尊重法方、尊重大使的意见。法国文化年的新闻发布会，法国方面认为哪位应该出席、哪位应该发表讲话，包括大使刚才提到的其他事项，我觉得都毫无问题，只要大使您提出来，我们都会很好地安排。法国在中国办文化年，法国的朋友是主办者，我们的责任就是协助你们办好这次活动。比如戴高乐生平展，本来由中国的外交学会主办，但他们在经费上遇到困难。出于对这一展览项目的浓厚兴趣，我们文化部接手，筹集了经费，支持外交学会把这一项目办好。至于希拉克总统访华的日程问题，这由中国的外交部和法国的外交部去很好地磋商、安排，而我们文化方面的一切活动都服从于这一安排，而且我们完全有信心把法国文化年办得和中国文化年同样精彩。

我们的体制和做法与贵国确实存在一些差异，但通过一年多的磨合，大家也都互相了解了。在今后的工作中还会出现一些具体的问题，这不要紧，我们的工作就是要解决这些问题。目前工作的难度并不在上层，从政府到元首都很支持，包括我和大使的这个层面上也不会有什么不同意见，但在实际工作中有一个衔接的问题。

还有一点我非常有信心，就是关于媒体宣传的问题。因为中国的重要媒体已经开过几次协调会，我们也要求他们制订出完整的报道计划。中国的媒体将进行充分的报道，中央台就将有一个专门栏目对此进行为期十个月的报道。当时希拉克总统把提供资料的任务交给了法国文化部，也拜托大使和贵国的文化部打个招呼，希望他们能提供丰富的资料，这对宣传法国是个大好机会。实际上，我国媒体已经超出了此次活动的范畴，对法国进行了全面的报道。中国政府的领导人也对我们说，互办文化年的意义已经超出了文化的范畴了，更体现出在新时期复杂的国际形势下，巩固中法友谊的战略意义和中国政府的重视。工作过程中有什么问题，文化参赞先生可以及时和我们沟通。

高：部长先生刚才提到的媒体宣传确实是很重要的问题，昨天和您的同事提及这一问题时得知这方面进展还是很顺利的，我们对此也非常重视。总之对您刚才的讲话非常满意，非常感谢。

孙：除了法国文化年的事，您在中国任职期间，文化方面有什么我们可以帮忙的，就请文化参赞先生告知即可。

高：部长先生，我不想占用您太多的时间，我们两国在文化方面的合作应超越文化年的界限，开展长期的合作，进一步发展、深入我们在文化领域的交流。这些事以后我们可以再抽时间谈。目前法国文化中心即将建成，现在有二百多人日夜加班工作，另外文化年项目中也有一些长期合作的项目，包括同济大学、巴斯顿研究所等，都需要在资金来源等方面展开协作。总之我们是非常重视双边的合作关系的，正如您所说，这也体现了政治上的意义。

孙：我相信一切将进展得会越来越好。

chapter 15

南美的传统文化使我从心灵上感觉到亲近

会见安第斯议会副议长埃勒时的谈话

2004 年 10 日 26 日，孙家正部长在文化部会见了安第斯议会副议长埃勒①一行，就中国与南美文化的交往、印第安人与殷商后裔的传说、中国的社会主义市场经济建设等广泛话题，进行了亲切友好的交谈。文化部外联局局长丁伟、中联部研究室主任于洪君等会见时在座。

孙：非常高兴在文化部接待副议长阁下！北京最近天气比较寒冷了，在这里还适应吗？

埃：是有点冷。今天早晨我在我们宾馆旁边的一个公园散步，还看到有人在水里游泳，看到他们游泳，我就一点也不冷了。

孙：中国有一批冬泳爱好者，有的把冰凿开在冰水里游泳。你们这次到北京能够到文化部来我感到非常的高兴，因为中国和南美洲，和安第斯这些国家都有着良好的关系。虽然距离比较远，但是双方的一些小型的演出团体、展览，这些年来都有一些交流。中国政府也很重视和南美洲的文化交流。中国和许多南美洲国家都希望从空中缩短一下我们的距离，据我所知，就直航问题已开始酝酿、磋商。我深信，随着时间的推移，中国和南美洲的国家，和安第斯的这几个国家，交往会越来越多。

我发现有一个现象，就是进入新世纪以来，人们更加重视文化上的交流。文化交流在实质上就是人与人心灵的沟通。最近20年，人们对世界的发展，对人类的未来有很多的思考，应该说文化上的自觉性更高了。人们在摆脱贫困的时候，往往把经济的发展看得过重，而忽视了其他方面的发展。现在人们越来越认识到，离开了对生态环境有效的保护和改善，离开了人自身的不断完善和发展，经济的发展就失去了它的意义。以胡锦涛同志为总书记的中国新一届领导人，提出了科学的发展观。这个科学发展观就是把人放在核心位置，以人为本，政治、经济、文化、社会和人的自身能够协调地发展。人们过去总在强调经济的可持续发展，实际上应该更加关注人类的可持续发展。您长期从事科技、教育、文化、媒体，这方面工作的经历非常丰富。到安第斯议会组织工作以后，对整个安第斯法律、方针的制定起到了很重要的作用。而且我看到我们两个有相类似的经历，您曾经从事电视方面的工作，我也曾在中国的广播电影电视部当了一任部长。能和您见面我非常高兴，也很珍惜有这样一个机会听听您关于文化发展方面的意见，听听您关于中国和安第斯组织成员国文化交流的意见，我会很重视这些意见。当然我首先还要向您表示热烈的欢迎，您来参加很重要的研讨会，在会议繁忙的安排当中能抽空到

---

①富莱迪·埃勒，1945年出生于厄瓜多尔基多，安第斯议会议员，2003-2004年度副议长，负责教育、文化、科技和通讯事务。1996年和1998年，两次被推选为厄瓜多尔总统候选人。

文化部来，我真诚地欢迎您!

埃: 首先我也代表我们的议长和安第斯议会的代表大会向您致以亲切的问候。在墨西哥有一个刚刚去世的著名哲学家，叫莱奥波多·塞阿，他的一个代表性的见解就是，如果一个人的思想达到一个真正的高度的话，就可以从不同当中发现所有的人都是相同的，就是在多样性中的平等。西蒙·玻利瓦尔有一种新的论点，我希望您能够和我们安第斯的历史学家一起分享，就是说中国在殷朝的时候曾经有一位帝王带领10万中国人到达了美洲，到了墨西哥和我们的安第斯国家。很多拉美国家，比如厄瓜多尔人、秘鲁人、玻利维亚人，他们的面部特征都和中国人很相似。特别是有两个词非常重要：一个是"心脏"，一个是"儿童"，在印加人讲的凯楚阿语当中，"心脏"叫做"胸口"，"儿童"叫做"娃娃"，和中文是一样的。还有一种说法，就是印加帝国的名称其实是"殷家"，就是指殷朝的家。所以我认为我们在这方面应该做一些研究，因为这是非常重要的，它可以证明我们安第斯人和中国人有着共同的祖先。

我所在的安第斯议会的文化委员会在两年前曾经做了一个决定，就是在每年7月的最后一周我们都要纪念西蒙·玻利瓦尔，在这周当中我们要举行很多文化活动。我认为如果明年中国能够派一个艺术团在7月的第三周访问厄瓜多尔或者哥伦比亚的话，可以作为中国向玻利瓦尔和所有安第斯国家的问候。我和我的在"世界研究中心"工作的一些朋友们正在考虑是否有可能在明年到中国拍一个电视片，这样可以比较一下我10年前看到的中国和目前中国的区别。

我们在这里参加的研讨会主要是讨论"社会主义市场经济"体系，我希望能够拍一个片子来让厄瓜多尔人知道什么是社会主义市场经济。部长先生，最后我想说我非常高兴能和您见面，因为我相信文化部是所有部委中最重要的部之一，正因为如此我非常愿意在我们安第斯议会中的文化委员会工作。我们有一个共同的任务，就是促进所有国家之间的和谐。

孙: 非常感谢。你刚才的一番话真是令人兴味盎然。人们有时候感到很遥远，实际上却是非常接近的。世界是丰富多彩的，各个国家，各个民族，各个地区，哪怕一个国家的不同地区，人和人之间都是有很多差异的，但是我们要欣赏这些差异，欣赏世界的丰富多彩。但是我们经常容易忽视这些多样性中的统一性，因为有各种差异，所以大家要互相旅游，了解对方的文化。正是因为有统一性，所以不同地方的人都是可以沟通的。我多年前曾经到墨西哥去过，墨西哥古老的玛雅文化使我从心灵上产生一种非常亲近的感觉。因为我们从商代的3000多年前，或者更遥远的4000年、5000年前的祖先，他们的生存状态，他们和其他地区，和其他大陆的人的来往，很多都是一个谜。人类一方面都在向往着走向未来，要创新，但始终又被一种寻根和怀旧的情绪所缠绕着。在不断地探求中我们走向未来，但也总是不能忘记，并不断地探寻着自己的历史。

我们站在地球上，可以发现东方人和西方人、北美的和南美的、欧洲的和一些亚洲的国家，有很多的差别，但是如果我们能够离开地球再来看我们的地球的话，就会发现，共同的东西是主要的。有人问中国的宇航员杨立伟在太空中最强烈的感受，他说，从太空回望地球，感到人类的家园——地球——实在是太美丽。应该说他跳出了局限来看事物，看到了地球多样性的统一。因此我觉得生活在地球上不同国家、不同地区、不同文化的人互相沟通是非常重要的。我们现在全球在反对恐怖主义，这是非常重要的。但是我们不能仅仅停留在这里，我们应该思考：恐怖主义是怎样产生的？怎样从根本上来解决这些问题？当然我们要打击恐怖的行动，但是真正要解决这个问题，我认为文化是可以起到很重要的作用的。

您刚才讲到的社会主义市场经济的问题，因为中国人已经看到了市场经济对生产力发展的巨大的推动作用，同时也看到市场经济所带来的很多负面的影响，社会主义市场经济，实际上是想探索新的一种模式，把市场经济推动生产力发展的、调动人积极性的有利的一面充分地发挥出来；同时又能够避免不良的一种东西。这里面最根本的就是通过市场经济使经济和社会得到发展，必须要使绝大多数人受益，这方面中国也还在探索的过程当中，所以这次你们这个研讨会对中国来说也是非常有意义的。

您刚才提到加强中国与安第斯成员国之间进行文化交流的建议，我认为很好。明年7月份最后一周的文化活动我们会积极地予以考虑。因为中国虽然有5000年的历史，地域非常辽阔，但中国近20年的发展，体会最深的一条就是，必须学习和借鉴国外的一切优秀的文化。一定文化是一定历史、一定地域、一定人类种群的生存状态，它有很多的差异，但文化都是平等的，因为文化反映出的人本身都是平等的，可以互相学习。中国通过和拉美这么多年的文化交往，学习了很多有益的东西，我们可以讲出许多具体的经验和知识。但我认为文化交流最重要的还不是这方面的收获，最重要的是对自己不了解的人群的了解，发现他们对未来、对世界的许多想法和愿望和我们是一样的。发现这样一种共同的愿望和共同的心愿，在今天来讲特别重要。因为局部地区冲突、动荡、不安，每天都在发生着恐怖的活动和人员的伤亡。美国人很困惑地说，"反恐"，结果是"反恐反恐，越反越恐"。所以需要和很多人沟通，和一切关注人类未来的人来沟通，来商议，来探讨，怎样共建我们美好的未来。所以您倡导的关于加强双方文化交流的事情，我是从内心很响应的。同时我们也欢迎更多的安第斯议会所在地区成员国的一些艺术家到中国来，甚至普通的平民百姓到中国来。面对面的交流是任何东西所无法替代的。非常感谢你到文化部来！

我也很高兴在南美洲结识了您，一个新的朋友。下次我想如果我们在厄瓜多尔或者其他一个安第斯成员国再次见面一定会非常开心。

埃： 部长先生，我昨天曾经有一个很有趣的会见，就是见到杨立伟，在国家博物馆。我去博物馆参观，杨立伟正好在那里。中国已经成功地到星球上去旅行了，但是最重要的旅行是一个人到他自己心灵中去旅行，比去太空还要难。中国有非常丰富的精神遗产，昨天我还在博物馆看到关于老子的展览。星期天我去了一座佛教的庙宇，看到很多年轻人怀着非常虔诚的心情去那里，所有的这些经验对于我们的将来都是一堂有益的课程。有一个美丽的传说，是关于加拿大的一位印第安酋长的，是500年前的故事。这个酋长已经做爷爷了。有一天他非常忧郁，他孙子问他："爷爷，您为什么伤心呢？"于是爷爷就回答说："因为有两只狼在我身体里搏斗。"孙子问："这两只狼是什么样的？"爷爷说："一个是坏的一个是好的。"孙子问："那哪只狼会打胜？"爷爷说："我精心喂养的那只会取胜。"恐怖主义也是被喂养起来的，因此才会存在恐怖主义，我们应该喂养的是和平与和谐。

感谢您在这里会见我们！我相信您将来一定会有机会到安第斯地区的国家去访问，您来的时候请一定要通知我，我会组织一批学者和您见面，陪您参观，和您深入讨论各种文化问题。我特别希望您去参观厄瓜多尔的加拉帕戈斯群岛，因为世界上很多物种的起源就在那里。这里有一本书，还有这个盒子里的小鸟就是那个群岛的特产。

孙： 很漂亮！

埃：我希望您能亲身到这个地方去参观。

孙：非常感谢！这是介绍中国的光盘，有春夏秋冬四季的景色。还有一套茶具，等您回去品中国茶的时候可以用。

埃：我回去每次用这套茶具的时候都会想起在座的好朋友，中国文化的灵魂就在茶当中。非常感谢!

chapter 16

建筑是凝固的音乐，音乐是流动的建筑

会见保加利亚文化部部长阿布拉舍夫时的谈话

2004年11月3日，孙家正部长在文化部会见了保加利亚文化部部长阿布拉舍夫①一行，就即将在中国举办的"保加利亚电影节"、两国的传统友谊和文化交流以及城市建设等广泛的话题进行了友好交谈。文化部外联局局长丁伟和保加利亚文化部副部长帕里埃娃、保加利亚驻华大使奥尔贝措夫等会见时在座。

孙: 我们能再次见面，我非常高兴。

阿: 我也感到很高兴。

孙: 访问保加利亚并且留下非常美好的印象，这一切仿佛发生在昨天一样。听说您来参加保加利亚电影节的开幕式，这个开幕式很成功。保加利亚是世界上第二个和中国建交的国家，今年我们建交55周年了。中华人民共和国建国以后，大概是当年的10月4号我们就建交了。应该说两国的文化关系历史很悠久，特别是最近几年，两国的政治、经济、文化各方面关系发展非常好。从文化部来说，您是2003年11月访问中国的，我是今年4月份访问保加利亚，现在我们实现了重逢。上次您访问中国的时候我们签订了文化交流执行计划。起码有两个势头我觉得非常好：文化领域的高层互访明显频繁、增加了；第二个是民间的文化合作交流项目增加了。因此能再次见到部长我非常高兴，因为我可以就进一步发展两国的文化关系再次听取部长的意见。

阿: 我再次向您表示感谢，感谢您第二次在这里给予我们热情的欢迎。我也希望用同样的方法再次欢迎您。中国是有几千年悠久历史的国家，中国目前的发展是非常出色的，这个发展到处都可以见到。由于我们访问时间有限，所以我们谈看法也不能谈得很深。看到了很高大的建筑，很宽阔的街道，到处井井有条，让我很激动。你们的城市和文化保护得非常好，仅仅从外表上就可以看得到。所以你们有资格、有权利感到自豪，特别是在文化方面。

我们有着很悠久的联系，我们应当把这个悠久的联系更加具体化。不仅仅搞一个电影周，还要搞文化方面很多的合作项目，比如说到保加利亚举办一个"中国文化日"，或者保加利亚到这边来。应当说中国的文化在保加利亚是很受欢迎的，大家都十分了解中国的文化。没有什么东西能比文化更好地使我们两国人民互相接触以达到更多的理解，也就是说这是我们达到相互了解最好的一个方法，如果我们在这方面能够做得更多，我们之间的接触就更近。我们可以派来一些小型的交响乐团、小型的合唱团等等，我还是音乐院

---

①鲍·阿布拉舍夫，1936年3月出生于索非。1960年毕业于保加利亚国家音乐学院作曲专业，1991年获艺术理论博士学位。曾长期在大学工作，2000年当选音乐学院副院长。著有60部音乐作品和多部学术论著。2001年7月出任保加利亚文化部部长。

校的负责人，我们也可以在这方面进行合作，让我们院校的老师到中国来工作，让中国相应院校的教师到保加利亚工作。我要说的核心意思是要把我们谈的东西更加具体化，第一条、第二条、第三条、第四条都是什么，要把它具体化，由我们在座的这些可爱的同志们来把它具体实现。

孙：我非常感谢部长刚才对中国经济的发展做出的评价。应该说近25年是中国历史上发展最快的时期。但是同时我们要告诉部长，中国地方区域性差异是很大的，城市和农村的差异也是很大的，有一些边远的农村生活还是比较困难的。25年来中国农业的发展，就我的看法，大体经历了三个阶段：

第一个阶段是上个世纪80年代，那个阶段是比经济发展的速度，各地大家都在比赛一样，看谁发展得快。

到上个世纪90年代，提出了可持续发展的观念，主要是把经济的发展和资源的可持续利用以及对环境的有效保护，把这三者结合起来了。

以胡锦涛同志为总书记的新一代领导集体提出了科学的发展观，科学发展观主要有这么几层意思，第一层意思就是所有的发展必须要"以人为本"；第二层意思是这个发展，不管是城市还是农村、发达地区和不发达地区，要协调发展；第三层意思就是强调经济的发展，政治的民主与法制，文化的繁荣，精神生活的健康向上，都要协调起来。科学发展观实践以来，从中央政府到地方政府，普遍对文化的重视程度大大地提高了。非常简单的道理，人不但要吃饭，要穿衣，要物质生活的享受，更要有精神生活；而且文化的发展除了要保持民族的特点以外，一定要敞开胸怀，学习一切国家的先进的文化。所以我们重视与保加利亚的文化交流，有个很重要的想法就是要从保加利亚的文化当中学习有益的东西来丰富自己。你到中国来演出，还有在中国举办的文化日，包括这次电影周，都会使中国人民更加了解保加利亚的文化，从中学习到有益的东西。文化的交流，实际上就是人与人心灵的沟通，为达到这种心灵的沟通，我们必须找到一些具体的项目。我非常赞成部长的意见，把事情一项一项列出来，通过这一项一项的事情，增强两国人民互相的了解。国际交流呢，因为两国之间距离比较遥远，需要的经费比较多，所以我非常赞成部长的意见，搞一些精干的、人数比较少的团体进行交流。像办电影周就是一个好的方法，是成本较小、效益较好的交流活动。作为文化部长，我们应携起手来，把文化交流的道路铺得又宽又平，让民间的艺术家，教育方面的，各方面的，自由地往来。我知道你是非常有成就的音乐家，音乐的交流是一个非常好的方式，因为它不需要翻译。

阿：　有些艺术门类是不需要翻译的，但是文化上文学、戏剧等等还是需要翻译的。比如我们看到的影片，上面有俄文，简单的中文字幕，没有影响，一看就懂。

孙：　现在中国对外的关系，简单讲，就是"政治外交"、"经济外交"和"文化外交"，基本上把它作为三个重要的支柱。我们上次签订了一个文化交流执行计划，我们两边通过使馆作为渠道，加强联系，将一些可行的项目随时提出来协商并且实施。经济方面，我们两国之间的经济贸易量虽然不是很大，但是发展势头很好。而文化的发展，除了可以进行广泛的交流以外，它的效果当前不一定可以看到，但是长远看它可以产生非常大的效果。感谢部长刚才说希望第二次在保加利亚看到我，我也期待着再次访问保加利亚。

阿：　那证明您非常喜欢保加利亚。我可以说保加利亚论人口的话只相当于你们一个中等城市，我们对你们来说只是像一个小虫子。你们的文化确实有很高的水平，所以我认为我们应该把合作的途径扩大。您如果在保加利亚短时间访问也可以看到很多东西，离索非亚100公里有一个很著名的里拉教堂，离索非亚150公里您就可以到达保加利亚第二大城市普罗夫迪夫，那里已经被联合国教科文组织列为世界文化遗产了。作为文化专家你们可能知道，那里有著名的色雷斯文明，那是公元前4-5世纪的事情了。我们在挖坟墓的过程中发现了文物，发掘了色雷斯人的墓穴，发现了他们悠久的文明。在海滨城市瓦尔纳也发现了4-5千年前的文物，此外还有新的发现不断涌现。保加利亚虽然是很小的国家，但她集中了各种文化，能够发现各个历史时期的文化，所以您应该再来一趟保加利亚，可以进一步加深印象。

孙：　我上次访问保加利亚不光去了首都，第二大城市也去了。我下次再去要去一些小城市。到任何国家我都喜欢到她的一些小城镇去走一下。我觉得世界上一些大城市，文化上有一种趋同，鲜明地保持文化传统的反而是一些中小城市。

阿：　是。只有小的城市才能保持一些有文化特点的东西。不知道您去没去过一个叫库布里夫斯蒂查的地方，那就是一个小地方。

孙：去过。感觉很好。

阿：那里可以见到很典型的保加利亚建筑风格，那里才有保加利亚的文化精神，当然还有其他城市。我们这次还将去天津。

孙：天津这个城市很有特点，它的建筑中有很多西方的特征，另外天津民间的文化也很发达，有很多，像"泥人张"、"杨柳青年画"……音乐也很有特色，像"天津大鼓"。特别是第一次来的，你尽量不要安排得很紧，带他们多看一些地方。

阿：尽可能吧。比如说我们这次没时间去包括上次没能去成的上海。

孙：上海值得一看。

阿：那可能要留到第三次来中国了。

孙：我刚刚在上海参加了一个38个国家文化部长参加的会议，他们住在浦东——新建的城区，他们觉得和纽约差不多。但是会议结束以后，与会的代表到了上海的老城区以后他们惊呆了，保留的古建筑，就是历史上的风格。现在中国的城市建设发展很快，如何保持那些老的城区，或者一些小城镇原有的风貌，对我们来说是一个很重要的任务。

阿：过去历史上的东西应该加以保护，因为任何国家的历史都是多少个世纪才发展起来的。北京给我留下很深的印象，就是因为有很多高大的建筑，同时有很宽的马路，这样给人留下很宽阔的视野，到哪里都觉得很宽敞。纽约那些建筑很高大，但纽约的街道太窄。北京的建筑也很高大，但北京的街道很宽阔。我父亲就是搞建筑的，他就很有眼光，希望将来出现高大建筑和宽阔的街道。这都取决于艺术眼光的不同。

孙：你家这两代人很有意思，一个搞建筑，一个搞音乐。建筑是凝固的音乐，音乐是流动的建筑。我和您见面有说不完的话，但是我希望能够挤出一点时间来让你们多安排点活动，多看看。我特别希望我们以后有机会能够经常见面，你们到北京也好，到天津也好，需要我和文化部帮忙做的事情，你随时和陪同人员说。祝你们在中国，在北京、天津过得都非常愉快!

chapter 17

追求不同文化之间和解与友好相处的理想境界

会见马耳他文化旅游部部长迪麦克时的谈话

2005年4月19日，孙家正部长在文化部会了见马耳他文化旅游部部长迪麦克①博士一行，共同签署了文化交流执行计划，并就两国的文化交流与合作进行了友好的交谈。文化部外联局局长助理王燕生、马耳他文化旅游部常务秘书波勒特里等会见时在座。

孙: 今天能在北京见到部长，感到非常高兴！马耳他和中国距离比较遥远，但是很多中国人都很熟悉这个国家，特别是近几年，中国的主要领导人都先后访问了这个国家，而且在马耳他开办了在世界上为数不多的中国文化中心。文化中心开展的一些活动得到了马耳他政府，得到了部长和马耳他各方面朋友的关心和帮助，对此我表示衷心的感谢。这次部长对中国的访问以及我们将要签署的文化交流执行计划将对两国的文化交流起到进一步的推动作用。

现在世界各国对文化是越来越重视了。在当前这样一个经济向全球化发展，同时各方面的矛盾也很多的世界形势之下，通过文化进行沟通和交流，这一点非常重要。现在信息技术发展很快，通过互联网以及其他渠道的信息传递速度很快，但是技术上的进步并不能完全解决人与人之间的沟通问题，还是需要通过文化的内容来增强互相的了解。这次和部长见面，我也希望听取部长对发展两国文化交流方面的意见和建议。

迪: 我非常高兴能再次到北京来访问，同时也感谢您和您的同事对我们代表团的热情接待。尤其是感谢您亲自邀请我来中国访问。我相信我们正在建立的文化合作框架所涉及的领域是我们人类最能获得满足感的领域，也是人文水平最高的领域，所以这方面的交流是非常重要的。我们两个国家距离非常遥远，人口的差距也很大，但是中国和马耳他人民之间的关系一直比较密切，我们有33年的良好外交关系，我们在很多领域都有很好的合作。我们感到非常高兴，也非常荣幸，中国在世界上建立的很少的几家文化中心之中有一个就建在马耳他。我们将要签订的计划也是非常准确和具体的，这里提到了两国将要交换的演出和展览的数量，并且规定了双方互派人员的数量以及双方如何促进演出和展览的进行。请允许我在这里做一个个人的承诺，我们需要将这些演出和展览举办成功，因为我们需要通过这些活动把人们的心连在一起。"马耳他摄影展"昨天在北京开幕了，我参加了这次展览的开幕式，在此我感谢文化部对此次活动的支持。我们在今后合作的路非常长，我们的日程也非常紧张，有很多事情需要做，所以我们应该立即开始进行合作。同

---

①弗朗西斯·扎密特·迪麦克，1954年10月生，1979年毕业于马耳他大学，法学博士。1992年出任交通与通讯部部长，1994年任环境部长，2002年任资源与基础设施部部长，2004年出任文化和旅游部部长。有专著数种。

时我也在此向您发出正式的邀请，希望您能来马耳他访问。

孙：首先感谢部长的邀请。到过马耳他的同事和朋友回来以后都向我推荐，要我早点到马耳他去。中国和马耳他在文化交流方面，从总量上讲不是最大的，但是每项都办得很成功。文化对人的影响是非常广泛也是非常长远的，所以我们的文化交流应该着眼于两国人民的交流，两国人民的了解，目标很长远，但是我们做的事情又很具体，很有成效。我们将要签署的计划也体现了这个特点，都是一些具体的项目，从具体做起，把我们的合作向前推进。你讲的这个马耳他摄影展一定会受到观众的欢迎的，因为大家对这个国家很有兴趣，希望了解这个国家。我也希望在今后的交流当中，马耳他的其他一些项目，展览也好，演出也好，在中国都能够成功举办。中国文化部将给予全力的支持。

任何一个国家文化的发展都离不开世界。我们接触马耳他的文化以及世界上其他国家的文化的过程中，总是感到受益匪浅。改革开放20多年是我们国家发展最快的一个时期，但是中国是一个人口众多的国家，我们所取得的财富和建设成就如果用13亿人口来平均的话，便可知道我们的发展还处于非常初级的阶段。中国人总是不断提醒自己，要虚心地向世界上其他一些国家的人民学习，就像马耳他，使我们在和世界上一些国家的交往当中，大家都能互相有所帮助。中国在马耳他的文化中心能够顺利地开办，顺利地举行活动，和马耳他政府、马耳他友好人士的热心帮助是密不可分的。而且我一直在讲，把双边的关系，包括互相办的一些展览、一些项目以后能够逐步地和周边的国家联系起来，这样我们文化活动的成本将会大大降低。这次您来北京访问，需要了解一些什么情况，需要我做什么事情可以随时吩咐。在访问之后，我们经常性的联系可以通过使馆。

我在中国的三届政府担任部长职务十多年来，我感觉驻北京的各国大使，对文化的建设、文化的交流越来越重视。而且经济发展以后，中国政府也是越来越重视文化建设，因为人的物质需求总是有限度的，而对精神的需求、对文化的追求还有巨大的空间。所以我想对人的物质消费应该适当控制一下，否则会产生巨大的污染和大量垃圾，而对文化的消费应该大大提倡。您这次来除了在北京，还到外地去吗？

迪：还要去西安和上海。

孙： 现在中国政府想对发展做一些调控。您当过环境部长，应该知道发展和环境的矛盾、发展和资源的矛盾是要给予重视的。从人类社会开始的时候，就有两个基本的矛盾：一个是人类与自然的关系怎么处理好，另一个是人类社会内部的矛盾如何处理好。中国有一个"天人合一"的古老思想，就是说人和自然是一体的。但是在经济现代化的进程当中，对自然的破坏还是很严重的。人类社会的矛盾、贫富的悬殊，还是应该高度重视的。不同文化之间能够平等对话和沟通显得越来越重要了。因此如果能够把两个对抗变成两个和解就好了。人与自然能够和解，成为好朋友；人类社会不同文化之间能够和解，友好相处，就是一个非常理想的境界。当然这两个题目非常大，我们能做的只是从文化这个方面做一些有益的工作。所以文化部长，不管是见过的还是没有见过的，都能一见如故，共同语言特别的多。

迪： 我非常同意您的看法，文化是解决其他一些问题的很好的方式。我们看看历史就可以发现，即使是中国和马耳他这样不同文化的国家，我们都有一个共同的特点，就是我们历史上的文化和智慧到今天还是有使用性的，这就是我们作为文化部长的责任。我也发现任何国家到了一定的发展阶段就会认识到文化是非常重要的，有的时候文化可以成为经济发展的源泉，所以产生了创意产业的概念，因为文化可以产生财富，甚至是最好的财富。我注意到在过去几年里，有很多中国人是个人到马耳他举办展览和其他文化活动。我相信这在将来的几年会变得越来越重要。您刚才提到我们之间的交流项目可以辐射到本地区的其他国家去，我立刻想到了地中海地区。我们和地中海地区的其他国家，包括欧洲的地中海国家都有一些合作的项目和计划。比如中国有一个大型的表演团体来马耳他演出的话，我们可以利用这些计划，让这些团体到地中海的其他国家，包括南欧的国家进行演出，这样可以更加有效。

孙： 如果您同意的话，我们是不是可以签署文化交流执行计划，然后在实行这个计划的过程中，我们再不断地激发出一些新的想法。

chapter 18

民间文化像一股清新的风

会见萨摩亚教育文化体育部部长菲娅梅时的谈话

2005 年 5 月 9 日，孙家正部长在文化部会见了萨摩亚教育文化体育部部长菲娅梅①女士，就发展民族文化、保护世界文化的多样性和非物质文化遗产等话题进行了友好的谈话。文化部外联局局长助理王燕生等会见时在座。

孙: 很高兴在文化部和您见面！萨摩亚离中国比较远，但是这些年我们两国的关系发展得是比较好的，在文化方面也有一些交流项目。我想，这次部长对中国的访问一定能推动两国的文化交流。现在经济的全球化、政治的多极化趋势的发展比较快，如何保护文化的独立性是各个国家共同面对的问题。怎么在对外交流当中互相取长补短，发展自己的民族文化，对于像中国这样一个国家也是非常重要的事情。我们最近几年积极倡导和组织了一些国际会议，这些国际会议的主要议题就是保护民族文化，保护世界文化的多样性。国家有大有小，也有发达的和发展中等等区别，但是文化上大家都是平等的，都是世界文化百花园中的一朵花。所以我非常珍惜这次和部长见面的机会，也想听听部长对发展两国文化交流以及世界文化发展的意见和看法。

菲: 感谢孙部长今天对我热情的接待！首先感谢您在百忙之中抽时间来见我，我想作为一个文化部长、您的同行向您表示敬意！同时我也想以个人的名义感谢您邀请我来参加"相约北京"和相关的文化活动，也代表我们萨摩亚艺术团感谢您邀请我们在中国的几个城市进行表演。我们曾经很荣幸地接待了中国的文化代表团和艺术团来萨摩亚演出，但是萨摩亚艺术团到中国来这次还是第一次。

我也非常赞同您刚才所说的，各个民族都应该保持自己文化的独立性，这对于我们这样一个很小的岛国来说是非常重要的。我们都知道，作为我们的民族文化，要想在世界上得到生存和发展可以说是比较困难的事情，但是有像中国这样一个大国来邀请我们，不但在中国而且通过新闻报道进一步向世界宣传，这样做一方面加强了我们两国的文化交流，也使我们自己的民族文化得到了很好的展示。您刚才把各国的文化比喻为世界文化百花园中的花朵，我对此非常欣赏，也许我们的文化只是其中一朵很小的花，但是在我们两国的关系当中，中国从来没有因为我们是一个小国而不平等地对待我们。中国对待我们的平等态度让我们非常感激，我们也非常欣赏中国这种平等对待其他国家的态度。

---

①菲娅梅，1957年4月生，出身于萨摩亚望族，其父马塔阿法为萨摩亚独立后的首任总理。毕业于惠灵顿维多利亚大学政治学专业。1985年首次进入议会，连任至今。1988年任财政部副部长，1991—2003年担任教育部部长，2003年5月萨摩亚青年体育文化部与教育部合并，菲娅梅出任部长。

孙: 您能应我的邀请到中国来访问，而且萨摩亚艺术团能够来参加"相约北京"这样一个在中国举办的重大国际文化活动，我表示非常的感谢!因为不管国家大小，对于各种文化的相互交流和传播，都是一个国家文化发展和创新的必要条件。作为中国的文化部长，我有一个坚定的信念，就是让国人通过文化来了解外部世界是如何的丰富多彩。即使是很小的国家，它的文化也都有自己的特色，也都值得我们去借鉴和学习。我们虽然是大国，面积很大人口也很多，但是在发展当中仍然有自己的问题。虚心地向世界各国学习是我们始终要抱有的一种态度。实际上正是这些国家，包括小国、穷国，在国际事务当中，在中国的发展过程当中，给予了我们很多同情、理解和支持。我们在北京创立了一个"相约北京"的文化活动，在上海创立了一个"国际艺术节"，这两大平台主要是想邀请世界各国的、特别是发展中国家的文化艺术来进行展示。在"相约北京"的平台上，去年举办了以非洲文化为主题的"非洲主题年"，非洲的很多艺术家也是第一次到中国来。我们要改变少数一些人的看法，认为非洲仅仅是一个很贫穷的地方。人与人、国与国之间的友好光有同情是不行的，我们首先要尊重人家。很多非洲国家都参加了这次活动，他们带来的节目非常精彩，受到了中国观众的热烈欢迎。文化发展中，商业化的趋势也是势不可挡的，有些商业化的包装比较过分。回过头来看一些原生态的文化，一些来自民间的文化，就像一股清新的风吹进喧嚣的城市。我相信萨摩亚艺术团在北京以及在江苏无锡的演出一定会受到热烈的欢迎。您以前到中国来过的，但是我还是第一次和您见面，非常高兴能和您相识。希望您在中国、在北京的访问能够取得成功，也预祝艺术团的演出取得成功，也希望您能在这里度过美好的时光。您是我请来的客人，如果在访问期间有什么事情需要我本人做的，或者文化部做的，可以随时和陪同的人员交代。无锡您以前去过吗?

菲: 没有。

孙: 这次会去吗?

菲: 会的，我会在无锡同我们的艺术团见面。

孙: 无锡是个非常美丽的地方，是一个"充满水和柔情的地方"。那里靠着太湖，经济上也很发达。您除了演出以外还可以坐船在太湖游览一下。现在是"五一"长假刚刚结束的时候，游客会少一点。如果是假期去，那里会是人山人海。

菲：我也想告诉您，我们这个艺术团中有很多人既是艺术家也是老师。对于他们来说，这次机会是非常重要的，因为这可以增强他对中国的了解。因为您知道，两个国家如果离得很远的话，人们对另一个国家的理解往往是凭臆想的，通过亲身感受中国不同的地方、不同的城市，这些老师增长了对中国的了解，并且在今后的教学和传播当中可以更准确地谈论中国。在与中国的文化交流方面，我们除了双边的文化关系以外，还有联合国教科文组织内部的多边文化关系。我们也参与了联合国教科文组织保护世界文化遗产的项目。我们非常渴望中国能在承认小国文化和保护小国文化遗产方面起到领导作用，特别是保护非物质文化遗产方面。您知道我们国家是一个热带国家，很多物质遗产的保存比较困难，所以我们留下的很多是口头的非物质文化遗产，所以我们希望中国在多边的场合对于这些遗产给予更多的关注。

孙：我非常赞成部长的这个意见。现在文化的多样性与生物的多样性一样受到严峻挑战。从生物界来讲，森林中的生物品种、海水中的生物品种、淡水中的生物品种都在大幅度递减，世界文化遗产实际上也在递减。有些语言，有些艺术种类，口头的非物质遗产的传人都濒临灭绝了。因此对于这些文化遗产，中国的原则是"抢救第一，保护为主"，同时要加强管理和合理的利用。我赞成在多边的国际文化场合专门强调一下一些原住民的文化，以及一些小的国家和民族的文化遗产的保护。从我们中国的情况来说，首先要教育我们的青年，教育我们的孩子，在不可避免地要走向现代生活之时，充分尊重和珍惜祖先留下来的文化遗产。这是个很重要的问题。

菲：是的，我们都有相同的观点。

孙：除了北京和无锡还要到其他地方去吗?

菲：我们会从上海最后离开。

孙：上海也是非常漂亮的地方。

菲：是的，我觉得上海是一个非常有趣、非常吸引人的城市。仅仅从建筑上看，上海不仅有传统的中国式建筑，还有前几个世纪西方留下来的建筑，更有一些超现代的非常摩登的建筑。建筑的不同刚好展示了中国从传统文化转变成现代文化的缩影，可以说是中国文化演变和发展的一种反映，所以上海是一个非常有吸引力的城市。部长先生，我知道您以前访问过新西兰，而新西兰和萨摩亚只有3个半小时飞机的旅程，所以我邀请您在方便的时候来访问我们这个虽然很小但是非常热情地欢迎您的国家。

孙：我知道萨摩亚是一个非常美丽的国家。我非常感谢您的邀请。在发达的国家可以看到很多好的东西，但是现在发达的国家特别是城市，文化上趋同的现象非常严重。相反我在一些比较小的国家，像太平洋上一些岛国，却看到了独具魅力的文化。上次我陪国务院的一位领导到非洲去访问，回来以后我有很多反思。随着科学技术的进步和现代化的进程，人们有点像疯狂一样地追逐现代化。也许总有一天，我们会感觉到我们努力追求的东西并不一定是我们内心向往的东西。到底怎样构建一个适合人类生存的环境，我觉得还是值得认真思考的。前几天"五一"放了好几天的假，城市的人纷纷逃离城市，到郊区到农村去了。如果我们世界上的地方以后都变成大城市，我们今后逃到哪里去呢？

菲：我有个很好的主意，到我们这样的国家去吧。

孙：我想保留自然遗产、物质遗产和非物质遗产，就是保护我们美好的未来。非常高兴和部长见面，很高兴我们能像朋友一样聊天！

菲：是的。谢谢部长！我们国家每年9月份有一个"土伊拉文化节"。土伊拉是我们那里一种植物上开出的花朵，我们每年9月份都要搞这个活动。如果部长先生能访问我们国家的话，这个时间是可以考虑的。回国之后将会和中国驻萨摩亚的大使馆联系，向您发出正式的邀请函以及这次访问的感谢信。

孙：谢谢您。

chapter 19

保护文化遗产，就是保护一个民族走向未来的根基

会见南非文物代表团时的谈话

2005年5月24日，孙家正部长在文化部会见了由瓦卡什①率领的南非文物代表团，就文化遗产的保护、中国与非洲国家的传统友谊和文化合作、文化多样性等话题进行了友好交谈。国家文物局局长单霁翔、文化部部长助理丁伟等会见时在座。

孙：很高兴您以第二十九届世界遗产大会主席的身份到中国来访问。我代表文化部和国家文物局邀请您来中国访问，对我们的遗产保护工作和有关的事项多做指导。南非我前后去过3次，应该说在文化遗产的保护方面还是非常有经验的。从南非和中国的关系来说，乃至整个非洲来说，在文化遗产保护方面，在其他有关方面可以互相交流。我想借此机会听一听你关于开展文化遗产保护以及文化交流方面的意见和建议。

瓦：非常感谢您，部长先生！每次见到您如此健康，我总是很高兴。当看到我的日程，得知能荣幸地见到您，我非常高兴。确实在很长时间里面，我们的文化工作经常得到中国的支持和指导，而且是在我任世界遗产大会主席之前，我们和中国就有这样的关系了。

部长先生，在此我想再次感谢您对我们参与第28届世界遗产大会的热情接待，同时我也想高度评价中国在处理和主持第28届世界遗产大会时所表现的态度。第29届遗产大会是撒哈拉以南的非洲地区首次召开这样的会议。我们非常想借大会召开之机为非洲文化遗产保护事业留下真正的长久的遗产，希望这个遗产能为文化遗产保护带来积极的影响。

目前我们所面临的文物保护和遗产保护方面的挑战可以说是巨大的，这种巨大的挑战也象征着我们发展中国家所面临的考验。我们可以在第29届世界遗产大会上拿出一份比较成熟的文件，在这个文件里我们也要建立短期、中期和长期的计划。当时所有的这一切的关键是要有一个工具，可以使我们实现这些计划，这个工具我们命名它为"非洲世界遗产基金"。这个"非洲世界遗产基金"早在2002年世界遗产大会在对非洲世界遗产保护现状的报告中就已经提到了，但是到目前为止还停留在理念阶段。我们想利用这次机会真正地把这个基金投入运转，希望能够切实地迎接非洲遗产保护所面临的挑战。

我们现在关注的是在非洲的世界遗产，这些遗产处于非洲大陆，但是是世界的，是属于全人类的。我们在设立这个基金的时候非常认真地考虑选择怎样的合作伙伴，我们和中国驻南非大使馆进行了探讨，希望能在设立基金方面得到中国的支持。

昨天我们与章新胜副部长会谈当中，他表达了中国方面要对此强烈支持的态度。文物局长先生也表达了相似的愿望，并且提出了其他3个项目是值

---

①森巴·瓦卡什，南非文化艺术部副总司长，第29届世界遗产大会主席。

得共同合作的。到目前为止我们与之探讨合作设立"非洲遗产基金"的国家包括荷兰和挪威，当然南非政府会在这个基金的设立中起到非常积极的作用。中国方面所表达的支持可以给我们今后南非与中国，包括非洲与中国进行文化遗产保护的合作奠定很好的基础。

部长先生，我感谢您对这件事情的支持。同时我想作为第29届世界遗产大会的主席向您表示感谢，我相信中国和我们的合作关系再次体现了中国在积极参与世界遗产保护的工作道路上迈出了新的一步。谢谢您给我这个机会来通报这些情况。

孙：感谢您给我通报这么重要的事情。文化遗产是我们与遥远的祖先沟通的唯一渠道，也是一个民族走向未来的根基。您所谈的这些事情，对于文化遗产的保护来说是至关重要的。

第一件事情，关于"非洲世界遗产基金"以及经费的草案，我们已经收到了。我们认为这是一件非常好的事情。我本人多次到非洲访问，看到非洲有非常古老的历史，有许多非常宝贵的人类文化遗产，保护这些遗产不仅是非洲各国政府和人民的事情，也是有关国家，特别是作为非洲人民老朋友的中国的责任。国家文物局在收到这份文件之后非常重视，他们已经开始和国务院的有关部门加紧联系。我可以非常明确地告诉你：一，中国政府支持这个文件；二，中国政府将用一些具体的行动来表示自己的支持。关系到非洲人民利益的事情，关系到非洲文化遗产的保护，关系到非洲经济和社会的可持续发展的事情，中国政府一定会热心去做的。

第二件事情，关于文化遗产保护的人员培训问题，应该说我们国家文物局这些年积累了一些经验，我们愿意和非洲的朋友分享这些经验。在培训当中我们也可以把我们的教训、我们所走过的弯路告诉你们。在培训过程中我们也要学习你们一些好的经验。我非常赞同您的看法，在文化遗产保护方面，任务非常繁重。现在文化的多样性遇到很严重的压力，随着现代化进程的加快，文化品种的减少，文化多样性受到的威胁和生物多样性受到的威胁是同样严重的。保护文化遗产，就是保护文化多样性的根基。所以我非常重视世界遗产大会这样的形式，通过这样的形式来加强国际方面的合作，来提醒和敦促各国政府，来唤起社会各方面的高度重视。所以在这些领域的合作我们都会重视。我觉得从效果出发，对培训的项目要很好地论证，逐步提升培训的水平和学员的实际工作能力。

第三件事情，关于和故宫合作搞展览的事情，故宫博物院表现出很高的热情。我想故宫到非洲搞展览，非洲好的展览到中国来展出，这对双方都是很重要的。这两年我们办了一个"非洲艺术大展"，主要是以浮雕、木雕为主的，在北京展出可以说产生了轰动的效应，然后又被安排到中国各地展出。为什么"非洲艺术大展"能受到这样的欢迎？在于其艺术品内蕴着丰富的情感。情感最主要的表达形式就是艺术，中国观众从这些艺术品中看到了非洲人民对情感的天才表达。这使中国人民感到我们的非洲朋友不但是心地善良，对朋友很赤诚，而且他们是富有天才和智慧的。所以说中国和非洲在艺术、在文物、在其他方面的交流是必要的，要满腔热情地把这些项目一个一个地做好。

现在世界上一些杂志和媒体对非洲的描述并不是很全面，怀着恶意的、片面的、歪曲的我不去说它，即使是善良的人们对非洲的看法也有片面性。这些描述往往侧重于干旱啊、灾难啊、艾滋病啊、贫穷啊，就是把非洲人民当成一种同情和怜悯的对象。我觉得要通过文化让人们建立起这样一个信心，20世纪是非洲解放的世纪，21世纪一定是非洲振兴和繁荣的世纪。非洲的振兴和繁荣主要靠非洲人民自己的勤劳、勇敢、智慧和才华。我们同非洲朋友开展文化交流的时候，在中国举办非洲演出和展览的时候，始终坚持这样一种明确的思想和态度。

第四件事情也是我最想说的事情，所以我把它放在最后。我衷心地感谢您对中国文物保护工作的支持，包括第28届世界遗产大会成功地在苏州召开，与您的努力是分不开的，而且我要特别感谢您在第29届遗产大会上对于澳门项目给予的满腔热情和关注。您知道澳门离开祖国的母体有一段漫长的历史，我们对澳门恢复行使主权只有几年时间。我们希望澳门在回归以后，在国际舞台上还能以其优秀的遗产让人们来认识，这是一件非常令人鼓舞的事情，而且澳门本身的文化就带有非常典型的中国文化和西方文化融合的特色。得知您担任第29届大会的主席后，我就和我的同事讲，澳门这个项目的通过应是确定无疑的。我向您表示衷心的感谢！以后在文物保护方面，在中国和南非的文化交流方面有什么重要的事情，您可以随时和我们单局长、丁助理进行联系。如果您觉得有必要，也可以直接来找我。对您关心的事情，我会同样地充满热情。

瓦：谢谢部长！

chapter 20

让悠久的文化在新时代焕发出迷人的魅力

会见埃及文化部第一副部长舒巴希时的谈话

2005年6月17日，孙家正部长在文化部会见了埃及文化部第一副部长舒巴希[①]一行，就即将在中国举办的"阿拉伯艺术节"和在埃及举办的"中国文化节"、文化遗产的保护等进行了友好且富有建设性的交谈。文化部部长助理丁伟和埃及驻华大使侯夫尼等会见时在座。

孙： 非常高兴能在文化部和您见面!您的到来，使我回想到上次对贵国访问的难忘经历。这些年来两国的文化交流进展应该说还是很不错的，但是还可以搞得更好，因为搞得好有很多理由。不光是在我们两国人民的心目当中，包括世界上其他一些国家都认为埃及和中国是有着非常灿烂的古代文明的国家，而且这些古老文明在新的时代、新的历史条件下依然能够焕发出一种迷人的魅力，这是非常值得我们珍惜的。我看了一下我们两年来文化交流的情况，都是非常好的项目，包括我们互相举办的一些文物展览，在世界上都是第一流的。在文化遗产的保护方面，我们也进行了很有意义的合作。中国在埃及的文化中心开办以后，一直得到您和贵国文化部的大力支持，对此我表示感谢。

中国政府十分重视同埃及的文化交流，而且对于文化遗产的保护和整个文化的发展问题，我们有很多共同语言。阿拉伯文化应该说是人类历史上最灿烂的文化之一，中国政府非常重视同阿拉伯地区的文化交流。中国的文化发展上吸收了阿拉伯文化中许多有益的东西，中国人对于阿拉伯文化不是一般的欣赏，而是怀着一种非常尊敬之情。明年我们将举办"阿拉伯艺术节"，比较全面地向中国人介绍阿拉伯的文化和艺术。明年又是中国和埃及建交50周年，我们要通过一系列文化活动来纪念这个有意义的日子。在这之前能和您见面，我非常珍惜这个机会，也愿意听取您对发展两国文化交流的意见和建议。

舒： 感谢部长阁下的邀请，我认为这次会见是非常有意义的。正如部长所说的，中国政府十分重视同阿拉伯国家的文化交流，埃及政府也同样将同中国的交流与合作放在优先的地位。我们非常高兴地看到两国的交流与合作进展顺利，部长的访问可以说对这方面是一个很大的推动。作为第一个参加"中阿交流合作论坛"的人，我深感荣幸。我也期待明年在北京举行的"阿拉伯文化节"。这次活动将是阿拉伯世界去年在法兰克福举办的"阿拉伯文化节"后的又一次文化盛事。我曾经参加了法兰克福的"阿拉伯文化节"并从中获益，所以我期待明年北京的"阿拉伯文化节"也能圆满成功。正如您所

---

①谢里夫·舒巴希，1967年5月毕业于开罗大学文学院法语系。曾长期在电台、报社、电视台等媒体工作，2002年起任开罗国际电影节主席、文化部第一副部长。有专著多种，并出版了小说、戏剧集。

知阿拉伯文化不仅仅限于埃及文化、叙利亚文化或者几个阿拉伯国家的文化，而是整个阿拉伯世界的文化。我希望我们能为明年的"阿拉伯文化节"做好准备工作。两年前部长阁下曾经访问过埃及，我也希望部长能够参加明年在开罗举办的"中国文化节"活动，同时我也代表埃及的文化部长向您发出邀请，我们在埃及欢迎您。

明年将迎来中埃建交50周年，但是在50年以前，中埃两国之间的文化交流就已经开始了。中国和埃及都面临着同样的问题，就是世界上仍然存在着霸权主义，我们必须接受一些现实，世界上一些国家想把自己的想法和原则转给其他国家，我们面临的问题是如何接受这些原则，同时保持本国的原则和想法。我们埃及在文化界就有一个问题，就是如何保持自己的原则，同时接受国外来的新的想法。

孙：感谢部长的邀请！对我来说，埃及是我越读越想读、永远读不厌的一本奇书。关于部长讲的，我们两国共同面临的问题，我深有同感。中国20多年走过的道路如果简要地把它概括一下，第一个特点就是对外开放。当时中国的领导人就意识到对外开放以后会有一些不好的东西进来，包括对我们传统文化的消极影响都会发生。权衡利弊，我们得出这样一个基本方针：第一条就是在新的世纪、新的时代之下，任何一个国家都不可能关起门来搞建设，所以必须要开放；第二条，对我们已经延续了几千年的文化，我们要有信心。几千年来祖先所创造的文化，经历了风风雨雨，经历了战争、瘟疫、灾难，仍然顽强地生存下来了。开放以后，古老的文化可以得到新的生机和活力。这20多年来，中国向世界学习了很多东西。中国人讲道德，讲修养，现在我们知道，光有道德修养是不够的，还必须要有实力，还是要国家强大起来。对外开放的同时，要教育我们的青年珍惜我们的传统，要守住我们基本的价值观，让我们古老的文化适应新时代，并在新的历史时期获得新的发展。在这一点上我有充分的信心，不管有什么样的东西进来，中国人还是中国人，中国的文化还是中国的文化。埃及和我们也是一样的。上次我到埃及去看过，既有古老的东西，也有现代的东西，所谓现代的东西，说到底还是埃及自己的文化。关于坚持自己文化特征的问题，内容很多，但是我想其中非常重要的一点便是语言问题。我过去在大学里学的是语言文学。改革开放之后，国际交往中英语和一些大语种的外国语普及还是很快的，学习外语，特别是英语的积极性还是非常高的。但是也有一个问题，就是对自己母语——汉语的学习不够重视。热爱民族文化，首先是热爱民族语言和文字，所以我们明年办"阿拉伯文化节"，对阿拉伯语言和文学的宣传是非常重要的。

舒：这确实是非常重要的。

孙：我们上次在埃及的中国文化中心举办了"中国汉字展"。现在在中国的孩子从很小就会打电脑，打得比大人还流利，但是很多到大学毕业了汉字还写不好，这是个问题。

舒：是语言方面出错，还是写字写错了？

孙：汉字写不好，同时还有语法错误。

舒：这个和埃及是一样的，埃及的学生也经常写错字。我们两国在很多方面是一样的。

孙：我们的教育从小学、幼儿园开始，一个是写字，一个是朗读，都是非常重要的。关于语言，我们的陈冬云处长，她是半个埃及人啊。

舒：贵国文化部所有的负责官员，阿拉伯文都讲得非常流利。

孙：她从9岁到埃及学习，一直读到14岁。

舒：我们也有一个精通中文的外交官。您知道今年11月开罗电影节已经选择中国当嘉宾国。我知道电影不在文化部负责的范围之内，但是那次活动也不仅仅只有电影，也有一些文化的活动包括在内，所以我们希望得到文化部方面的支持，希望文化部能提供一些艺术团，比如杂技、舞蹈、音乐方面，具体的项目我们可以今后再谈。

孙：我知道埃及是非常重视电影艺术的，举办的电影节在世界上也非常有影响。因为我在广电部当过部长，所以我知道他们非常重视参加在开罗举办的电影节。今年是中国电影诞生100周年，比世界电影诞生晚10年，电影节期间如何搞其他的文化活动大家可以协商，没有问题。您这次到上海，还去不去其他城市呢?

舒: 十分遗憾的是我们晚上要离开北京去上海,明天要离开上海回埃及,时间比较短。

孙: 是很短。

舒: 我本来希望访问的时间更长的。现在借此机会向部长表示感谢，并且希望明年在埃及见面，希望您能带一个大的代表团访问埃及。部长阁下到埃及，对两国的文化交流将会是一个很大的推动力。

孙: 上次访问贵国的印象非常深刻。埃及是一个美丽的非洲国家，谢谢您邀请我再次访埃，这也是我的心愿。

舒: 刚才提到的在北京举办"阿拉伯文化节"是非常好的一个想法。通过在法兰克福举办"阿拉伯文化节"活动的经验，要想办好应提前做很多准备。因为这是合作的项目，所以阿拉伯国家的意见不一定是一致的。

孙: 我们组委会和工作人员会尽快把这边的场地、项目、要求等前期工作做好，我们所承担的工作，有关各国方的要求，希望尽快告诉我们。请您代我问候你们的部长，同时希望明年"阿拉伯文化节"期间邀请他来访问，也希望您能再次来中国访问。

舒: 非常感谢! 我这次访问是很高兴的,希望我们能在埃及再次见面,也能在中国见面。

chapter 21

少数民族文化使中华文化显得更加丰厚和精彩

会见澳大利亚艺术体育部部长坎普时的谈话

2005年7月6日，孙家正部长在文化部会见了澳大利亚艺术体育部部长坎普①一行，宾主双方就世界文化的多样性、中澳两国的文化异同、两国之间的文化交流与合作、如何借鉴悉尼奥运会的成功经验等话题进行了广泛的探讨，尔后在亲切友好的气氛中签署了新的《中澳文化协定》。文化部部长助理丁伟、澳大利亚驻华大使托马斯、澳大利亚体育理事会主席伯特尔斯等参与了会谈。

孙:　非常欢迎部长到文化部来！我们从 1981 年开始签订《中澳文化协定》，现在已经经过了 11 个执行计划，两国的文化关系、文化交流发展得应该说是很好的，而且到 2006 年我们还要组织大型的文化交流活动。我于 2000 年正式访问了贵国，澳大利亚政府和人民对中国政府和人民的美好情感给我留下很深的印象。我很羡慕贵国，风景漂亮，土地很辽阔，没有我们这样的人口压力。这次部长来访，我愿意和您认真讨论，携手把两国的文化交流搞得更好。

坎:　非常感谢孙部长刚才热情友好的话，我非常高兴能有机会代表澳大利亚政府，而且有我的同事陪同，其中包括澳大利亚驻华大使托马斯博士、莫伊兰议员还有其他的同事，来中国访问，并且拜会孙部长。我完全同意孙部长的话，我们澳中之间的友谊非常良好，并且这种良好的友谊关系正在不断发展之中。我也同意孙部长刚才说的，我们双方应该致力于扩展我们在文化方面的交流关系。从目前来讲，两国之间的文化活动比较多，其中有不少重要的中国访问团组到过澳大利亚。与此同时我们也希望有更多的澳大利亚团组到中国访问，以使中国人民进一步、更多地了解澳大利亚文化。这次访问尽管时间非常短，但是我们已经感受到部长和您的下属非常热情的款待，我们也看了不少地方。今天上午我们刚刚参观了国家大剧院，那里正在建设当中，我们身上沾了不少的土，我们刚把土掸掉。

孙:　澳大利亚文化是丰富多彩的多元文化，中国的文化也是多元文化，我们有 50 多个少数民族。少数民族的文化使得我们中国文化显得更加丰富。现在中国政府很重视文化建设，定了建立和谐社会这样一个目标，不但要求经济发展，社会安定，而且各种文化能够和谐发展。中国政府在对外文化交流当中，把发展同澳大利亚的文化交流放在一个很重要的位置。我们有些重要的活动，像"相约北京"、"上海国际艺术节"，都邀请了贵国的表演团体来参加。我们鼓励澳大利亚的文艺团体，还有展览馆、博物馆，直接到中国开展一些交流与合作。我上次访问时参观了你们的动力博物馆，留下很深的印象，现在听说动力博物馆与我们的国家博物馆发展交流与合作，我很高兴。两国

---

　①罗德·坎普，1944 年 12 月出生于墨尔本市。墨尔本大学商学院毕业，1982–1989 年曾任该大学公共关系学院院长。1990 年当选为国会议员，历任议会秘书、助理司库和艺术体育部部长。

的文化交流除了双方的部长互相访问，我们直接来交谈以外，日常的联系也要加强。我们的两位大使都是很热爱文化的，热衷于文化交流的。现在北京正是高温季节，您能不畏酷暑到北京来访问，我很感动。

坎：确实，刚才孙部长一席话让我很受鼓舞。我们两国现在的文化交流进展得很好，而且有进一步发展的很大潜力。从文化合作上讲，通过双方的合作，我们已经取得了很大成绩，这些成绩我们感到非常满意，并且希望在此基础上，我们能够进一步发展这方面的关系，以便沟通两国人民以及两国之间文化的交流。我觉得我们有很多领域都可以继续合作，做更多的工作，例如在电影业、电影的制片方面我们有很好的合作。中国制片人也表示愿意在电影的制片方面和澳大利亚方面有更多的合作，其中包括电影的后期制作，他们对在澳大利亚进行这项工作很感兴趣。当然这只是其中的一个领域，我们还有很多领域可以合作。

孙：中国的电影和电视业最近发展还是很快的。电影在对外合作方面近几年也有长足的发展，包括到澳大利亚去进行后期制作，很多电影界的同行在这方面积极性还是很高的。我上次去了以后，觉得澳大利亚很多展览项目都是很有价值的，到中国来展出都会受到欢迎的，包括一些受到了很好保护的土著文化。总之我们已经做了不少事情，但是和我们应该以及可以做的事情比较，做的还是很不够的，还应该继续努力。

进入新世纪以来，发展趋势也越来越证明，不同国家、不同民族之间文化交流，增进了解和友谊越来越重要了，越来越证明我们应该保护文化的多样性。文化不管怎样丰富多彩，差异多么大，在交流过程中人们都会发现共同的东西还是很多的。要从多样性中看到共同性，善良、真诚、期待和平，都是共同的。所以文化关系的发展不光对文化交流，并且对政治关系、经济关系都会起到很重要的促进作用。任何关系，不管是政治关系、经济关系还是文化关系，归根到底还是人与人之间的关系。通过文化的渠道可以沟通心灵，增进了解。

中国文化部坚持和支持对外扩大文化交流。我们欢迎各个国家、各种民族的文化到中国来，使中国的民众藉以了解外部世界，使他们不仅热爱自己的国家，并且热爱全世界，热爱人类，共同创造和平。而且在文化交流当中要逐步加强青少年之间的交流，使对世界和平的向往能够一代一代地传承下去。现在中国和澳大利亚的文化交流总体势头很好，不存在任何障碍。除了完成计划内的项目以外，在过程中如果发现有意义的、双方都有能力做的事情，随时我们都可以把它组织起来。

坎：尽管我们远在澳大利亚，但对于中国承办2008年奥运会也感到激动人心，这意味着2008年整个世界都要到中国来看奥运会。根据我们看到的报道，中国在筹备奥运会方面已经取得了很好的进展，在此我向孙部长表示祝贺，祝贺中国在筹备奥运会方面取得的进展。正像悉尼奥运会对澳大利亚非常重要一样，我们相信北京奥运会对中国也十分重要。悉尼奥运会不仅是体育的盛会，并且它也促进了商业、文化、旅游业的发展，我们认为中国的奥运会也会出现类似的情况。在悉尼奥运会期间我们有一个很大的文化活动计划，我们相信北京奥运会也有同样的大型文化项目的计划，如果在这个方面北京认为澳大利亚能够做什么工作的话，我们很高兴、很愿意和中方进行合作。

孙：上次我访问澳大利亚的时候正是悉尼奥运会前夕，正在进行积极的准备，我专门去访问了澳大利亚的奥组委，对后来悉尼奥运会的进展一直非常关注。你们的开幕式非常精彩，我对悉尼奥运会的成功举办感到非常高兴。因为我也参与北京奥运会的领导工作，我向北京奥组委的同事推荐，在活动过程中一定要吸收澳大利亚的成功经验。据我所知，悉尼奥运会组织方面的一些创意和策划人员对北京奥运会也充满热情，主动提出了很好的建议。

我们是不是一起见证一下文化交流计划的签署，然后一起共进午餐，一边进餐一边交谈？

坎：这是个好主意。

chapter 22

北京和雅典之间有一道奥运彩虹

会见希腊文化部代部长佩特拉里亚时的谈话

2005 年 7 月 11 日，孙家正部长在文化部会见了由佩特拉里亚[①]代部长率领的希腊政府文化代表团，就中国和希腊两大古老文明的传承与发展、两国之间的文化交流、奥运会的合作等广泛话题进行了亲切友好的交谈。文化部外联局副局长蒲通和希腊外交部亚太司司长赛奥范诺普斯、希腊驻华使馆代办亚克维迪斯等会见时在座。

孙：和您见面感到非常高兴！希腊和中国都是拥有悠久文明的国度，两国的文化部长的对话是非常有意义的事情，古老的文明在进入 21 世纪以后，都面临着如何发扬文化传统、创造新文化的共同课题，对文化工作者来说则是共同的责任，我们有着一些共同的话题来探讨。我特别感兴趣的是，希腊已经成功举办了上一届的奥运会，在世界上广受赞扬，我们要成功举办 2008 年的奥运会，就要学习希腊的成功经验。前年我陪同我国领导人访问了贵国，那次访问给我留下美好的印象，所以您来我感到非常亲切。

佩：部长阁下，今天我和我的代表团都非常高兴能在北京见到您。我们到北京仅仅两天，但是我们感到像是在自己家里一样。非常感谢您今天拨冗会见我们！正如您刚才所说的，尽管中希两国在国家规模上有很大差别，但是我们两国之间有很多共同点，其中最大的一个共同点，就是我们两国分别为东方文明和西方文明打下深深的烙印。在我们这个世纪，经常谈论的一个问题就是文化冲突，我们相信在北京和雅典有一座奥运桥梁，它担负着非常重要的使命，就是要向世界传递一个信息：各个文明之间不是互相冲突的关系，而是互补的关系。希腊人民一直对中国人民怀着友好的感情，而中国人民对希腊人民也怀着同样的感情。我们在这次访问中就感觉到中国人民对希腊人民的深厚友谊，我们感到非常幸福。

现在我们感到骄傲的是我们在 2004 年成功举办了奥运会，这是国际奥委会主席罗格先生做出的评价。我们也想把奥运精神传递到北京。我们相信北京一定能够将这种奥运精神发扬光大，让它扩散到世界的每一个角落。近些年中国在各方面的建设都取得了伟大的成就，已经成为了世界上很强大的一极，但是举办奥运会对中国来说是一场非常严峻的战役，既是挑战，也是机遇。希腊作为奥运会的发源地和举办国，愿意和中国朋友展开合作，在文化领域向中国介绍我们所获得的宝贵经验，包括奥运培训及其他领域的经验，我们愿意随时同中国展开合作。

孙：进入 21 世纪以后，世界的目光越来越关注到文化上来了。很多人认

---

①法妮·帕里－佩特拉里亚，女，雅典法学院毕业，曾在希腊高等法院工作。1985 年任新民主党妇女组织主席，1990 年任希腊体育和青年部副部长，后历任希腊卫生、社会福利和安全部副部长、雅典奥运会国家委员会委员、欧盟妇女委员会主席等职。2004 年至今，任希腊文化部代部长。有著作多种，为该国著名的妇女活动家。

为21世纪的发展要么就是文化的发展，要么什么也不是。在谈论文化的时候，人们往往过分地夸大了文化的差异。我们应该尊重文化的差异，正是因为文化的差异，才使我们的世界如此精彩。但是我们在谈论文化差异的时候不应该忘记，美好的东西是共同的，就像人类一样，有不同的国家，不同的民族，不同的宗教信仰，不同的肤色，不同的历史，但是人们血管里的血都是鲜红的，心脏都是热的。人类因为差异而需要交流，人类因为美好的共性才可以沟通。和平、友谊、互助、公平竞争，对这些的共同的认可，以至于奥林匹克精神遍及世界就是一个非常有力的证明。因为奥运会要在中国举行，奥运的精神在中国普及的广度和深度从来没有达到现在的水平；因为奥林匹克发源于希腊，希腊又刚刚举办了成功的奥运，和奥运联系在一起，中国人对希腊的了解，对于希腊的话题，也从来没有达到像现在这样的广泛和普及。

佩：确实是这样的。

孙：上次到希腊去访问，特别是回国以后看到你们举办奥运会的盛举，我感到希腊是那样的古老，也是那样的年轻。中国因为有希腊这样的朋友感到非常光荣。我和您都是从事文化事业的同事，我愿意和您携起手来，把中希两国的文化交流搞得更加辉煌。我们从你们的经验当中受益匪浅，同时我们也愿意让你们分享我们的经验。我想中国和希腊文化的交流与合作以及在其他方面的交流与合作，都能成为世界国家之间合作的楷模。这次我们还要做一些具体的计划、具体的项目，要进一步加强了解，要签署一个协议吧？

蒲：签意向书。国家体育总局牵头，是关于中希奥运合作的。

孙：以奥运为载体，它的范围已经超过奥运了，我们要签订一个合作的意向书。而且我们可以具体地落实意向书所规定的一些项目，在此过程中我们不断地增加一些项目。希腊奥运会成功举办，证明了你们古老的文化在新的世纪完全可以放射出非常灿烂的光彩。我们回顾历史就可以看到，那些伟大的哲人仍然活在我们的生活当中。同时也应该清醒地认识到，我们现在所做的一些事情将成为历史。我对各位的光临再次表示欢迎！

佩：再次感谢您的赞誉之词！我想说的是在不久之前，贵国陈至立国务委员曾经率团访希，我们和陈至立国务委员就2008年奥运会我们能在哪些事情上进行合作深入交换了意见。在陈至立国务委员访希期间达成的合作建议当中有一个非常大的项目，就是组织一个很大的中国艺术团到希腊进行演出。这个由中国文联率领的团队日前正在希腊进行综合性的演出，我们文化部作为希方的负责人，在希腊的奥运建筑群中为他们组织了三天的表演，让希腊人真正了解到中国文化艺术的魅力，以此作为庆祝奥运会成功举办一周年的盛典。我们将在庆典的最后点燃烟火，烟火将在空中拼出"北京2008"的字样。我们现在提出一个建议，就是在2008年北京奥运会举办之前，举办文化奥运的过程中，我们在北京国家博物馆举办《奥运历史展》，展品由我们在希腊各个博物馆征集的展品组成，都是真品，而不是复制品。我现在给您看的这本书里就是有关奥运的历史文物。

孙： 非常漂亮！

佩： 这件东西很有趣，这是古代运动员在热身时涂橄榄油，在地上打滚沾了很多泥，在比赛前将身上的泥刮掉的刮子。这是运动员的墓碑，刻着他生前的事迹。这是标枪、铁饼。这是古代的一个比赛项目，现在已经没有了，就是运动员拿两块石头，看谁扔得远。这些我们都可以带到中国展出。我们可以从2007年年底展出，一直展出到奥运会结束。但是我们需要和您紧密合作，我不知道举办这种展览是由文化部负责还是由奥组委负责？这是古代奥运会冠军的桂冠，这是一个胜利之神……

孙： 整个展览是由文化部领导下的国家文物局负责，但是北京奥组委可以积极参与这个事情。

佩： 那么我们就和您联系就可以了。这些都是很珍贵的文物。

孙： 国家博物馆曾经成功地举办了希腊《神与人》展。

佩： 这个展览规模很大，我们需要和贵国的文物专家、展览专家进行谈判，谈判会比较细致。首先不知道中方有没有兴趣。

孙：我想这是个很好的建议。

佩：这种展览在其他国家还从来没有举办过。当然这只是我们提出的初步建议，我们可以接受中方提出的任何修改意见。

孙：国家博物馆是我们国家文物展最高的殿堂，但是有一个客观的现实就是奥运会之前它不能全面维修完毕，这样一边维修一边开放，具体面积能不能容纳我们可以再商量。

佩：现在我们谈的是2007年底到2008年的时候，那个时候应该是可以的。

孙：国家博物馆维修扩建以后，比现在看到的规模要大一倍还多。我觉得这是个很好的项目，我们可以具体商量。从个人角度我非常支持。因为本身这些文物很有魅力，另外又和我们的奥运会结合，我觉得非常有意义。

佩：我想向您建议的另一个展览是《橄榄展》，我们在2004年奥运会期间就曾经展览过。众所周知，我们在2004年奥运会上就是用橄榄枝编织的花冠，戴在每一个奥运冠军的头上。通过这个展览，可以让中国人民了解到橄榄油在一个人从出生到死亡的完整一生中所起到的重要作用。这个展览，从远古时代一直沿承到现代。在古代奥运会上，橄榄油还作为对运动员的物质奖励，冠军选手拿一大罐橄榄油，亚军拿小一点的一罐，季军拿更小的一罐。这是古代的钱币，这是橄榄桂冠，都是关于橄榄的内容。我相信中国人一定会感兴趣，通过这个展览中国人不但能了解到橄榄，还能了解到希腊古代的日常生活。

我还有另外一个计划，因为北京奥运会的口号之一就是"绿色奥运"，就是环保，我们在希腊正在搞一个"法埃松"（太阳神）计划。现在欧洲的很多国家都在搞太阳能汽车，我们可以搞一个拉力赛，用太阳能汽车从古奥林匹亚一直开到北京，把奥林匹亚太阳神的阳光一直带到北京。

孙：您的想象力非常丰富，很有意义。

佩：我还有很多其他建议，如果您感兴趣的话。

孙：那我们一边用餐一边交谈。

chapter 23

积极推动对非物质文化遗产的保护

会见联合国教科文组织总干事松浦晃一郎时的谈话

2005年11月28日，孙家正部长在文化部会见了前来颁发非物质文化遗产证书的联合国教科文组织总干事松浦晃一郎①一行，就人类口头和非物质文化遗产的保护、文化部与联合国教科文组织的合作等进行了友好、简短的交谈。中国常驻联合国教科文组织代表团大使张学忠、文化部部长助理丁伟、中国艺术研究院院长王文章、中国对外文化集团总经理张宇等会见时在座。

孙：总干事到文化部来我非常高兴！下午您刚刚在人民大会堂澳门厅举行了世界文化遗产颁发证书的仪式，现在又专门到文化部来颁发非物质文化遗产的证书，非常感谢！

松：我非常高兴能见到您，同时，愉快地回忆起去年在苏州世界遗产大会期间与您交谈的情景。今天下午我也非常高兴能和国家总理温家宝见面，他对中国与联合国良好的合作表示赞赏。我也非常高兴中国文化部和联合国之间的合作会进一步拓宽。目前中国已经有31处世界文化和自然遗产，还有4项被列入口头和非物质遗产代表项目。今年中国提出两项申报项目，一个是新疆木卡姆艺术，一个是与蒙古国共同申报的蒙古长调。同时我感到非常抱歉的是我的同事今天只带了一张证书，就是新疆木卡姆的证书，但是在讲话的时候我会把两个证书都提出来。正如您所知道的，在大会堂的证书颁发仪式上已经正式提出了中国获得了这两项非物质文化遗产的批准。同时我也想和您说，非物质文化遗产的保护公约将在明年4月份生效。目前已经有26个国家批准了这个保护公约，摩洛哥方面刚刚传来消息，他们也批准了这个公约，就是说目前有27个缔约国了，中国对这个公约的批准是非常迅速的。大概在明年5月份，我们将组织一个保护非物质文化遗产公约生效的联合国教科文大会，在这个大会上，将会有缔约国代表来签署这个公约。我希望中国继续支持这个新的公约，同时继续支持遗产保护公约委员会。同时我想告诉孙部长，联合国教科文组织驻北京办事处的代表告诉我，2008年在北京奥运会期间北京将举办一个非物质文化遗产的节日，联合国教科文组织将会给这个活动以全力的支持与合作。

孙：首先我想对您表示敬意，因为您就任联合国教科文组织总干事以来，文化遗产的保护工作得到了明显的加强。我记得你上任不久，我们也是在这里见的面，我向您表达了中国政府及文化部对文化遗产保护工作的支持。

随着现代化进程的推进，全球化趋势的加深，文化遗产的保护工作不仅

---

①松浦晃一郎，1937年生于东京，先后在东京大学法律系和哈佛大学经济系学习。1959年开始外交生涯，曾担任的主要职务包括：日本外务省经济合作局局长、日本外务省北美局局长、日本外务省副大臣、日本驻法国大使，1999年被联合国教科文组织大会任命为总干事，2005年11月续任。他还曾担任了一年（1999年）教科文组织世界遗产委员会主席。

是重要的，而且显得尤为迫切。要唤醒全社会，特别是各国政府的重视，我觉得联合国教科文组织做了很好的工作。特别是这几年，有一件极为重要的工作取得了突破性进展，就是除了物质性文化遗产以外，在口头的非物质文化遗产方面的保护成效显著。这件事情与您本人的重视和积极的推动是分不开的。第二件，我要向您表示感谢，因为无论是物质性文化遗产还是非物质文化遗产，中国在这方面的保护工作都得到了您的大力支持。联合国教科文组织在这方面的一系列动作，包括正在推动的这个公约，对于中国方面的工作都是一个很大的推动。我们申报的项目都得到您的关心，而且这次亲自来颁发证书，我们很感动。第三点，刚才您在大会堂讲话时强调，在列入非物质文化遗产以后，各级政府特别是当地政府要勇敢地担当起保护的责任。我觉得这一点尤为重要。要特别防止重申报、轻保护的一些做法。北京市将在2008年举办非物质文化遗产保护论坛，中国政府和文化部将全力支持这项活动，我也特别高兴您刚才讲到联合国教科文组织对这件事的关心和重视。这场活动除了联合国教科文组织驻北京办事处关注以外，也请您多关心多支持。

松：我非常高兴听到孙部长刚才的一番讲话，也非常高兴文化部对2008年奥运会期间北京举办的非物质文化遗产节的巨大支持。我们驻北京的办事处将会和文化部以及北京市政府展开全面的合作。我认为能够在奥运会期间把非物质文化遗产的代表作展示出来，是一件非常有趣又非常有意义的工作。目前我们已经有89项非物质文化遗产，我们不可能将所有的都展示出来，但是可以展示主要的。第一批非物质文化遗产名录一共有19项，其中包括中国的昆曲，第三批非物质文化遗产代表作的手册将在不久之后出来，这就是今年批准的43个项目，其中包括中国新疆的木卡姆和蒙古长调，现在我给您的是物质文化遗产的手册。

孙：是不是现在我们就去出席证书的颁发仪式？

松：好的。

chapter 24

越是了解世界，便越能清晰地认识自己

会见圣卢西亚外长康普顿时的谈话

2005 年 4 月 19 日，孙家正部长在文化部会见了圣卢西亚外交、国际贸易和民航部部长康普顿[①]一行，就两国的友好关系和文化交流进行了友好的谈话。文化部外联局局长助理王燕生等会见时在座。

康：部长阁下，您近来怎么样？

孙：很好，谢谢！首先我想让您看一下圣卢西亚总督皮尔莱特·路易茜阁下去年访华时拍摄的照片。

康：这张照片是在什么地方拍摄的？

孙：是在中国大饭店，去年9月7日我去拜会她的时候拍的。非常高兴与外长在文化部见面！我谨代表文化部对您的到访表示欢迎。我们两国虽然相隔遥远，但两国人民并不陌生。越来越多的中国人开始了解圣卢西亚，圣卢西亚人民也对了解中国充满了热情。去年我拜会你们总督的时候，也谈到了加强两国间文化交流的问题。我认为两国的国家关系，无论是政治关系或经济关系，归根到底是人与人之间的关系，因此通过文化这根纽带加强相互了解是非常重要的。中国对加强与圣卢西亚的文化交流、发展两国友好关系充满了热情。正因为这样，我非常高兴与您见面，并乐意倾听您对发展双方文化关系的一些意见和建议。

康：谢谢部长阁下。首先我想说，代表团到达中国后受到了非常热情的接待。我们在这儿的生活非常舒适，有宾至如归的感觉。我刚刚还和同事说，住在钓鱼台国宾馆就像是在家里一样。我甚至都不知道我们是否还愿意回家，因为这儿实在是太舒适了。这一切都源于圣中两国人民间热情友好的关系。

两国建交8年以来，圣卢西亚人民不再把中国当成一个遥远的、毫不相干的国家，而是实实在在地存在于我们的生活之中。1997年我国政府与中国建交的时候，国内曾有许多怀疑的声音，不知道这样做会有什么样的结果。8年以来，圣卢西亚人民看到了中国的崛起，成为全球性的力量，看到了与中国建交的益处，那些怀疑者也停止了质疑。

正如您刚才所说的，我认为政治有时会造成人与人之间的隔阂，文化却能把人们联系在一起，真正促进相互间了解和友谊。我们正共同做着一件非

---

①彼得勒斯·康普顿，1957年9月生，1987年获伦敦大学法学硕士学位。1992-1997年任总检察长办公室高级刑法律师，1997-2004年出任总检察长，其间兼任公共服务部部长、司法部部长，2004年出任外长。

常有意义的事情，那就是在两国建立一个文化平台，促进交流与合作。因此在双方的合作项目中，我们希望中国能在圣卢西亚建立文化中心，展现中国文化的风采，让人们把那里当作中国文化的海外家园。这样做有利于艺术交流和文化共享，增进相互了解。同时我也希望能在中国展示圣卢西亚的文化，定期派艺术家和演员来中国展示我们的文化。我相信文化交流是加强两国政治关系、经济关系、贸易关系的基础。另外我们也希望能尽早接待中国圣卢西亚作文竞赛的获奖学生。这也是我们圣卢西亚总理个人非常关心和支持的一项活动。我希望这些获奖的学生来圣卢西亚访问的时候能带一些媒体的朋友，把他们在那儿的感受记录下来带回中国和家人朋友分享。

孙：我们建交时间虽然很短，但中国对有圣卢西亚这样一个朋友感到高兴。中圣建交8年的历史证明，建立这种良好的关系对两国都是非常有益的，也符合两国人民的心理诉求。时间会证明你们当时的选择是正确的。您刚才提到的两个问题，是出于对中国发展友好关系的愿望，我很理解。中国在海外设立文化中心的工作起步较晚，过去近50年的时间里，我们只在非洲有两个文化中心，在其他国家建立文化中心是最近几年的事情。在加勒比海地区我们还没有文化中心。在圣卢西亚建立文化中心也是我们的愿望。作为文化部长，我当然希望中国在海外建立文化中心越快越多越好。您知道，总理的钱柜一般是由财政部长保管，我们会积极和有关方面探讨在圣建立文化中心的可能性。

我知道在圣卢西亚青少年当中，了解中国的兴趣非常浓厚。2003年我们在圣卢西亚开展一次中学生中国知识竞赛，当时获奖的一名教师和三名学生访问了中国。他们来了以后不仅对中国加深了了解，中国青少年也从他们身上了解了圣卢西亚。明年七八月间还会有三名获奖者和一名教师访问中国，他们的旅费由中国驻圣使馆负责，在中国的费用由我们文化部负责，我们也期待着他们的到来。毫无疑问他们的中国之旅将如期践行，我们将热情接待他们。总之我们将从这些具体的事情做起，包括其他如演出方面的活动，只要双方觉得需要并有可能的话，可以随时进行商讨。

中国改革开放20多年的经历证明，中国人需要进一步了解世界，越了解世界便越能清晰地认识我们自己。中国非常真诚地同世界各个国家、各个民族发展友好关系，其中包括与圣卢西亚的友好合作关系。在这些交往中无论国家大小、贫富，大家都是平等的，交往的双方都是受益的。你们的经验和做法对我们同样非常有价值。

你们周围的一些国家和地区还与台湾保持着关系，在这样的形势下你们毅然决定和中华人民共和国建交，体现了你们独立的精神和敏锐的洞察力。你知道，今年已有3位台湾政党主席来内地访问。历史上台湾一直是中国的领土，曾被日本占领了50年，"二战"以后，台湾归还给了中国。最近我们积极筹备纪念世界反法西斯战争及中国抗日战争胜利60周年的各项庆祝活动，同时也将庆祝台湾从日本侵略下解脱回归祖国60周年。加勒比海地区某些国家选择保持与台湾的关系，但我可以断言他们的选择是没有前途的，台湾是中国的一部分这个事实，是任何人也改变不了的。因此我更能体会在那样的环境下，圣卢西亚毅然决定与中华人民共和国建交，断绝与台湾所谓的"外交关系"，是多么勇敢和独立之举。

我们已经建交8年了，我们的关系发展潜力还很大。您作为外交部长来中国文化部访问，就意味着您重视文化在外交中的作用。让我们用文化作纽带，把中国人民的心和圣卢西亚人民的心联系得更加紧密。我对两国文化关系和友好关系的未来充满信心。上次在拜会你们总督的时候就坚定了我的这种想法，您的来访更加激起了我发展两国友好关系的热情，坚定了我的信心。我也希望圣卢西亚的文化团体或个人和中国相应的单位和部门建立直接的联系，就像这次学生来访一样都是非常有意义的事。人们的相互了解是国家关系的基础。您对我们之间的文化关系有何意见和建议，可以随时通过中国驻圣使馆转达给我，我都乐意去做这些工作。请您回国后转达我对路易茜总督的问候，那次会见给我留下非常深刻和美好的印象。

康：部长先生，非常感谢您刚才的那番话。在看待两国关系的问题上，圣卢西亚的观点和中国是一致的。我坚信只要我们本着这样的信念，两国间的关系就不仅仅是政治家之间的关系，而是人民之间的关系。文化之间的交流和沟通以及文化平台的设立，是外交关系的基础。事实上，过去八年两国关系的一个重要成果，就是圣卢西亚－中国友好协会的成立。协会的工作非常活跃，拓宽了圣卢西亚人民的视野，让圣卢西亚更加了解中国及中国人民。

谈到台湾问题，我想再次声明：圣卢西亚政府完全坚持"一个中国"原则。今晚我见到中国外交部长时我也将重复刚才我说的这句话。但是我们不能忽视的是，台湾在加勒比海地区还有很强的势力，而且去年在圣卢西亚发生的一些事情，又让这些势力有死灰复燃的迹象。我国总理也一直努力地向邻国如多米尼加和格林那达解释为什么要同中华人民共和国建立关系。我相信只要双方的关系是建立在互相尊重、互惠互利的基础上，那么圣卢西亚和中国的关系将起到一种模范的作用。只要人民看清楚这种互助互利关系，那么即使国家政府有所变化，这些原则都不会改变。

部长阁下，谢谢您会见我们，也感谢您为发展两国关系所做的工作。我们非常高兴这次访问中国的各项活动都很成功。昨天我们会见了中国商务部部长，今天还有一些其他的日程安排，相信也会很成功。除了我的一位同事是昨晚刚刚抵达，错过了一些美好的时光，其他人过得都非常愉快，希望在不久的将来能再次访问中国。

孙：谢谢。我知道你们还有其他的日程安排。这是一个小纪念品，西安的兵马俑。您去过西安吗？

康：我们星期天去。这个纪念品非常精致，我们也期待着参观兵马俑，谢谢！

chapter 25

我们把印尼看作自己的亲戚

会见印度尼西亚政府文化代表团时的谈话

2003年12月3日，孙家正部长在文化部会见了印度尼西亚文化旅游部部长瓦吉克①率领的文化代表团，就双边关系、文化交流与合作、互办文化中心等交换了意见。文化部外联局副局长蒲通、印度尼西亚驻华大使等参加了会见。

孙：您好，请坐！

瓦：尊敬的孙家正部长阁下，非常高兴您能在百忙之中抽空接待我们，我们感到非常荣幸。首先向您介绍我的同事们。这位是印度尼西亚驻华大使。这位是我们部里主管艺术和电影的副主任。这位是我们国际处的处长。这位是双边合作处处长。

孙：非常高兴能在会议期间和部长阁下以及诸位印尼朋友见面。应该说两国恢复外交关系之后，全面关系的发展非常良好。据我所知，我们国家的很多艺术院团都到过贵国演出，受到了热烈的欢迎和热情的招待。两国领导人的互访也使我们两国关系在政治层面上得到保障。中国和印尼的关系发展曾经遇到一些挫折，但现在我们两国的全面关系都在向好的方面发展。最近这20多年来，中国的政策和中国人对世界的看法都发生了很大的变化。中国人最深刻的体会就是，认识到中国有13亿人口，资源并不十分丰富，对于中国来讲，国内各民族的团结和稳定非常重要。与此同时，中国政府也真诚地希望世界能够和平和稳定。在这样一个总的方针指导下，中国的对外文化交流也是围绕着维护中国以及整个世界的和平和稳定开展的。包括对在国外的华侨和华人的政策，则是鼓励他们为维护当地的和平和稳定作贡献。对一个国家也好，对整个世界也好，没有社会的稳定就谈不上其他方面的发展。在印尼有很多人血缘关系源自中国，我们对他们都怀有亲切的感情。但是他们是印尼人，我们希望看到他们热爱自己的国家，为自己国家的发展做出贡献。正因为印尼有很大一部分华人，所以我们把印尼看作是自己的亲戚。希望这两个国家都能稳定和发展，老百姓都能过上幸福美满的生活。

很多人都知道中国这20多年来发生了很大的变化，高楼大厦越来越多了，商店里的商品越来越丰富了，人们的衣着打扮越来越鲜艳了。但是，我认为中国最大的变化是，中国人对世界的看法发生了巨大的变化。中国现在的对外方针可用三句话概括："政治上相互信任来求得共同的安全；经济上互利合作，达到双赢；文化上互相尊重，求得共同的繁荣。"在此基础上，中

①杰罗·瓦吉克，1949年出生于巴厘岛，信仰印度教。毕业于印尼大学经济学系，获硕士学位。曾任雅加达博新那旅游公司执行总裁等职，2004年10月出任印尼新一届内阁文化旅游部部长。

国文化部非常愿意同印尼发展文化上的友好的交往和合作。中国希望通过文化交流促进两国的稳定和相互了解。

进入新世纪后，世界上接连不断地发生了一些重大事件，要解决这些问题，需要大家互相沟通和了解，共同维护世界的和平和稳定。只有世界向前发展了，各个国家才能稳定地发展。我非常高兴有这样的机会和您会面，我愿意和您携起手来共同促进两国的文化交流。起码在我们主管文化工作期间内为增进两国人民的了解和友谊尽我们的一份力量。而且，我希望作为主管部门的领导，我们要经常见面交换一下意见，同时，两国的文化团体和艺术家们也要增进友好的往来。历史使我们学会好多东西，其中有一点就是，不论国家之间还是人与人之间一定要真诚地相处。

瓦：我也非常高兴地看到现在两国的关系发展得如此好。印尼与中国的关系存在已久，我也非常同意您说的我们应该携手向前，维护共同的稳定和发展。两年前的10月份，朱镕基总理访问印尼，我同他签署了一个文化交流协定。当时我得到总统的指示，要我尽快地落实这项合作计划，而我这次来也是想讨论一些问题。我希望马上能成立一个由高官组成的工作小组，定期召开会议讨论落实我们两国之间文化交流合作的项目。而且我希望我们能讨论一下是否能在北京建立一个印尼文化中心，或者在雅加达建立一个中国的文化中心。我希望我们在保护历史、文化遗产上也可以开展合作。比如说，印尼的婆罗浮屠塔和中国的长城。我们可以互相吸取如何保护文化遗产的经验。同时，在年轻人之间也可以开展文化交流和艺术交流。我们是非常希望能在中国学到很多东西。比如说，我们想学习中国的刺绣、雕塑还有制作灯笼。我希望这个项目能在两国高层的共同努力下尽快落实，它将是我们两国文化交流实质性的标志。印尼是个多民族国家，有500多个民族。在这500多个民族里面，有很多是华裔，他们也自成一个民族。所以，我很同意您刚才说的，印尼有很多的来自中国的华人。我希望通过文化合作可以促进我们两国和两国人民之间关系的发展。再次对您为促进两国友好关系的发展所做出的努力表示感谢。

孙：我很赞成您的这些意见。我们加强两国友好关系的方向已经明确，接下来我们就应该实实在在地做一些事。原来我们同世界很多国家没有互建文化中心的计划，只是最近三四年才开始启动。您刚才提到的互建文化中心的想法是很好的，我想我们在适当的时候可以签订一个意向性的文件，然后进行论证，一步一步地向前走。而且我们现在正在探讨如何能少花钱就把事情办好，如果我们以后签订协议，印尼在北京先建文化中心也可以。这个事情都可以在高官这一层面上进行讨论。包括学习刺绣、雕塑和制作灯笼等都是很好的想法，我想外联局会加强与贵国文化部有关部门之间的联系。同时，我们两国的使馆和大使也是很好的渠道。这些项目我都赞成。

瓦：我们回去就会与有关高官联系，让他们马上落实这些事情，使得我们两国文化交流有更多实质性的东西，使我们两国人民可以亲身感受对方的文化。我借这个机会也想诚挚地邀请您去印度尼西亚访问，商讨如何更好地促进两国文化关系的发展。

孙：非常感谢部长的邀请。

注：篇首照片为此类寺庙遗迹，在拥有古老文明的印尼并不罕见。

chapter 26

要使"中俄文化年"真正成为民众的节日

会见俄罗斯文化电影署署长斯维特科伊时的谈话

2005年10月28日，孙家正部长在文化部会见了俄罗斯文化电影署署长斯维特科伊①一行，研究磋商即将举办的"中俄文化年"事宜。文化部外联局副局长蒲通会见时在座。

斯：您气色很好，越来越年轻了！家里都好吧？工作还顺利吧？

孙：都很好，谢谢！好久没见了，也很想念您。

斯：三年没见了。年轻的哈萨克斯坦文化部长也让我代问您好。上次见面还是在三年前上海合作组织文化部长会议上，我们非常关注也非常敬佩中国在发展上所取得的成就。国家发展了，这个国家的人生活就好了。

孙：中俄关系近几年发展得很好，高层互访频繁，总体框架下的文化工作搞得也非常顺利，特别是明年在中国举办俄罗斯年，我们会当成一件大事来办。而且我非常高兴您还在负责文化和电影方面的工作，你现在管辖范围还是比我大，我们的电影是广电总局在管。

斯：我们的部长扎卡洛甫先生让我转达他对您的问候。我相信在举办文化年期间你们会有机会相见、相识并且成为朋友，他是个很好的人。您知道我们政府现在正在改组，现在文化部的职责范围主要还是关注政治问题，制定职能性的法规，制定发展文化的框架，而署的职能是具体实施，文化项目的预算工作也是署里在管，各个文化单位也是由署里负责的。就是说具体工作都是署里负责，当然我们上级单位文化部是监督我们工作的。他们开玩笑说：他们是贫穷的贵族，我们是富裕的老百姓，不知道当谁比较好一点。当然我们部和署之间关系是非常好的。"文化年"具体工作是署里负责的，对我们来讲文化年工作是非常重要的。

前几天温家宝总理会见了普京总统，这次会见再次表明两国关系处在非常高的发展水平，我们也非常希望贵方能够多提出建设性的意见。比如你们觉得中国的观众和听众会更喜欢哪一类项目。在捷克发生了事件以后，捷克出了这样一个笑话，就是中学的老师问学生："你说苏联和我们是朋友还是兄弟？"学生说："肯定是兄弟。""为什么呢？""因为朋友是可以选择的。"我

---

①米哈伊尔·斯维特科伊，文艺学博士，俄罗斯国立人文大学和俄罗斯戏剧艺术研究所教授。曾历任《戏剧》杂志编辑、副主编，俄罗斯联邦文化部下属《文化》出版社总经理，全俄国家《文化》频道主编，全俄国家电视广播公司主席。1993年－1997年间担任俄罗斯联邦文化部副部长，2000年2月被任命为俄罗斯联邦文化部部长。2004年3月出任俄罗斯联邦文化与电影署署长。

们两国是朋友，是兄弟，也是同事和亲戚。我们也开始准备在俄罗斯的中国文化年，希望俄罗斯人了解中国的古典艺术以及当代艺术。所以恳请贵方在筹备俄罗斯年的同时，现在就开始考虑中国年的活动项目。当然我们对你们文化设施的建设感到十分敬佩，特别是歌剧院建得非常好，我也希望借这次机会参观一下北京新建的歌剧院。我们的杰尔基导演曾经来过这里，给他留下的印象很深刻。现在我们正在建一个新的歌剧院，他专程到中国来看中国歌剧院的建设情况，希望我们的歌剧院建得不比中国的差，所以我们很希望借重你们的经验，也希望了解双方互办文化年能够出台哪些项目。

孙：　文化部非常重视中国和俄罗斯互办文化年。与其他国家相比，和俄罗斯互办文化年是在一个更高的起点上，因为俄罗斯对中国以及中国对俄罗斯要比其他国家之间了解得更深。一般性的活动也许反响也很好，但是可能会有不满足的感觉。因此我想和俄罗斯互办文化年，最紧迫的是先与俄方一起把俄罗斯年办好。要有些精彩的演出、展览和艺术活动。文化终究是一个载体，增进两国人民的了解才是我们的最终目的。从文化的角度，从国家的长远利益出发来组织我们的文化活动。现在中国政府和国家领导人强调加强和俄罗斯的战略性伙伴关系的重要性。两国关系要长远发展必须有一个坚实的基础，这个基础就是两国人民之间的了解和友谊。所有的活动不仅是让我们的眼睛、耳朵得到享受，还要让影响深入到我们心里去。我考虑有几个方面需要加强研究：

第一是重现经典。因为俄罗斯文化艺术的经典在中国深入人心，有些节目是久看不厌，一说举办俄罗斯年，很多人就想到可以看到俄罗斯一些经典的东西，我觉得这是俄罗斯文化的优势所在。

第二是展现当代。对于很多中国人来说，现在的俄罗斯文化艺术是什么样子，他们想通过文化年来了解，想看到在深厚文化基础上的新的俄罗斯文化的现状。

第三是重在心灵的沟通。我想在俄罗斯年期间，除了演出和展览以外，请您或其他部长、专家在一定范围内介绍俄罗斯，是会很受欢迎的，这样能将演出和展览的效果升华到理性的思维上来。

第四是增进友谊。我们以前的活动都是面向大众的，中国人通过俄罗斯年更加了解俄罗斯政府和人民，现在中国老百姓的心情是希望俄罗斯坚定地维护中俄间的关系，能够长远地发展这种友好关系。

中国的对外格局可以概括为这样几句话：大国是关键，周边是首要，发展中国家是基础，多边是重要的国际舞台。对于中国来说，处理好中俄关系既是关键，又是首要，从某种意义上说，还是基础。现在世界总体上形势很好，但是局部动荡不安，恐怖主义等很多问题都是我们要共同面对的。我觉得文化部在与俄罗斯文化关系的处理上思路是非常清晰的，因为国家方针很明确，就是下决心和俄罗斯长期友好，全面合作，所以文化部沿着这个思路走，怎么做都不过分。

斯：刚才您就国际局势以及中国在国际事务上的方针和政策提出了很多非常重要的想法和意见。此前温家宝总理在上海合作组织总理会议上的讲话也给其他成员国代表留下了非常好的印象。俄罗斯领导人非常重视对华关系，把中国视为非常重要的战略性合作伙伴。在举办文化年活动期间，我们两国也会讨论在能源、原子能等各个领域合作的问题，但民众能够看到的还是文化项目，因此我们要办好文化年的各项活动。您刚才提出的建议，经典艺术、现代艺术、心灵沟通、展示两国的友好等等，都十分重要，我们会认真写进我们的计划当中。我们希望两国互办文化年是两国文化合作的一个新的开端。正如刚才您说的，不能把文化年办成一般的项目，而是要搞成能给人留下深刻印象的活动，活动要深入人心。

还有个非常重要的问题，就是与毗邻地区的合作，我们准备搞一个文化节，就是阿穆尔和黑龙江文化节，我想这是很重要的。有些建议还需要高层领导商量。

最后，2008年是奥运年，对中国来说是一件大事，我们希望俄罗斯的体育代表团能够吸收一些文化人士，来进行一些文艺活动。这次能和您相见非常高兴，也感谢您的热情款待。所有老朋友都见到了，而且身体都很好。

孙：署长刚才讲的我完全赞成，"俄罗斯年"我们要对各种艺术门类进行全盘的规划。第二步要把总体规划分解，寻找到最佳的承办单位。我们可以在总体框架下，调动各方面的积极性把活动办好。你们文化电影署和我们文化部抓的就是一些重点的文化活动，有些活动让他们机构对机构、单位对单位来具体商讨。我们还可以发动友好城市、友好省市来互办活动，我们来出点子，也不用中央政府出钱，多好啊！

斯: 我们会一家一半来做。

孙: 我们搞法国文化年期间，通过友好城市把文化活动扩散到全国范围了。

斯: 我记得埃斐尔铁塔染成红色了。

孙: 每次文化年都会有自己的特色。我希望中俄两国能做出在整个文化年系列中最精彩的一些东西。您刚才讲的我非常赞成，除了剧场里的演出以外我们还应该有些节目面向大众，比如在广场上举行演出，要使俄罗斯文化节和中国文化节真正成为民众的节日，而不仅仅是少数爱好者的聚会。

斯: 我们会尽力做到。我们也将吸收一些企业，包括和一家大型集团达成协议。我们计划文化年的活动以3月底的活动为开端。具体的日期要我们两国的国家元首来定，我们希望以普京总统访华为开端，一定要有个好的开端。

孙: 我现在满脑子都是和你们把俄罗斯年办好的事情，期望有一个精彩的开幕，更希望的是全过程的圆满。等一会你们还要见孟晓驷副部长，几个重大的文化活动，像中法文化年、在美国举办的中国文化节，都是她主要经办的，她本人也是中俄文化分委会的中方主席，她会和您很具体很细致地商讨这些问题的。

chapter 27

不同文化都有自己的长处和短处

会见美国世广集团史麦哲时的谈话

2004年3月18日，孙家正部长在文化部会见了美国世广集团中国区董事长史麦哲一行，就中国文化的特色、中美文化的交流与合作、中国文化产业与美国文化企业的合作等，与客人进行了亲切交谈。文化部外联局局长丁伟会见时在座。

一、您的来访给美国媒体界的格局带来了不小的影响

孙：欢迎您到文化部来。很高兴作为老朋友再次与您和您的同事见面。我至今还很感谢您上次在美国给予的热情接待。

史：非常高兴再次与孙部长见面，我的家人也向您表示热情的问候。您上次对纽约的访问给我们带来了愉快的回忆。其实您可能还不知道，您的那次来访给美国媒体界的格局还带来了不小的影响呢：当时我还在王者世界（King World）任总裁，而就在为欢迎您所召开的午餐会上，哥伦比亚广播公司（CBS）的总裁梅尔－卡马辛（Mel Karmazin）了解到王者世界有10亿美元资产后，迅速收购了王者世界并与之共同加入了维亚康姆（Viacom）公司，这一事件迄今仍是美国媒体业最大的合并事件之一。

孙：真是巧啊。这些年我们和维亚康姆的关系也很好，下周还与他们有一次会见。好几年没去美国了，我也很想念我在美国的许多老朋友。上次纽约广电博物馆的馆长英年早逝，我还去了一份唁电，他是一个非常热心的人。

史：是这样的，我们也都很清楚地记得他。这次我能来中国，也非常珍视有更多的机会与您重叙友情。

孙：我知道你们公司与中国广电总局等单位有广泛的业务联系，相信这些年来，你们在华的业务一定也在不断发展。事实上，随着中国建设社会主义特色市场经济的不断深入，不同行业之间互相参股、融合的情况也很多。您的助手对这方面情况很了解，工作也很努力，和我们联系也很多，作为老朋友，我将支持你们，帮助你们在业务上进一步扩大影响。我们正在策划明年在美举行一些重大活动，希望届时能获得你们的参与和合作。我相信我们之间还可以不断加强交流，不断开拓新的具体合作项目，从而充实和巩固我们本来就很深厚的友情。

史：非常感谢。我也非常希望进一步加强我们之间的这种联系。这次到中国开展业务，我们希望能在多方面加强合作，我也将利用我在世广的身份

及在美的个人关系支持您的工作，我们都希望能尽自己的力量，促进中美两种文化之间的了解。其实说起文化来，我个人对中国文化是很感兴趣的，我很喜欢中国文化、中国历史，特别是中国传统医学，包括针灸、中药、气功、健身养生等，也希望能把这些东西更多地介绍到美国去。昨晚我就刚刚上了一门武术课，周六还将上一门绘画课。现在全世界都出现了对中国文化，特别是养生文化这一领域的极大热情和兴趣。

二、科学发展观提升了文化的地位

孙：很高兴看到您对这些方面感兴趣。我认为在中国拓展业务是你们很正确的一个选择。中国改革开放发展这二十几年，大体可以分为三个阶段：第一阶段是从20世纪70年代末到80年代，当时强调的是从政治斗争转向以经济建设为中心，集中精力发展经济；第二阶段是20世纪90年代到21世纪初，强调的是经济发展与环境保护以及资源的永续利用之间的平衡；第三阶段是21世纪初，特别是以党的十六大召开为标志的时期，开始强调科学的发展观，即全面的、协调的、可持续的发展纲领。这种发展观的核心是"以人为本"，强调经济发展、社会协调发展、人的自身完善与环境可持续发展之间的平衡。在这种发展模式下，文化的地位就明显提高了。您的事业是属于文化传播领域的，因而在中国一定会具有美好的前景和市场。在您发展在华业务的过程中，我们文化部和我本人将一如既往地帮助和支持你们，您们常驻北京的同事马先生可以和我们进一步加强接触。

史：谢谢部长。我的同事马先生是一个很谦虚、很勤奋的人，他成功地在中国建立了很多非常有价值的关系，而这种"关系"，无论从企业业务角度、从友谊角度还是文化角度来说，都是很重要的。我认为这种关系和交流，正是把来自不同国家和文化背景的人们带到一起，促成他们互相理解、共同合作、创造美好事业的凝聚力。作为一个美国人，我还记得部长您1998年在纽约做完演讲之后，很多美国人都说："看，这位先生真的是了解我们美国文化的。"但遗憾的是，大多数美国人对于外国文化，特别是中国文化，都是不甚了解的。我们也希望通过自己的工作，不断构筑这方面的桥梁。

三、不同文化都有自己的长处和短处，需要互相学习

孙：是这样。到文化部之后我去过不少国家，不同文化都有着自己的长处和短处，需要互相学习。譬如说，中国文化的思维方式，就比较偏重宏观角度、整体感和历史感，5000年的历史使得我们习惯于从过去、现在、未来的角度看问题，从整体的角度看问题。而在与美国人接触的过程中，我认为美国文化的优点则在于务实，习惯于开门见山地、切实地直接解决问题。如果把中国文化的历史感、全局感与美国文化解决实际问题的能力结合起来，就是极好的事情。我经常和我的同事们说：不管中国的历史有多么悠久，文化积淀有多么丰厚，我们都需要以谦虚的态度向别人学习。

史：其实，美国更需要向别的文化学习。我们自己的历史比较短，往往对别的文化的历史性和丰富性不够了解。在擅长解决具体问题的思维方式之外，我们也确实需要更多地欣赏别的文化的价值。我们经常可以看到的一个问题就是：美国人在与外国人特别是中国人对话的时候，常常出现"鸡同鸭讲"的情况，双方都在说话，却不知道彼此是什么意思。

美国人对于传统的确是不够了解，我们两种文化之间可以互相学习的东西是非常多的。我个人就曾于十年前，与一位美国医生一起促成了一名中国中医大师到美国访问，我们给很多人发出的邀请函中写道：西方人认为200年前自己公布的血液循环论是一个巨大发现，而中国的黄帝，早在2500年前就已发现了这一原理。后来，当这位中国专家在华盛顿特区的美国顶级健康机构——国家健康学会进行展示的时候，在场所有的医生和观众都目瞪口呆。

孙：两种文化的沟通确实是非常重要的。实际上中美文化的区别在医学上反映得最明显。中国传统医学把人当作一个统一的整体来考虑，重视人自身的康复能力。例如，在治疗胃疼等身体某一部位的病症的时候，中医会努力找出病症根源，并依靠激发人体相应的健康机制来治疗它。而西医则不然，他们一般会认为胃疼就是胃的问题，常常是对胃用药或靠动手术来割掉它。所以，在治疗急性、局部、危险性病症的时候，西医往往见效比较快，很干脆；而在治疗慢性等疾病的时候，中医的长处就很突出了，可用调理来慢慢恢复。这些都很深刻地反映了中国文化的特点。

中国文化的特点也体现在处理政治问题的思维方式上。例如，中国领导

人与美国、日本、法国等国家领导人谈话的时候，往往从长远的角度、整体的角度看问题，总是努力促成建立"全面的战略合作伙伴关系"。所谓战略的，正是区别于战术的，它具有关系全局、关系长远和关系根本利益的特点，并强调在这种长远的、全面的、根本性的视角下解决具体问题。比如在解决中国驻南联盟使馆被炸事件、南海撞机事件等问题的时候，如果是就事论事的话，局面会非常严重，而中国政府总是既考虑事件本身的是非，又着眼于中美之间长远利益、整体利益、根本利益的前提下妥善处理这些具体矛盾。国家也好，公司也好，这方面的道理都是相通的。搞企业一定要研究文化，对文化研究得越透彻，企业就能办得越得心应手。您个人的兴趣就很广泛嘛，一方面搞企业，一方面又对医学、气功、武术、绘画等感兴趣。

史：您的观点充满智慧。我个人确实比较喜欢文化。我与亚洲和中国打交道有24年，可以说是利用业务之机发展这些个人兴趣。我有幸曾在大学师从一位研究商周青铜器的教授，他为我这个美国孩子开启了一个全新的世界，使我早在40年前就学到了关于武术、佛教等这些一般美国人所不了解的外国文化。我曾到过六十多个国家，因而和许多以美国媒体为唯一信息来源的美国人相比，感觉很不一样。

早在1998年，我就曾率王者世界的董事会到中国的北京、上海、西安访问过两周，当时适逢克林顿总统访华前夕，我们希望告诉美国人，除了哥伦比亚广播公司、美国广播公司（ABC）、国家广播公司（NBC）以外，还有包括中国中央电视台（CCTV）在内的其他视角。因此，我们在西安参观了兵马俑之后，还特别安排了到一个武术学校去参观孩子们上课。在现场，央视记者拍下了这些孩子们天真的笑脸。我认为，这正是美国人应该看到的。美国观众不应总是只听到一些负面信息，而应学会从别的角度积极地看待中国。后来，我们拍摄的这个节目在全美电视上播出，很好地展示了一个正面的中国，议会对此也很高兴。说起来，这也算是我对构筑中美人民互相沟通理解的桥梁所做出的一点贡献吧。

四、想帮助美国人了解一个真实的中国

孙：您做得很好。作为一个彼此坦诚的朋友，我也想向您了解一下，在现在的美国，企业界、民众、文化界对中国到底看法如何？有什么特别的担

心没有？

史：坦率地说，大部分美国人对美国之外的知识可谓知之甚少，特别对亚洲，还有着一种负面印象。这里部分原因是因为"二战"时与日本是死敌，以致很多美国人误以为亚洲人都和日本人是一类人。他们不知道中国和美国当时其实是同盟，正如有一次我在国航飞机上看到的资料上写的那样，在六十年前的那场战争中，中国与美国的战士和老百姓是并肩战斗的。可惜对这一点，很多美国人并不了解。

第二个原因，大概和所有的超级大国一样，美国人有一种孤立主义的倾向，需要树立一个假想的敌人，或许这也是军工企业发展的需要吧。美国的假想敌从前是苏联，冷战过后，这一位置在我看来很大程度上由中国来代替。直到"9·11"事件之后，美国的矛头才转向了恐怖主义，而中美之间的炸馆、撞机等事件在这样的情势下，也就算是被搁置淡化了。我个人一直保留着《经济学家》杂志上的一幅漫画，描绘的就是中美关系的这种转变。在六联画面上，原本怒目相向的鹰和熊，最后转变成了笑容满面的一对朋友。

第三个很重要的原因就是，由于美国民众普遍对国际形势不甚了解，因此每当遇到失业等经济问题时，政治家就会利用中国、印度等国大做文章，从而让人们迁怒于中国的制造业、印度的信息产业等，以为是中、印等国夺去了他们的工作。

当然，除了上面所说的消极因素之外，我们也有很多积极因素可利用。当今世界因通讯的发展，已经变得前所未有的紧密。而中国人可以给美国人带去的最好礼物莫过于文化礼物，例如关于健康养生、传统医学方面的知识，怎样让自己感觉更好、寿命更长等等。这样一来，美国人就会把中国与健康等话题联系在一起，而不是与失业、军事威胁等联系在一起。另外，这种交流也应力求针对美国人的个人生活，而不是面向政府。还有一点，美国应该向中国学习的，应当是像中医一样，学会以"预防"和"调理"为手段来处理问题，而不总是企图一蹴而就的"手术"。我个人认为，美国对伊拉克的政策已被证明就是一场失误、失败的手术；对伊斯兰世界整体的政策也是不成功的。去年11月我在沙特的时候，就亲耳听到了后来报道说炸死27人的炮弹呼啸而过的声音，令人痛心！我也去过中东多次，在那里试图用手术的方法解决问题也是无用的，应当靠长期性的药物，靠针灸这样的疗法。

孙：我之所以跟您谈这些问题，就是因为我们想帮助美国人了解一个真实的中国。文化部对外传播的一个重要理念就是，不仅告诉美国和全世界我们的进步，也告诉大家我们面临的困难和存在的问题。中国近年来取得的整体成就确实很巨大，但人均发展水平与美国相比，所差不是几年、十几年，而是几十年。我们要学的还很多。

但是，可能是因为文化差异吧，中国人对美国人所做的很多事情也不理解。比如说，中国人一般觉得美国是一个教育、经济、科学和文化都非常发达的国家，美国人很讲礼貌，文明程度很高，路上被人踩了脚也会说一声"I'm sorry"；可是中国人就不能理解，为什么当美国的飞机撞了中国的飞机，造成了人员死亡的时候，美国却反而迟迟不肯说"I'm sorry"了呢？

再如贸易争端问题，美国人总说有太多中国商品流向美国市场，但是，以我们手中的茶杯为例，在中国生产的茶杯，其原料、技术、样式可能都是美国的，中国企业只不过赚得了一点加工费，利润总共可能也就值一个茶杯把儿，大部分的利润都让美国公司给赚走了，而在这种情况下美国还要说我们倾销——这一点中国人就不能理解了。又如，中国在科技发展水平上不及美国，因此主要出口的也就是衣服、鞋子、玩具等劳动密集型产品，这些产品美国市场需要，而美国商家又不愿花费高额人工费生产，因此便从中国进口；而中国需要从美国进口的，则是高科技的产品，如尖端计算机等，可是美国人却不愿把这些产品卖给我们，还说是我们造成了贸易逆差——这一点中国人也不能理解。事实上，中美两国经济上的互补性很强，如果采取合作的态度，对彼此绝对都是有利的。

当然，我也知道有时候为什么美国人觉得中国人不好理解，甚至可能让人反感。比如，中国人讲话，特别是某些官员讲话，喜欢兜圈子，让人觉得不知所云。其实，这样做完全没有必要。中国人要学会敢于讲真实情况，学会善于用自己的语言、对方能理解的语言来讲。我经常与我的同事们和其他部长们说，美国人的可爱之处，正是在于其率真和直接，要重视这一点。在和美国朋友打交道、谈话的过程中，心要真诚，话要明白。Yes就是Yes，No就是No，这样互相学习、双向沟通的文化交流，对中美两国都有益处。

五、忠告：要意识到在美国之外还有一个丰富多彩的世界

史：对，这样的文化交流不但对我们双方有益，而且也非常必要。这正

是中美两国共同进步发展的一个机遇，也是挑战。总有一天，美国和中国会有一套真正的共同语言。我在美国企业界从业二十多年，常听的一个笑话就是，我们与中国签订一个协定，往往不是谈判的结束，而是谈判的开始。反过来，我们很多美国人多年来常持的一个错误态度就是，"我是美国人，比你们优越，你们应当听我们的!"这种想法一出来，人和人就疏远了，就不可能形成良好的关系。

我现在个人一直坚信，并且经常对我的女儿、儿子，以及他们一代人说的一句话就是：要学中文。因为中国一定会给世界的未来带来巨大的影响，即使我们这辈人此生可能看不见，将来也一定会如此。对此，美国人应意识到其必然性并接受它。我说中国会影响世界的未来，不只是因为中国有着13亿人口，并且也是因为中国人的思维方式、全局观念等迟早必将风行世界。

孙：您说得很好。我们这种朋友之间的关于中美文化的讨论非常有意义。美国是一个伟大的国家。作为一个年轻的移民国家，短短两百多年的时间内就发展到如此发达的程度，是十分了不起的。但一个国家再强大，也需要朋友，也需要向其他国家学习。我记得几年前，美国著名的未来学家托夫勒（Alvin Toffler）与我谈话时曾问我，对美国有何忠告。我说：我喜欢美国，她年轻、生机勃勃，她所创造的很多事物影响了世界。但我对美国朋友有个忠告：一定要警惕发达之后的自我封闭，要意识到在美国之外还有一个丰富多彩的、灿烂的世界。美国应该也可以从外部世界学到很多东西。当时托夫勒就说，这是一条非常真诚的、朋友的忠告。

史：您的忠告绝对正确。美国确实是一个年轻的国家，她就像所有的青年一样，强壮有力，但她的智慧还需随着年岁的增长而增长。非常感谢部长今天花时间会见我，与我重叙友情，我们真的谈得很高兴。

孙：我也很高兴，这是一次真正的朋友之间的很有收获的谈话。

chapter 28

从茶道的温馨平和中领悟人生之真谛

会见日本茶道里千家时的谈话

2004年3月18日，孙家正部长在文化部会见了日本著名茶道世家千玄室①一行，双方由茶道精神和饮茶艺术入题，表达了对中日关系关注和对中日友好的珍惜。文化部外联局局长丁伟会见时在座。

孙：虽然我们已经是老朋友了，但是我还是要代表文化部对您一行的到来表示热烈的欢迎。里千家同中国的关系贯穿了中国改革开放 25 年的历程。1979 年，中国刚刚结束"文化大革命"的混乱局面，走上新时期的时候，您就率团对中国进行了首次访问。里千家在这 20 多年里 100 多次访问中国，可见你们对发展中日两国文化交流和促进两国人民的友谊抱有巨大的热忱。先生以及里千家整个家族对发展中日两国友谊所做的贡献，中国政府和人民都将铭记于心。我们国家的领导人多次接见了您以及代表团成员。我本人也多次出席了里千家在中国开展的一些茶道活动，其中有一次是在人民大会堂举行的有数百名青少年参加的茶道活动。从所有这些，我可以看到先生发展中日两国人民之间友谊的初衷一直没有改变，而且意志越来越坚定。人的生命是有限的，虽然能做的事情很多，但是真正能给后人留下深刻印象的并不是很多。先生所从事的就是能流传后世、让后来人铭记的事业。先生一方面身体力行地从事这一事业，另一方面早早地就在培养青年一代继续发扬这一事业。随着历史演变和时间的推移，很多事情都会被时间的流水冲淡，但是有些事业将永驻人间。我想，要促进中日两国人民之间友谊的不断发展，通过茶道这样一种高雅的渠道沟通两国人民的心灵是非常高尚的事业。

当前，中日两国的关系总体上来说还是好的。两国恢复邦交之后政治关系发展不错，经贸关系可以说是飞速发展，文化交流也开展得很活跃。先生是前辈也是中国人民的老朋友，所以，我也很坦诚地告诉您我的忧虑。当前，两国人民之间的亲近感发展得并不太好，甚至，某些方面比起十几年前或是刚刚建交的时候还有所倒退。我曾经看过一份日本某一民间协会关于日本民众对于中国人的亲近感以及中国民众对日本人的亲近感的调查材料，在中日建交 10 周年，也就是 1982 年，中日两国人民之间的亲近感是 77%，到了 2002 年，调查结果是 40% 都不到。两国政治上的某些问题可能影响到了民众，所以，两国互相交往、增进友谊的任务还是非常艰巨的。要沟通人民心灵，没有比文化更好的渠道了。我对茶道的研究真是非常的肤浅，但是当我参加茶道活动的时候，我从温馨、平和、安静的气氛中感悟到了一些人生的真谛。我想随着历史的发

---

①千玄室，1923 年 4 月生，1946 年毕业于同志社大学法律系，后赴美国夏威夷大学深造，为日本茶道始祖千利休创立的"里千家"第 15 代家元，亦即前任掌门人。他以茶道文化使节、亲善使节身份先后 60 多次出访世界各国，其中多次访问中国，担任我国多所大学的客座教授，2002 年荣获中国文化部颁发的"文化交流贡献奖"。

展和社会的进步，一些摩擦和争斗都会烟消云散。人与人之间的真诚和友谊将永存并且愈加深厚。所以，我非常真诚地欢迎您的到来，也非常愿意聆听先生关于发展中日两国友谊的建议和要求。您是中国政府"文化交流贡献奖"为数不多的获奖者之一，我接待先生是怀着非常崇敬的心情的，但是，我内心当中并没有把您当作外人。我们的愿望和所做的工作都是一样的。

千：　非常感谢您！听了您出色的讲话，我也深有同感。首先，我想感谢您和文化部给予里千家的支持和合作以及为推动中日友好交流做出的巨大贡献。我还想感谢文化部授予我和平山郁夫先生的最高荣誉"文化交流贡献奖"。我最深感荣幸的是1978年我见到了邓小平阁下。当时，在人民大会堂我给邓小平阁下献了茶，他在百忙之中还花了40多分钟时间和我一同探讨了中日友好交流的问题。我们的谈兴越来越浓，旁边的工作人员提醒日程安排很紧，可是，邓小平阁下说，没问题，没问题。当时，邓小平阁下说了一句话，"这一碗茶是很珍贵的，它是连接中日两国人民心灵的很好的文化，希望您能再次将茶道文化传到中国。"当时人们性情有点浮躁，茶道能使人心气平和，而且能教会人如何尊重他人。我听了邓小平阁下的一番话之后深受感动，我决心用我毕生的精力在中国传播茶道。从那以后，我率团访问中国的时候经常受到中国国家领导人的接见，对此我非常感谢。在日本，如田中角荣和福田先生这样非常重视日中友好关系的政治家也很多，他们的发言和活动对推动日中友好关系起到非常大的作用。正如您刚才所说，当初日本人对中国人的亲近感接近80%，之所以会从80%降到40%，是因为在日本合格的政治家越来越少了。我已经80岁了，可以成为他们的顾问了，有时候我也会对这些政治家发表我的意见。我担任着日本国联的会长，我的任务一是为了日本，还有就是获得中国的支持，为世界和平做出我们的贡献。此前，联合国的安南先生访问日本，我也给他献了茶，谈到很多世界和平的问题。"如果世界上的人都能够尊重茶道崇尚的这种和平之心的话，世界就能够繁荣和发展"，这就是当时安南先生所说的话。过去，日本曾给中国带来很多的麻烦，做了很多对不起中国人的事情，我作为一个日本人会尽最大努力理解中国人的心，使日中友好关系不断发展下去。

孙：　中日两国历史上的那场战争给中国人民和日本人民都带来了很大的灾难。当时日本的人口并不算多，但是几乎家家户户都有人加入了这场战争。

但是，日本的普通老百姓是没有责任的，他们也是受害者。中国人同日本谈论这场战争，目的在于更好地发展中日之间的友好关系，主要是想探讨如何从中吸取教训，而不是追究责任。我接触到很多日本的朋友，他们也都反对那场战争。那些支持那场战争的人总是标榜自己是爱国的，实际上，很多反对那场战争的人才真正是非常热爱他们的国家——日本的。什么是真正的爱国？很多日本人冒着生命危险反对那场战争，当然，一方面是因为他们对中国是友好的，但首先是因为他们爱日本，和平的方针才符合日本的利益。我在日本接触到一些政界人士，我对他们说，中国给那些反对战争、促进友好的日本人颁发勋章，而事实上应该给他们授勋的首先是日本。按照他们的心愿治理日本，日本才有永久的和平和繁荣。我也经常对中国的民众特别是青少年讲，中日的友好是多么的重要。之后您将接受中国最重要的媒体中央电视台的专访，他们都很期待。我衷心地祝愿您此次对中国的访问圆满成功。您已是80岁高龄，我祝您健康长寿，继续为茶道和中日友好乃至世界的和平做出贡献。

千：这么重要的栏目能给我宝贵的时间，我感到非常的荣幸，非常感谢您。今后，我一定继续为中日友好尽我最大的努力。

孙：我相信您到北大的演讲也会受到热烈的欢迎。

千：非常感谢!

chapter 29

我小时候是看露天电影长大的

会见新闻集团董事长默多克时的谈话

2005 年 3 月 16 日，孙家正部长在文化部会见了新闻集团①董事长兼首席执行官默多克②一行，并就影视业的发展、新闻集团与中国的友好合作、国内的电影院线建设等话题进行了亲切交谈。文化部部长助理丁伟等会谈时在座。

孙：有一段时间没有见面了。

默：我非常高兴能够再见到您，您看上去更健康了。

孙：我在上班路上还回忆起和您第一次见面的情景，那是1997年的下半年，您原定从伦敦赶到纽约和我会面，后来由于布莱尔首相找您有事，我们俩通过卫星电视进行了会谈。与您在卫星电视上交谈以后，我去拜会联合国秘书长安南先生，他还问起我刚才是否和您通过电话，因为他在和我会面之前也与您通过电话。一转眼快八年了，这八年中我们也见过几次面，我还收到您给我发来的贺年卡，看到您的全家，特别是两个特别可爱的小公主，非常高兴。这几年间，您的事业发展得也非常好，同中国的合作也在不断地扩大。这几年我从广电部到了文化部，但我们的朋友关系一直没有改变。

默：经历了这所有的一切，您依然没变。

孙：我非常高兴这些年看到您的事业在不断地发展，虽然我不在广电部当部长了，但是我一直关注您和广电系统的合作。央视九套纯英文节目频道是我在广电部时开始试运行的，当时的政策是控制频道的发展，但实际上已经办起来了，转播了香港回归、邓小平逝世等重要事件。现在九套节目在您的帮助下，在美国、英国都拥有很多的观众，在美国的业务是与福克斯公司合作。

默：您知道我们在帮助CCTV9频道在全球大多数地区播放，现在拥有很多的观众。另外更重要的一点，我们帮助中央电视台把CCTV9的节目做得更精良，更好看。

---

①新闻集团，当今世界上规模最大、国际化程度最高的综合性传媒公司之一。总资产约510亿美元，总部设在美国纽约。世界著名的福克斯影视集团、福克斯广播公司、福克斯电视台系统、英国天空广播公司、《泰晤士报》等均在其旗下。自上世纪80年代以来，新闻集团与我国开展了卓有成效的互利合作。

②鲁伯特·默多克，新闻集团董事长兼首席执行官。自21岁开始，几乎是白手起家，历经50多年的不懈努力，亲手缔造了一个国际传媒帝国。默多克先生曾多次访问中国，受到过中国国家领导人江泽民、温家宝、李长春等的亲切接见。

孙: 现在频道越来越多了，核心的问题是内容和节目，在信息时代到来的初期，流行的口号是"网络为王"。随着时间的推移，越来越多人认识到，仍然是"内容为王"。您见过李长春先生吗？

默: 今天下午要见，去年也见过。

孙: 昨天晚上他给我打电话，让我4月初陪他到非洲去。

默: 到非洲访问学不到有关电视的东西。

孙: 非洲在恢复中国在联合国的合法席位以及一些重大问题上，主持公道，诚恳地支持过我们，中国人的习惯是"滴水之恩，涌泉相报"，中国现在发展了，但是永远都不能忘记这些穷朋友啊。

默: 我们对现在我们在中国的业务以及业务的拓展情况感到非常满意，您知道我们在中国有一个频道，它的节目是100%用中文制作的，在上海制作，然后把它分发到东南亚去。我们希望在这方面以后能继续扩大业务。与此同时，除了电视以外，我们也希望制作中文的电影。您知道我的知识仅限于电视和电影，但是我知道您在文化部也负责出版，是这样吗？

孙: 出版的事情是由新闻出版总署负责，但是我们也有图书出版社，也有音像出版社，有门类比较多的文化行业。另外电影的发行和放映，以及电影院，归文化系统。

默: 现在中国是不是建了很多的电影院呢？

孙: 中国以前的电影院很多是50年代、60年代建的，比较古老，陈旧落后，现在正在加紧吸引资金进行改造，有一批现代化的影院，但是数目还不是太多。外资来投资参与改造影院，今后还可以参与管理。

默: 当代的趋势是一家电影院有多个放映厅，这样就可以吸引更多的人到电影院去看电影。

孙：北京和上海现在建立的一些新影院就是几层楼是商场，其中一层楼是电影院，电影院大概有大小不同的几个甚至十几个厅，这样比较方便观众。

默：现在看电影价钱还是挺贵的吧？

孙：价钱？我已经多年不到电影院了。大概40到80元人民币，好一点的要120元一张票。

默：折合10个美金，太贵了！

孙：您说得非常对，现在中国的文化市场，包括演出市场，这个价格我认为是极其不正常的。

默：票价这么贵，但是实际上钱没有真正到电影制作商手里，也没有到表演者手里。

孙：现在这个价格问题正在研究解决的办法。要按照市场的规律，同时也要通过政府的手实施宏观调控。因为老百姓比较有意见，一般的消费者，更别说穷人了，看不起电影，看不起戏，这就成问题了。我小时候是看露天电影长大的，当时农村都在露天放电影，站着看两个小时。那时无论如何没想到几十年后自己会管电影。当了部长不能忘了现在仍有许多农民和他们的孩子是站在露天看电影哦！您刚才说对在中国的业务开展比较满意，我当然很高兴。搞了文化以后我就想，从文化上怎样把跟您的合作开展起来。无论是合作制作电影，还是合作制作电视剧，或者合作在国内外组织一些演出活动，我觉得都是可以做的。当时我把这些合作对象介绍给你，其实是非常慎重的，因为我们是老朋友，我害怕万一这个事情搞得不好，面子上不光彩，要合作就一定要搞得很好。而且合作项目的前提一定是要对双方有利的，都要很情愿的，所以这个项目到目前还没有找到。我希望下面让他们来研究这件事情。

默：非常感谢！我也希望将来有机会和您进行合作。您也知道，我们每年制作成千上万个小时的电视节目，包括电视剧，为中国很多的导演和演员创造了工作机会，同时我们通过制作电视节目为他们提供培训机会，我相信这些都算是文化活动。

孙: 中国现在从事电影、电视节目工作的不少人，关系都在文化系统，包括像巩俐、章子怡这些演员。她们原来都是搞舞台艺术的，演电影使她们的知名度大大提高了。另外，今年胡锦涛主席将要访问美国，我们准备在胡主席访美前后，可能是访美以后，在美国肯尼迪文化中心举办一个"中国文化节"。有一些很大的项目，到时希望媒体、报纸，包括您属下的凤凰卫视，以及美国的机构来关注这个事情，以适当的方式来参与和支持这个事情。

默: 我们将非常高兴并且乐于帮助。

孙: 我们过去的外联局局长现在是部长助理，他可以和你们直接联系。梅燕女士现在常驻北京，她的父亲是中国广播电视业的开创者之一。有什么事情你告诉她，让她找我就行了。有一个稳定的合作关系很重要，应该也可能搞得更好一点。

默: 非常感谢您的提议！随着我们的业务在中国开展，我们会随时向您通报。

chapter 30

文化产业的发展关键在内容

会见索尼集团董事长出井伸之时的谈话

2004年11月3日，孙家正部长在文化部会见了索尼集团公司董事长兼首席执行官出井伸之[①]一行，并就文化产业的发展、知识产权的保护等话题进行了亲切交谈。文化部部长助理丁伟、外联局副局长张爱平、索尼(中国)公司董事长小寺圭、副董事长川崎成一等会谈时在座。

孙：昨天是不是接受了中央电视台的专访？

出井：非常感谢文化部给我们提供了这么好的机会。

孙：你们到文化部来我非常高兴！

出井：我也很高兴看到部长。

孙：昨天见了朱镕基总理？

出井：晚上跟他一起吃过饭。

孙：他现在很少出席公开活动。我一直想抽时间去看望他，可他常在外地。

出井：他昨天说他每天跑5公里。

孙：应该说文化部和索尼公司的关系一直是很好的。在发展文化产业方面，索尼公司和美国的一个公司驻京的代表都应邀来给我们做了讲座，反映很好。

出井：我也听到了这个消息，我也很高兴。

孙：这几年中国政府对文化尤其是文化产业的发展非常重视，特别是中共十六大以后，一方面加强公益性文化的发展来为普通大众提供公共文化服务；另一方面，致力于扶植一些文化企业，发展文化产业。我们为了发展文化产业，体制上正在改革，原来一些事业单位如中国对外演出中心、中国对外艺术展览中心、文化旅游公司联合组建了对外文化集团公司，完全变成了企业。

中国在发展文化产业的过程中，还是非常重视同索尼公司的合作的。在

---

①出井伸之，索尼集团公司董事长兼首席执行官。1937年出生于东京。1960年早稻田大学政治经济学系毕业，进入索尼公司，1999年任索尼首席执行官，次年出任现职。

出井先生的领导下，索尼公司在与中国企业的合作、文化的交流方面起到很好的作用，而且还直接推动了中日两国政治关系的发展。2002年是中日两国建交30周年，我是中方的组委会主席，您是日方的组委会主席，双方合作把30周年的活动搞得很有影响。那次合作之后，我一直把您当成一个老朋友。在加强文化合作方面，中日关系现在也有些问题，怎样推动中日关系朝好的方面发展，我想听听您的意见。

出井： 感谢孙部长，我也像您说的那样，感觉是看到了老朋友。索尼最近两年，特别是2002年以来，发生了很多的变化，但总体来说还是一个是电子，一个是电脑游戏，一个是电影，一个是音乐，是一个综合的比较强大的公司。特别是今天没有参加的索尼爱立信，生产通讯设备的公司，出口量越来越大，是一个优秀的企业。对我这样一个经济界的人来说，我也认识到，中日之间发生了各种各样的事情。我是小泉首相IT方面的顾问，所以对我来说也是有些担忧的地方。文化产业是政治不可分开的一个部分，我也希望有一个好的前景。原中国驻日本大使武大伟，还有新任的王毅大使都说要努力解决中日之间的问题，所以我觉得这个方向是好的。小泉首相有些方面有些单纯，有些小孩子脾气。对我来说，我要尽我的努力来推动中日之间的关系。现在在音乐方面，我们和中国的合作很好；还有电影也是一年拍好几部；通讯也是有各种各样的内容可以提供，比如说电脑游戏、宽带。为了迎接新一代的技术，我们和IBM、东芝公司一起开发新型的CPU，电子方面我相信能对中国文化事业的发展有更多的贡献。

孙： 现在中国经济发展的势头很好。中国政府考虑的是发展如何能够更协调一点，"以人为本"，全面的、协调的、可持续的发展，因此，在整个发展过程当中，可以看到对文化的重视程度大大地提高了。在文化产业全面发展的大格局中，关键是内容产业的发展，所以对内容的要求是要健康的、向上的，特别是能够有益于未成年人的成长。对网络文化产业我们搞了博览会，搞了两届了，主要想在内容上提倡一些适合中国国情的创意，促进软件产业的发展。对游戏产业当中的色情和暴力，社会批评还是很严厉的。因此在宽带网发展了以后，怎样有健康向上的内容，促进内容产业的发展，无论是进口的，还是我们自己民族的软件产业，可以说发展的方向是越来越明确了，那就是有益于人的身心的发展，特别是有益于未成年人的成长。这个方向是不可动摇的。

第二个对我们来说十分严峻的问题就是，实行改革开放政策以后，大量的国外的文化产品涌入中国市场。这当然也是实行对外开放政策的很正常的一个现象。但是文化贸易的逆差非常严重，中国的文化产品到国外去的微乎其微。这个问题我们现在从两个方面进行努力，首先我认为主要靠我们自己，要提高我们产品在国际市场上的竞争力，要学会走向国际市场的经验，建立一些网络，这是我们自己要努力的；第二方面的努力，我们要依靠一些在国际上有影响的在中国开展业务的大公司，对中国文化产业走向世界方面做些帮助。

作为政府主管文化的部门，我们近期为自己的工作设定了两个目标：一是提高网上文化内容的品位；再就是增加中国文化产品的出口量。对我们来讲最重要的是这两个方面。上次请两位索尼公司驻中国的代表来讲座，也是出于想增加这方面的经验，提高"走出去"的能力，学会怎样运作和管理文化产业。您是我的老朋友了，索尼也是自中国实行改革开放以后很快就进入中国市场的企业，目前在发展中也遇到一些难题，在舆论上的一些批评我也看到了。但是我对索尼公司前景还是比较乐观的。中国有个说法："谁笑到最后，谁笑得最好。"因为一个企业在发展过程中总是曲线的，它不是直线上升的，总是有曲折的。正确的战略，根据形势的需要做一些必要的调整，我觉得索尼应说在市场上的竞争力还是很强的。上次我到日本去发表演讲的时候就提到了，当时日本的经济很低靡，中国的经济发展势头很强劲，我就说："中国是在基础很差的一个平台上开始起步，她是发展中国家，日本是在达到相当发达的程度继续向前走，两个国家经济发展的阶段不同。"所以从整体上来讲，中国和日本的企业互补性还是很强的。索尼在与中国合作的外国企业里面是很大很有影响力的一个公司，以后在合作过程当中，我们还可以就文化产业的发展做进一步的探讨。你们驻北京的代表，除了和文化部建立联系以外，以后可以直接和我们一些文化企业，像中国对外文化集团公司联系。因为合作中体制上的障碍还是有的，政府部门和企业说话总是隔一层，如果是企业对企业，共同语言就更多了。

出井：我们索尼公司是一个综合的公司，主要经营电子产品，但是电子产品也离不开内容。电子产品就是靠内容表现的产品。内容大体上有两种：一类是世界上通用的内容，一类是适合于特定国家的内容。我认为，贵国历史很长，文化内容很丰富，如果培养出内容开发方面有才干的人才，以后肯定会创造出很有影响的内容。我们成功的经验一个是在日本电子产业的发展，一个是在美国节目内容的发展，再一个是通讯方面的发展。这些好的经验如果能拿到贵国来，能够共享和合作的话，一定会有很好的前景。

孙：是的，如何把资源的优势变为产品的优势，这正是我们着力解决的一个问题。你们还有什么问题吗？

川崎：游戏方面应该说有各种各样的问题，但是有些部分我们也是在不断进步，非常感谢孙部长的支持！我们企业的发展当中也有一个盗版的问题，我们也一定会努力协助政府予以防止，请多多关照！这有个两面性，原来是进来的软件内容的产权保护，现在因为中国发展了，中国自主开发的软件出口以后，怎样保护它的知识产权，两方面都应该考虑。

孙：知识产权这个问题，应该说中国政府，比如过去朱镕基总理，态度非常鲜明，非常坚决，要加以保护。新一届政府，温家宝总理也强调知识产权的保护。保护知识产权其实是保护一个民族的创造力。美国的几个公司早些年对我们批评很多，从前年开始，他们充分肯定中国对保护知识产权的努力，有的甚至给文化部送来感谢信。我跟美国公司说："我们打击盗版，打击走私，并不是为你们做的，实际上是出于我们自己的根本利益。"如果大家随便地可以从走私、盗版中获取巨额的利益，那么谁还花钱去研发那些新的东西呢？谁会去动脑筋创造呢？盗版问题绝对不能忽视，我们深深感到，中国文化产业的发展还是很脆弱，不论是生产还是正版发行的公司，都深受盗版之害。打击盗版以后，这些经营正版的公司，经营状况就大为好转，在软件开发的创意产业方面，大家投资的积极性也就上升了。

chapter 31

文化是人类的一个梦

会见韩国希杰集团负责人时的谈话

2004年5月21日和2005年7月13日,孙家正部长在文化部会见了韩国希杰集团副会长李美敬[1]和希杰集团会长李在贤[2]等,对近年来迅速崛起的韩国文化产业给予了高度评价,同时也就两国文化产业的合作等话题进行了亲切友好的交谈。文化部部长助理丁伟、中国对外文化集团总经理张宇、文化部外联局副局长蒲通、张爱平等会见时在座。

一、文化是人类的一个梦

孙： 你们汉语讲得很流利，说明你们为同中国打交道，已经做了长期的准备。请问你们在哪里学习的中文？

敬： 我是1981年到台湾去学的中文。因为我祖父一直有一个夙愿，就是让我去学习中文，可是当时中韩还未建立外交关系，所以我就去了台湾。

孙： 台湾的国语教学不错，国语教学的水平、标准高于香港，某些方面，甚至比大陆好。大陆的方言太多。

我非常高兴和你们见面。中国和韩国建交是在1992年，建交10年左右的时间，政治、经济、文化关系发展之迅速以及取得的交流成果，在国际交流史上是一个奇迹。十多年来，无论是经贸方面的增长还是人员往来，以及文化领域的联系，都以异乎寻常的速度向前发展。2002年，为庆祝两国建交10周年，我曾率领政府代表团访问韩国，当时总统是金大中先生。我还应邀到贵国的大学里作了讲演。青年人对了解中国有很多的兴趣和热情。我深切地感受到，两国之间的政治、经济、文化交流的潜力是巨大的。我也研究了贵公司的一些资料，贵公司的发展非常有意思，你们从食品行业起家，拓展到文化领域，很符合人类发展的规律——人们既要满足物质的需要，又要满足精神的需求。因此，文化部希望在未来的发展中能不断扩大与贵公司的合作。贵公司下属的"梦工厂"取名也很有趣，文化就是人类的一个梦，而我们就在不断追求、实现这个梦想的过程中向前发展。

虽然中韩两国文化合作的势头不错，但体制和机制上的差异也带一些障碍。韩国方面是企业形式，而我国是事业单位，双方的交流与合作还是受到一定影响。现在我们正在进行改革，尝试把一些有影响的事业单位打造成文化企业。在座的张宇先生，你们都认识，他是经国务院批准成立的中国对外

---

①李美敬，1958年4月出生，韩国三星集团创始人李秉喆的长孙女。汉城大学家庭教育系毕业，并曾于美国哈佛大学、中国复旦大学研究生院深造。现任希杰集团副会长、希杰娱乐公司副总裁、美国梦工厂公司董事。（简称"敬"）

②李在贤，1960年3月生，李美敬之弟。1984年毕业于韩国高丽大学法学系，进入希杰集团工作，现任希杰集团会长。（简称"贤"）

文化集团公司的总经理。该集团以前主要从事演出、展览的运作，现在正逐步向影视制作、媒体以及出版等领域拓展业务。除了食品行业暂不涉及之外，该集团目前的经营范围比较广泛，因此和贵公司合作的余地相当大。我们可以本着互利、双赢的目标，展开有关合作的探讨。随着中韩关系的发展，到过韩国的中国民众越来越多，我部也已先后派出两批文化产业考察团。

我欢迎贵公司到中国来寻求投资发展的机遇，来赚钱，这一过程有利于建立人与人之间真诚的、超越金钱的关系，因为我们都很热爱文化，也都对文化很感兴趣。

中韩两国近期的关系发展总体不错，也有个别的争议，但无关紧要。你们可能也知道，其中之一是所谓"高句丽问题"，韩国报纸炒得很热。这其实都是历史问题。历史与现实，学术与政治虽然有联系，但毕竟是两回事，要区别开来。在学术上有争论，均属正常。历史问题是复杂的，现实的两国关系是明确的、良好的。还有一个是"端午节问题"，韩国的一个地区端午节的活动搞得很有特色，因此准备申报世界文化遗产。中国的部分学者认为，端午节是中国的传统节日，应由中国而非韩国来申报世界遗产。一些报纸就此对中国政府包括文化部门提出了批评。其实，文化交流源远流长，端午节既是中国的文化遗产，又是世界性的文化遗产，有些国家有端午节习俗和传统并形成了自己的特色，这很正常。我个人希望中韩双方在处理这些小事的时候保持冷静，不要情绪化。见到你们很高兴，也想听听你们对今后的文化交流与合作有什么想法。

敬： 我的祖父是三星集团的创始人，三星集团是以制糖业起家的。现在我们希杰集团已经从三星分离出来，我们依然以食品为主经营，同时向文化产业拓展，并且在这一领域已经发展了10年左右。我的祖父对中国很有感情，他收藏了很多中国的古书及文物，小时候他经常跟我们讲中国的故事，因而他对我们这一代的影响也很大。由于直到我祖父去世那年，两国尚未建交，所以老人一直未能如愿访问中国。但老人始终教导他的后代们，一定要和中国保持良好的合作关系，所以我先到了台湾，随后就来到中国大陆。

孙： 到台湾也算到了中国，一个中国嘛。

敬： 我1988年第一次到中国大陆来时，非常激动。五千年的历史文化深深震撼了我。同时我也感到，如何在这基础之上发展我们的当代文化是我们共同的重任。正像您说的那样，我们想在文化传媒领域有所发展，但我们更注重人与人的交流。目前在韩国，我们在电影、电视以及演出方面有一些自己的产业。现在我们正在积极地寻找在中国的合作伙伴，希望把一些项目具体化。比如目前韩国最大的电影院线是我公司下属的，中国电影可以在那儿开辟新的市场。而我们的目的不仅仅是为了赚钱，主要是要实现我个人的推动中韩交流的夙愿。

孙：目前中国内地的电影放映设施大都比较陈旧，需要进行改造，建成一批现代化的放映场所。而外资是可以参与电影放映设施改造项目的，这对你们来说是一个机遇；其次，音像制品的发行，外资亦可介入；第三，关于一些专业演出方面的项目，可以与张宇先生属下的中国对外文化集团公司或其他公司合作，推出一些艺术剧，甚至是合拍影视剧，都是可以的。也可以联手把韩国的一些歌手和团体引进中国，把中国的介绍到韩国去，这更加拓展了合作的领域。听说你们在上海参与搞了一个家庭电视购物的频道，这是在中国方兴未艾的产业。总之，咱们是初次见面，我支持您到中国来发展，支持贵公司和我们的对外文化集团公司或其他公司的合作。文化的合作是互利、双赢的事业，我们还希望通过文化交流的纽带增进两国人民的联系和友谊，以进一步促进朝鲜半岛的繁荣和稳定。不管是南方还是北方，都是我们的邻居，你们能够稳定、繁荣、发展也是我们的良好愿望。因此我们的合作还是很有意义的。

二、解决发展的烦恼，文化很重要

孙：非常高兴能在文化部和您见面！

贤：上次没有和我姐姐一起过来，这次我和我姐姐一起过来了。

孙：我和你们也成了老朋友了。你们CJ集团这个CJ在韩语当中是什么意思呢？

贤：首先非常感谢部长抽出时间来会见并宴请我们，而且我听说您8月份要到韩国来，所以我现在想向您汇报一下我们公司业务开展的情况，我们

▲ 与希杰集团掌门人李在贤、李美敬在文化部合影留念。

会做好一切准备工作。CJ原来是"第一制糖"的缩写。但是很多外国人都不知道这个名字的意思。

孙： 有意思！音译成中文就是"希杰"，从字面上理解就是希望杰出。

敬： 我们有一部分人认为CJ这个名字不太好听，想改掉它，能不能请部长帮忙起个名字？

孙： 这个名字很好，你看你们发展得很快。你们从一个从事饮食、制糖工业发展到搞文化，这非常有意思。有一个哲学家讲过，"一个人在饿肚子的时候只有一个烦恼，吃饱饭以后便会生出许多烦恼。"第一个烦恼是生存的烦恼，在生存当中食品非常重要；第二个烦恼是发展的烦恼，解决发展的烦恼，文化很重要。所以您这个企业开始是解决第一个烦恼，现在又来解决第二个烦恼了。也可以说从经营物质的食粮到经营精神的食粮，你们前后经营的这两项事业对人的生存发展都是非常重要的事情。这不光是一个只有经济效益的工作，它本身也是一个善事，对全社会都非常有好处的一个事情。现在文化产业在全世界发展很快，在韩国可以说已经创造了奇迹。如果真正用心去做文化产业，而且想做得很杰出的话，这个人本身需要一种高尚的责任感。因为做文化事业的人，一定要有很好的文化素质，要有慈善的情怀才行。

在当代社会，世界上出现了很多奇迹，其中韩国的崛起（包括韩国文化产业）就是一个奇迹。我在90年代中期做广电部部长的时候访问过韩国，当时韩国的文化部长忧心忡忡，他认为在美国的强势文化面前没有什么希望，认为韩国的电影，只是给美国片做些加工而已。后来中韩建交10周年的时候，我再次访问韩国，情况已经大不一样。韩国人在亚洲金融危机中的表现，也赢得了中国的尊敬。第二个奇迹也和韩国有关，中韩关系的发展，建交10年，政治关系、经济关系、文化关系发展这么快，在全世界是很少有的。中国文化部真心诚意通过文化的纽带，发展中国和韩国的关系，希望中韩关系能在现有的基础上发展好，对于朝鲜半岛的和平与稳定，对整个亚太地区都会起到很重要的作用。

现在中国各部门和各地方同韩国的关系越来越多。我曾经和我们分管对外文化交流的副部长以及外联局局长谈过，中国文化部全方位地对外交流，但是在每一个国家、每一个地区要选择一些团体、一些机构或者一些企业，作为我们建立稳定关系的基石。在对外交往中我们要广交朋友，"我们的朋友遍天下"，但是在每一个地区、每一个国家要交几个靠得住的、长远合作的朋友。例如在韩国像 CJ 这样的朋友。

贤：　非常感谢您的讲话，以及您对 CJ 集团的过奖！10 年前我们进入电影市场的时候，在韩国还没有一个市场的概念，但是我们不断投入到电影事业里面，得到现在的地位。我认为韩国电影市场的发展、韩国电影事业的发展遇到了一个好时期，但是实力不是很雄厚，文化背景不是很深。我作为从事文化产业的人，认为亚洲国家中，中国的文化背景是最深厚的，所以我们在文化产业当中一直观察和寻找同中国合作的机会。韩国的电影市场在 10 年以前，好莱坞电影占市场份额的 90%，但是现在只占 40% - 60%，而好莱坞电影在整个世界上控制了 85% 的电影市场。我相信有一天亚洲电影，韩国和中国合作能和好莱坞电影各占电影市场的一半。所以我们一直在寻找同中国合作的机会，现在找到了这个机会，遇到了两国文化交流快速发展的好时机。现在在文化开发和文化产业的政策方面中国已经取得了辉煌的成绩，对整个亚洲乃至世界文化的发展产生了很大的影响，对此，我非常尊敬和感谢孙部长。我作为企业家，当然做什么事情都首先考虑到经济问题，但是从全局来讲，我希望能找到中国和韩国电影事业共同发展的机会，这是我的使命。我们现在已经开始了中韩合拍的电影和电视剧。能够找到中韩两国合作的机会和孙部长的关心是分不开的。

敬：我们见到孙部长、孟副部长和赵副部长，看到中国的文化发展很有原则，作为外国的企业家，我感到文化部对我们给予了很大方便，并且对文化交流活动项目给予了很大支持。

孙：梦总是带有理想的色彩，实现梦想，应该从具体的项目开始，越做就越可以越大。中国文化产业从总体上看还处于刚刚起步的阶段。昨天我见了希腊的文化部长，希腊的造船非常好，她说中国的造船技术和整个的实力都是不错的，但是比较差的就是经营。我们搞文化也是一样的，有些东西是不错的，资源也是很好的，但是产业化经营经验缺乏，所以要学习。学习最好的方法就是把外国成功的企业运作经验吸收来。开始时，主要不是要考虑从合作项目上赚多少钱，主要是通过合作来学习。

chapter 32

只有友好，才会有中日两个伟大民族光明幸福的前景

会见日本凸版印刷公司董事长藤田弘道时的谈话

2005年5月11日，孙家正部长在文化部会见了日本凸版印刷公司董事长藤田弘道①一行，就该公司与故宫博物院的合作项目、该公司与敦煌研究院即将开始的合作，以及两国的传统友谊和文化交流等话题进行了友好交谈。文化部外联局副局长张爱平等会见时在座。

孙：你们同故宫的项目搞得不错，我看过两次。欢迎您和各位到文化部来。

藤：非常感谢!

孙：你们和故宫搞的项目，各方面的反映都很好。10多年来整个中日之间的文化交流情况还是不错的，凸版印刷公司起到了非常有益的作用。在中日恢复邦交30周年的时候，在两国领导人的倡导下，举办了规模比较宏大的纪念庆祝活动。除了文化部以外，还有外交部等17个部委成立了一个中国方面的组织委员会，我是中国方面组织委员会的主席，先到韩国，后到日本，这些活动给我留下深刻的印象。在整个中国的对外文化交流当中，同日本的文化交流，从人员来讲，从项目来讲，恐怕始终是第一位的。日本来的团体的朋友，大家都觉得这个工作很有意义，以文化作为纽带，来沟通两国人民的心灵，沟通情感。但是您也知道，目前的状况很令人忧虑。

昨天我会见了美国的基辛格先生，当年他秘密访华，谈判中美建交的问题。我跟他讲，这一转眼就30几年过去了。您先来的，但是日本同中国建交比你们早。现在两国的有识之士都在思考这个问题，中日恢复邦交30几年来，两国经济上和文化上的交流应该说是非常不错的。1972年、1978年、1992年，签署了三个非常重要的文件，是两国关系发展的很重要的基础。但是怎样在这个基础上克服目前的困难，把两国关系向前推进? 胡锦涛主席提出了五点意见，大概您和很多日本朋友都知道了。我们致力于两国文化交流的朋友和同事们都有一个愿望，就是使两国文化交流能够加强一点，来增进两国人民的了解。从长远看，中国和日本这两个伟大的民族只有友好，才会有我们光明幸福的前景。所以我很重视先生的来访，也很珍惜这次机会，来听一听您关于发展两国文化交流的意见和建议。

藤：您在百忙中安排这次会见，我们表示衷心的感谢。我们和故宫博物院的合作到今年6月刚好满5年，今年10月份是故宫博物院的80周年院庆，所以我们把这一期暂定延长到10月份，从10月份开始我们和故宫磋商第二个

---

①藤田弘道，1928年3月出生于静冈县。1953年毕业于东京大学经济学部，进入凸版印刷株式会社工作。2000年出任凸版印刷株式会社董事长至今。东田收司，日本凸版印刷株式会社顾问。（简称"东"）

5年的合作计划。我们开展和故宫的合作也是想利用凸版印刷公司多年来积累的印刷技术，对亚洲文化资产的永久保存尽我们的微薄之力，这是我们的初衷。因为日本在文化方面受到了中国很大的影响，所以我们想用我们掌握的技术来报答中国对我们的恩情。我们和故宫博物院的合作项目《虚拟现实作品》去年发表了第一部，第二部作品将在今年10月份在故宫80周年院庆上正式对外上演。

另外以东田顾问为核心，我们正在推进敦煌项目，想用现在的数字化技术把敦煌壁画记录、保存和展示，在这个项目上我们希望得到您的支持和指导。现在由东田顾问介绍一下敦煌项目。

东： 刚才部长先生讲到我们与故宫的合作项目取得了大家的认可，我们非常高兴，所以这个项目我们将持续下去。敦煌研究院有比较类似的计划，就是建一个大型的展览中心。敦煌来访人数每年都在递增，达到每年35到40万人，其中70%是日本游客，每天平均7000人进入石窟，这对壁画会造成一定的损坏，我们的目的让游客是进入石窟之前，先到我们的虚拟现实演播厅了解相关的知识，这样可以缩短在石窟的时间。我一直在和日本政府的相关部门讨论这个问题，现在日本政府基本同意援助这个项目，资金来源基本是日本政府的ODA，技术是我们和故宫合作的经验积累，是尖端技术的应用。我们认为把资金用于文化交流是一个非常好的契机。敦煌是世界文化遗产，我们公司从技术方面能够尽一些微薄之力也是我们的光荣。我们希望在进行故宫项目的同时，能给予敦煌项目很大的支持。

藤： 今后我们将在中日之间的文化交流上继续尽我们的力量。同时中日双方历史上遗留的问题，我们作为民间的企业家也将努力做自己力所能及的事情，希望中日双方能够朝着共同的美好未来努力。

孙： 老天爷把我们中日两国安排得这么近，一衣带水，隔海相望。两国友好交往的时间是很长的，发生对抗、战争的时间还是短的。很多日本的朋友经常说，日本的文化从古老的中国文化中受益很多。我想，同时也应该看到近现代中国人从日本也学习了很多先进的科学技术和文化。在互相的学习、互相的交流时期，始终是一种双赢的局面。中国和日本都是历史很悠久的国家。昨天基辛格先生说，凡是历史悠久的国家看问题都是比较长远的。在任何情况下都要坚持中日友好的这个总方针。过去中国共产党和国民党完全是对立的，打了几十年的仗，最近国民党主席连战先生和亲民党主席宋楚瑜先生先后到北京来，两党的领导人进行会谈，共商国是，一笑泯恩仇。当然这是我们中国内部的事情，但道理都是一样的。宋楚瑜在清华大学演讲时说："历史是一面镜子，通过这面镜子可以看到一些经验和教训，可以很好地照亮我们的未来，但是不能把历史变成一条绳子，把我们的手脚捆住。"对中日关系的前景我还是充满信心的。文化部及故宫博物院与贵公司的合作项目，是两国文化交流当中很成功的一个范例。我也很高兴并且支持该项目的第二期在故宫博物院80周年前夕能够完成，同时我也支持贵公司与敦煌研究院的合作项目。不管当前的状况如何，我们为促进中日两国的友谊，从具体的事情做起，还是非常有意义的。包括其他领域、其他项目方面的长远的合作项目的探讨，文化部、国家文物局将会一如既往地予以支持。各位多年来为日中关系所做的工作，我表示非常的钦佩。

藤： 日中两国最关键的问题还是要互相信任，我希望我们能朝着美好的未来共同努力，争取做出更好更出色的项目。我在本次访问当中还将拜访武大伟先生和唐家璇国务委员，我们在日本曾经多次见面，有着深厚的友谊。

孙： 他们两位应该说都是您的老朋友了。谢谢您，希望您在北京期间能够过得很愉快！

chapter 33

要使文化节活动更富于思想内涵
和崇高理念

会见美国维亚康姆公司董事长雷石东时的谈话

2004年3月22日，孙家正部长在文化部会见了国际著名文化集团
美国维亚康姆公司①董事长雷石东②先生及其属下，双方回顾了多
年以来的友好合作、探讨了中国文化的产业化之路，并就次年在
美举办"中国文化节"的合作前景进行了沟通。文化部外联局局
长丁伟会见时在座。

一、敞开心扉的沟通总是有意义的

孙：维亚康姆这几年和中国的合作正在快速发展，对此我感到很高兴。

雷：确实是这样。对我们来说，和中国的合作也是非常重要的。而且我本人非常喜欢北京这座城市。我们现在和中央电视台、北京电视台、上海电视台以及其他一些大型机构开展了很广泛的合作，我们的业绩都很不错。我想我们所有的合作，双方都能获益，而不单是维亚康姆公司。

孙：维亚康姆，特别是MTV和中国的合作已经有好几年的时间了。我非常高兴当我在广电部工作的时候，我们为维亚康姆和中国广播电视的合作打下了基础。

雷：我非常感谢您在担任广电部部长的时候给我们维亚康姆公司提供的帮助。同时，我们也为中国文化走向世界做了很多工作。

孙：我到文化部工作之后也一直关注维亚康姆公司和中国的合作，包括你们与广电系统的合作、MTV在广州的落地，还有中央电视台的节目在美国落地。我觉得维亚康姆能成为国际上影响最大的媒体公司是与其科学的经营理念分不开的。现在，我特别要向您介绍这位迟到的张宇先生，他是中国对外演出公司和中国对外艺术展览公司的总经理。最近，经过国务院的批准，将这两个公司合并后转制，成为中国最大的对外文化公司，成为一个企业。希望以后我们这个对外文化集团公司能和贵公司积极开展合作。

雷：对于这一点您完全可以相信，我们一直以来都对文化演出事业非常感兴趣，尤其是大型演出活动。我们把自己当成传播中国文化的使者，不光在中国举办大型演出，而且在海外也同样举办大型演出。我们非常希望和中

---

①维亚康姆公司，世界上最大的文化娱乐公司之一，在国际传媒市场的各个领域均具先导地位，年收入超过120亿元。派拉蒙电影公司、派拉蒙电视台、MTV电视网等皆是维亚康姆的子公司。

②萨默·雷石东，哈佛大学法学博士。"二战"期间参军，由于破译日军密码获得奖章，战后曾任美国大法官的特别助理。现任维亚康姆公司董事长、国家娱乐公司董事长兼首席执行官。

国合作，共同举办一些演出活动，特别是将中国本土的艺人推广到海外演出。

孙： 我们已经认识好几年了。我认为维亚康姆是发展得最好的公司之一，您本人也曾受到我国前国家主席江泽民等领导人的亲切接见。我认为贵公司在中国的业务发展应该能更快更好。

雷： 其实您不只是个朋友，还是我们坚强的支持者。我确实是与江主席建立了深厚的友谊，我们见面两三次了。我们与中国高层领导人建立关系并不单单是为了生意，也是为了友谊。那么，我觉得我们之间首要建立的应该是信任，有了相互的信任，我们之间的合作就会更加广泛和成功。

孙： 我在广电部时开始的合作只是打了一个基础。到了文化部之后，我考虑的是文化部以及文化部所属的机构如何与贵公司开展合作，比如与贵公司联合在中国和美国举办一些比较有影响的活动。这些活动不单是生意上的合作，更重要的目的是通过这些活动使美国人更多地了解中国，也让更多的中国人了解美国，了解维亚康姆在沟通中美两国文化中的地位和作用，同时学习和借鉴维亚康姆公司的经营理念。

雷： 我们今天就是带着同样的希望来的。我们也非常希望能在一些大型活动上与贵部进行合作，因为这些活动不光在生意上有其影响力，而且在文化交流上也具有很强的影响力。我觉得很多美国人对中国的了解远远低于中国人对美国的了解。所以，我认为这些活动不光要使人们了解维亚康姆，更重要的是使人们更多地了解中国。

孙： 上次世界主要媒体在英国伦敦聚会，邀请我去参加，我在会上说：文化一定要借助媒体这一双翅膀，才能飞得更高、更远；而媒体也一定要具有文化的灵魂，才能更加有魅力。明年10月份，我们将在华盛顿肯尼迪艺术中心举办"中国文化节"，届时有几十个演出项目，共有600多演职人员参加。我在考虑如何使这一系列活动更加有思想内涵，更富有理念，更具社会影响力。我知道您是肯尼迪艺术中心的理事，所以希望您和维亚康姆能支持这项活动。同时，我想和您商量是否能由文化部和维亚康姆合作，在华盛顿举办一个高层的关于文化和媒体的讨论会。这一活动的规模不用很大，但是要邀请美国政治、经济、文化和金融界的高层人士参加，大家就中美文化的交流和发展进行一次诚恳地交谈，当然，我也愿意向大家发表演讲。敞开心扉的沟通总是有意义的。

雷：我觉得您刚才的话像诗歌一样美丽。我希望维亚康姆公司能成为传播中国文化的传媒翅膀，借助它中国文化能够飞得更高。就如您所说，我是肯尼迪艺术中心的理事，跟他们的关系非常好，我们维亚康姆公司每年要在那里举办多项活动。我认为您刚才的建议非常好，这种研讨会应当重在实质，而不光是一个宣传。我们非常有兴趣与您商讨具体的合作方案。

孙：比如说，我们除了邀请各自的朋友参加"感性的聚会"，如参观展览、欣赏演出外，还可以邀请他们参加恳谈会，进行一次"理性的聚会"。感性和理性相结合往往是很有效果的。

雷：您讲的非常有道理。

孙：无论是生意也好，友谊也好，必须是以双方都能受益为前提的。我们之所以希望筹办这样一个活动，并不是我迫切想告诉美国人中国人取得了多大的成就，而是想让美国人知道中国现在发展的状况，存在哪些问题，在哪些方面能和美国开展怎样的合作，我愿意回答他们提出的任何问题。

雷：其实，告诉美国人中国发生了怎样翻天覆地的变化以及在文化领域取得的进展，这些工作可能我们做起来比你们更容易。

二、走向国际市场的中国文化产业还缺乏经验，需要学习

孙：外国人来过几次中国以后，就能够增加对中国的了解了。我认为不但要告诉外国人我们所取得的成绩，也要告诉他们我们存在的问题，这才是做朋友之道。当然，我也有许多问题要向美国朋友请教。现在，文化已经作为一种产业推向国际市场，在这方面，中国还只是一个刚学会走路的孩童。美国人总是抱怨中美贸易上的逆差，而实际上在文化领域，我们之间的逆差太大了，但是我们从不抱怨，只怪我们自己本事没学到家。

雷： 您太谦虚了，我觉得中国是正在成长的青少年。我觉得中国这些年最大的变化，就是更加宽松和透明地对待所遇到的问题，比如去年遇到的疾病问题以及艾滋病问题等等。只有面对它，谈论它，才能更好地解决它。

孙： 我们的文化产业在走向市场、向世界介绍中国文化的过程中，我们发现自己缺乏经验，确实需要国外朋友的指教和帮助。在这当中，您是最适合担当这一角色的。美国向世界推销自己文化的网络是非常完备的，又具有主动和进取的精神。而中国文化在进入美国的时候却受到了种种的阻碍，这当中一部分原因是我们的经验不足，另一方面也因为我们对美国的经营销售网络不够了解。

雷： 维亚康姆旗下最具国际化的就是我们的MTV全球电视网，在全世界以18种语言在40多个国家播出，有几十亿的人能够看到。这也是我们传播中国文化最好的渠道。而且，它的观众多是年轻人。关于您刚才提到的在肯尼迪艺术中心举办活动的事情，我们希望能尽快地组成筹备小组商讨进一步的合作。

孙： 我想用简短的语言向您介绍一下中国发展的态势。中国20多年来的发展大体可以分为三个阶段：我们在结束了以阶级斗争为纲的"文革"以后，很快就把工作重心转到以经济建设为中心上来，开始了一心一意进行经济建设的时代。虽然邓小平同志一开始就提出要物质文明和精神文明一起抓，实际上并没有做到或者说没有做好，基本上还是以经济建设的发展速度为中心。第二阶段是90年代到本世纪初，我们接受"可持续发展"的理念，就是经济的发展速度要和资源的可持续利用以及环境的有效保护结合起来，主要处理速度、环境和资源这三者的关系。这就是可持续发展阶段。进入新的世纪以后，特别是以中共召开十六大为标志，中国提出了"以人为本"的科学发展理念。这个发展观的核心就是要以人为本，考虑到人的全面发展和多样化的需求。所以，在这个发展时期，中国的文化消费市场将会迅速地扩大和发展。中国的文化产业面临着一个非常重要的发展机遇。

雷： 您刚才描述的这三大阶段是非常自然的。确实在任何一个国家，它的经济发展不到一定程度，它的文化发展是十分困难的。您还谈到了文化的演变和发展，我想维亚康姆在世界上应该说是处于最好的位置，而且在中国的发展状况也很好，我们非常愿意加入到你们文化的发展当中。

孙：您几乎每年都要到中国来。我不知道您今年是否会第二次来中国，会停留多长时间？但我想先跟您预约一下：希望您下次来中国的时候，能给我们主管文化经营的同事和朋友做一次演讲，谈谈您经营文化产业的战略和理念，我想这对于我们来说是非常有帮助的。

雷：非常感谢您的邀请。此前我刚在清华大学做了有关传媒公司的演讲。我对此很感兴趣，希望在此后4-6个月内能再到中国来。

孙：未来是属于青年人的。来听课的这些朋友大都是当前文化经营的实际操作者，给他们做演讲有重要的现实意义。对维亚康姆来讲，我们无偿地提供了一个平台，让你们宣传维亚康姆，这也是一个双赢的做法。

雷：您说的对。首先，我们感谢您提供了这样一个宣传的平台。实际上，我们如果缺少了中国这样一个合作伙伴，就称不上全球化的公司。我们非常理解您想将中国文化推向世界的愿望，我们愿意在这方面做很多工作，而且是在我们对中国和美国文化理解之后用合适的方式去做。

孙：您不光是从生意出发，同时，又诚心诚意地愿意担当中国文化传播的使者。

雷：我现在是维亚康姆的首席执行官，但我更愿意当中国的文化大使，我想这将是我下一个工作。

孙：那您必将是一位杰出的大使。我们已经有了明晰的整体的思路，现在需要的是切实的行动。

雷：我同意。很多时候，人们有了伟大的想法，但是没有一步一步地去实践是不可能获得成功的。非常感谢您。

chapter 34

美国文化同样是一本很厚的书

会见著名国际银行投资家库恩时的谈话

2005 年 10 月 24 日，孙家正部长在文化部会见了美国库恩基金会
董事长、著名银行投资家和公司战略家库恩①博士，双方就中美文
化的不同传统和特色、中国正在进行的文化体制改革、文化产业
的开拓进取等话题进行了友好交谈。文化部部长助理丁伟、外联
局副局长张爱平等会见时在座。

一、文化最重要的载体是人

孙：美国建国两百多年不等于它的文化只有两百多年。因为文化最重要的载体是人。在美国生活的土著印第安人有着悠久的历史，而从世界四面八方来到美国这块土地上的人，也把他们原住地的文化基因带到这块土地上。比如，犹太人来了，就带来了希伯来文化；爱尔兰人来了，就带来了爱尔兰人的文化。尽管他是近代的人或是现代的人，但他带来的文化基因是悠久的。因此，美国文化不能简单地说它是两百多年。中美两国的文化是需要互相学习的，在平等的位置上进行交流。

我常劝说我的同事不要因为拥有几千年的文明而太骄傲，因为世界各种不同的文化都各有特点，也有其博大精深的一面；也不要以为我们已经很了解美国了，对我们来说，美国文化同样是一本很厚的书。因此，大家要加强文化交流。我很珍惜这次和您见面的机会，想听听您对中美文化交流的意见和建议。

库：孙部长，非常感谢您今天能会见我。我们在过去见过几次面，因此我对今天的谈话是非常期待的。两周以前我在华盛顿参加一个理事会，但错失了与您见面的机会。当时我和中国驻美大使周文重进行了一个半小时的交谈，但遗憾的是您做演讲的时候我不在场。之后我读了您的发言，感到印象深刻。您谈到中美间交流要做心灵上的沟通，而文化就是这种沟通的一种非常好的手段。我认为这是非常正确的。

现在我想简单介绍一下我在中国的一些背景情况以及即将展开的一些活动和想法。在中国许多人了解我，是因为我写了有关江泽民的这本书，其实我的事业是在投资银行业。此前我来过中国很多次，首次是应国家科委宋健主任的邀请，帮助中国重建科技体系。从1989年到90年代中期我一直从事科技方面及公司并购方面的工作，这也是我工作的主要领域。这之后我越来越觉得美国对中国缺乏了解，我对这样的事实非常不安，于是开展了一系列大大小小的活动，旨在把真实的中国展现给美国人民和世界人民。两年前，我

---

①罗伯特·劳伦斯·库恩，国际著名银行投资家、公司战略家、解剖学博士，又是作家、学者和慈善家。现任库恩基金会董事长、花旗银行执行董事、日内瓦公司总经理和合伙人。自1989年以来，库恩博士多次应邀来华，担任我国国家部委、机构和一些大公司的顾问。有著作数十种，除了关于银行和投资方面的专著外，以《江泽民传》为国人所知。

和刘云山部长进行了一次会谈，主题就是如何把一个真实的中国介绍给世界。那次会谈以后，我就把更多的精力投入到这方面。除了投资银行业，更多的时间用于写作、公共演讲和交流等方面，向美国的主流媒体介绍中国。我对此充满热情，我希望把中国的丰富多样性和复杂性介绍给美国。胡锦涛主席前一段出席联合国成立60周年首脑会议的时候，我和中国常驻联合国大使王光亚先生进行了谈话。我接受了美国媒体的电视采访，介绍中国的外交政策。我虽然很喜欢投资银行业，我也是花旗集团的高级顾问，也乐于谈论政治，但是我真正热衷的领域是媒体和文化。因此当您谈到我们需要加强心灵沟通的时候，我感到非常的振奋。两天前我向刘云山部长介绍了我在美国开展的一些活动，我们除了谈到政治方面如中国高层领导层等一些内容，也谈到如何加强文化交流。他对我们今天的会见也非常支持。上周我和国家新闻办蔡主任也进行了会面。

对于加强双方心灵交流，我有两个层次的内容要谈。第一，如何把中国介绍给世界，特别是介绍给美国人民。这方面的活动最好能通过商业运作模式，因为商业运作可以是持续性的，而一味地通过政府或机构支持赞助，则是浪费人力和财力的做法。通过商业运作虽然需要一定时间，需要一定的投资，但这样可以把市场建立起来，而且这种模式会是很持久的。第二，如何帮助中国的工业进行战略重组，这我也和刘云山部长谈过。我十分关注媒体和文化领域，它们都具有多样性、复杂性和政治敏感性。如果能把我在投资银行业方面的经验和技巧，与中国的文化产业结合来做一些事情，我认为是非常有意义的。我在科学和投资方面出了不少书，但自从我出版了《江泽民传》之后，就没人记得我的那些书了。刚才我谈到的两个方面是互补的，如果能培养出一批有实力的文化企业，那么他们就能通过商业运作把中国文化和产品带到美国去。这两个领域可以产生一种合力。所以我想听听您对这两方面的建议及指导。

二、让世界了解中国，对我们是个艰巨的任务

孙： 这是个非常有意义的课题。让世界了解真实的中国，对我们是个艰巨的任务。过去中国人习惯用宣传的方式，外国人接受起来有障碍，现在中国人已意识到这一点。在当代社会生活中，人们接受信息时表现出更多的自主性和选择性。因此通过市场方式和商业方式是符合文化传播自身规律的。

市场的发展和民主政治建设是互相促进的。因此反映在文化上，更多的还是要通过市场，让人们自由地去接受它，经过比较形成一种看法和观念。

我在美国演讲时提到，美国对中国缺乏了解。中国的文化产品在美国很少。我们并不应责怪美国人，而是更多地要反省检讨自己。第一，我们通过市场来传播中国文化的观念还不是很强烈。第二，我们把中国文化传播到世界去的网络也很不健全。第三，我们还缺乏经验。第四，最根本的，市场运作不是靠政府，必须要有懂得市场经济又懂得文化的主体即文化企业，这在中国的文化市场中还发育得很不健全。政府有自己的事情，政府不能取代企业。我们现在采取措施扶植一些国有和民营的文化企业，进行一些改革，使他们能成为独立的市场法人。我们要依靠这些企业推广中国文化，引进外国先进文化。中国在这方面已有不少进步，如我们举办文化节，采取政府主导，逐步增加市场运作因素。这次和肯尼迪艺术中心的合作，除了开幕式，其他的演出都是采用商业运作的办法。中心负责经营的副总裁告诉我，演出票在网上很早就被抢购一空。当然这对我们仍是新课题，需要一套清晰的整体思路，同时需要和国外有实力的文化企业联手合作。

您讲的第二个问题和第一个问题其实是有联系的，关于媒体和文化重组。媒体问题您和刘云山部长谈得比较多了，我主要谈谈文化和文化企业重组问题。我们正在对文化体制进行改革，基本把文化分为两大块：

一是以政府投入和政府投入为主的公共文化服务体系的建设，主要面向全体民众，使他们得到良好的公共文化服务，包括博物馆、图书馆、基层文化馆。消除网络鸿沟，使网络能普及到边远地区，使那里的人们能感受到信息时代的益处。这主要靠政府扶持和社会赞助，但也不排除商业运作的因素，如博物馆同样可以进行一些商业运作。我们已经放开政策，私人也可以办博物馆，为民众服务，但不是以盈利为目的的。

二是文化产业。最大的问题就是培养市场的主体——文化企业，如一般的出版社、舞台表演、影视制作、音像制作和销售及娱乐业。这些就要走企业化、商业化运作的道路。机制要求从过去靠政府养变成一种市场运作。文化领域现在就缺乏文化经营的人才，他的观念和做法要能同市场接轨。

现在我们把一些靠政府养活的企业逐步推向市场，另外放手发展民营的文化企业。就文化部来讲，就是建立法律法规，依法进行监督管理。我们目前正抓一些试点。所以这仍是新的课题，您的研究是非常有意义的。

库：感谢孙部长对刚才那两个方面的详细介绍。我希望以后能经常来中国，并与您进行沟通交流。我的两个同事，一位是媒体公司执行董事，另一位是一家科技国有企业的负责人，现在成立了一个文化方面的子公司。我们愿意与文化部合作，不仅仅从理论上推动中国文化发展。我的兴趣是为您和文化部高层领导提供战略方面的建议，构建中美文化企业间的桥梁。我乐意把我的投资银行学、工业分析学上的知识以及我对文化的热爱，与推广中国文化的愿望结合起来。事实上，我们花旗集团应用于中国工业的许多思维概念也可以用在文化领域，其作用会是显著的。下面我想请我的同事朱亚当具体谈谈一些项目的想法，我的同事都是最好的、是世界级的专家和顾问，所以我请我的同事一起来，让他们发表一下自己的看法。

朱：孙部长，您好。我们从今年4月起几次来中国，对中国文化产生的一些看法和意见向您报告一下。从"中国文化美国行"到现正在美举办的"中国文化节"，我们都做了些调研。我们就有关问题进行了探讨，周文重大使也建议我们从一些具体项目做起，在中国寻找一些操作性强的项目和演出，哪些适合在国外搞，一步一步来。我们尝试投资，与好莱坞最大制片人之一约翰·皮勒合作，他在电视市场和DVD市场都非常成功。中国的演出也可以通过DVD等发行渠道走向美国民众。我们打算组建一个公司，在中国选择几个演出。"云南印象"最近在美国比较有操作性，我们也与云南省政府进行了接触。我们希望您能推荐一些优秀的剧目，我们会派人来考察，最好能在美国进行巡演或在拉斯维加斯和好莱坞进行固定演出。我们会与中国的演出团体进行沟通，看他们是否有能力在美进行长时间的演出。第二是孙部长提到的文化产业改革，云山部长也谈了很多，并安排我们参观了歌华。我们希望和文化部下属的有经验的文化企业进行合作，整合资源，协助其发展。我们在韩国也与一些电影公司有合作。中国现在"走出去"的东西还是比较少。我们希望能得到您的支持，参与中国文化产业的重组。

三、通过商业运作加强文化交流是可行的

孙：刚才您说的中国文化走向世界要从具体项目做起，这个我赞成。文化部可以做两件事：一，外联局和艺术司可以提供给您一些优秀剧目和线索供您参考。有些传统的剧目，如京剧等现在也融入现代的因素，演出效果非

▲ 宾主二人合影，手中所持为库恩作《他改变了中国》的中英文本。

常好，中国的民乐、芭蕾、杂技等艺术在美国都非常轰动，内容和形式的新奇引起关注和好奇。二，我们推荐中国对外文化集团公司，总经理是张宇，就是原来的中演和中展，原是事业单位，现在我们把它们合并，改组成了企业。他们最近和上海合作，搞了一台新包装的中国杂技"时空之旅"，非常精彩。在美国定点演出几个月毫无问题。

丁： 这个节目投入成本3000万，打算在上海先演出几个月。

孙： 你们可以直接与演出团体接洽选择节目，或是和中国对外文化集团公司合作。另一个重要的使中国文化走出去的办法，那就是出版。国外现在的关于中国的出版物大多是猎奇性的。如果有全面反映中国的、文笔流畅的书籍，我想在外国应该会畅销的。现在对中国了解的热情在上升，所以我觉得出版是大有可为的。

对中国基本情况，国外缺乏了解，缺乏一种稳定的看法。外国人认识中国，需要把握住几个"基本"：

一、基本国情。改革开放二十多年，中国发生了很大变化，但仍然属于发展中国家，人口多，底子薄，既不是非常落后，也不像有人说的非常发达。

二、基本变化。这种变化最重要的既不是高楼大厦，也不是四通八达的高速公路，而是人心的变化。中国人对自己、对世界的看法都发生了很大变化。对待世界，中国人从斗争的哲学转变为和谐的哲学，观念思想的变化比外部物质世界变化深刻得多。这种看不到的变化是决定中国未来的最基本的东西。

三、中国对内、对外的基本方针。对内是一心一意搞建设，一心一意谋发展，对外则是真心实意希望世界和平，共同发展。对基本方针应有深刻了解，它不会因为一时一事而变化。

四、中国现在基本的人心所向。个别事例是到处都有的。现在中国13亿人的基本人心所向，是希望国家安定发展，生活幸福。希望与世界各国人民友好相处。

如果对这四个基本有深刻认识，那么他们对中国的方针就会稳定起来，不会摇摆不定。中国人现在对世界有开放的欲望，想学习世界上一切先进的东西，为我所用。如果说中国和美国有什么区别的话，那就是中国人如饥似渴地学习先进东西的欲望比美国人要强。美国是发达国家，它的经济、科技都走在世界前列，但是再发达的国家也需要朋友，也需要向外部世界学习，克服自己的不足。

我喜欢美国这个国家，尽管我经常批评美国政府的某些政策，美国国民的国民性格非常可爱和率真，喜怒哀乐都写在脸上，这都是好的方面。但美国再发达，也需要了解世界，所以加强中美文化交流潜力巨大、意义巨大。今天非常高兴与库恩先生相识。增强人民间的了解，没有比文化艺术再好的东西了。通过商业运作加强文化交流是可行的。我很欣赏您的想法，赞成您的初步考虑，文化部可以做些推动工作，我也乐意随时与您交换意见。

丁：　我想今天库恩博士和孙部长进行了一次非常重要的谈话。按这个方向，我们有很多事情可以做。我希望与库恩博士及朱亚当先生建立起一种工作上的联系。孙部长让我分管文化产业的工作，希望在这方面能得益于您的研究。我们在明年合适的时候要找几家主要的国有、民营的文化企业开个小型的研讨会，也希望库恩博士和朱亚当先生能在会上讲讲课。我希望您在中国文化产业上的研究能和您的这本书一样，在中国产生很大的影响。

库：　非常感谢您的讲话，我们非常乐意与中国文化部和文化企业建立工作上的联系。无论在理论研究和具体项目上，我们都希望能一块儿做点事情。我最近将会出席一些记者会和研讨会，会做一些主题演讲，孙部长刚才的话对我很有启发。我们的想法有非常多的相同之处，至少有三点：一、中国最大的变化在于人心，中国人自由度、自信心的提升，我和媒体说了许多遍了；二、出版物的重要性，真正能改变人们思维方式的就是出版，尽管可能获利不多。我和刘云山部长也是这么说的；三、您刚才说的中美相互了解的问题，是完全正确的，我非常同意。

孙部长，我对您所取得的成就和远见表示十分赞赏，我期待与您的合作。谢谢！

chapter 35

文化如水，看似柔弱，实质坚强

会见日本中国文化交流协会代表团时的谈话

2004 年 5 月 21 日，孙家正部长在文化部会见了以辻井乔[①]为会长的日本中国文化交流协会[②]代表团，对已有 50 年历史的日中文化交流协会所做的工作给予了高度评价，同时对两国间文化艺术沟通与合作的意义作了阐释。文化部副部长孟晓驷、外联局局长丁伟会见时在座。

孙：辻井乔先生，见到你们非常高兴。因为我们可以说是名符其实的老朋友了。首先，我要祝贺您当选日中文化交流协会的会长，同时欢迎您率领代表团到中国来。在日本有一批几十年如一日从事日中友好事业的朋友。正像上次我在日本演讲时说的，这些人是中国人民真正的朋友。对日本来说，他们是真正的爱国者。正因为他们是真正地爱日本，所以他们一直坚持日中友好，为这一事业付出生命、付出辛劳。因为这一事业确实具有伟大的意义，它不仅关系到两国，还关系到本地区乃至世界的和平。日中文化交流协会自1956年成立以来，做了大量的工作，广泛地联系了日本文化艺术界的朋友，并通过文化和艺术的纽带把日本人民和中国人民的心灵沟通起来。我相信在您的领导下，在您就任会长之后，日中文化交流协会的工作一定会出现一个新的局面。虽然随着时间的推移，一些老朋友年龄逐渐大了，但他们一直坚持不懈地做日中友好的工作。另外我注意到贵会也在有意识地培养中青年。中国文化部将一如既往地支持会长、支持日中友好协会的工作。在日中政治关系好的时候，我们的活动会锦上添花；在出现一些麻烦和摩擦的时候，我们的工作将像润滑剂一样起到润滑作用。再次对代表团的到来表示欢迎。

辻：非常感谢。今天非常感谢孙部长和孟副部长能抽出宝贵的时间会见我们。我们这次应中国人民对外友好协会的邀请，出席了友协成立50周年的招待会。在昨天的招待会上，我们深深感受到了日中文化交流的悠久历史。刚才孙部长也已经提到，2006年是我们协会成立50周年。为纪念这一周年庆典，我们想借一些中国的精品文物来促进中日文化交流，向日本民众介绍中国的历史。这两年对中日两国来说，是一个重要的阶段，我衷心希望通过文化交流正确认识中日友好的历史。

孙：日中文化交流协会成立50周年对你们来说是件大事，对我们同样也是大事。我们会很自然地回想起贵会走过的50年的道路，回想起几代人为之奋斗而作出的努力，井上靖先生等友好人士会浮现在我们的眼前。因此你们

---

①辻井乔，本名堤清二男，1927年出生于东京都，1951年毕业于东京大学经济学系。诗人，作家。现任日本中国文化交流协会会长、季风文化财团理事长等职。
②日本中国文化交流协会成立于1956年，一直坚持与中国友好的主张，著名作家井上靖、著名社会活动家团伊玖磨都曾担任过该会的会长。

举办协会成立50周年的庆典活动，我们将全力给予协调。2006年庆典或2006年以前，我想以中国文化部的名义，邀请贵会派团正式访问中国，这个访问团成员可以包括贵会的领导以及文化艺术界的知名人士。关于举办文物展的问题，你们已经见到了国家文物局的董保华副局长，我们也积极支持把这个展览办好。中国文化部与日中文化交流协会一直保持着良好的合作氛围，我们通常不需要运用外交辞令，而是用朋友的语言交谈。我曾和同事们交换过意见，日中文化交流协会从井上靖会长开始的历任会长，第一是坚守正义，非常真诚，第二是具有文化人的气息，丝毫没有沾染政客的作风。我们很愿意与你们开展活动，给你们支持与合作。预祝贵会在辻井乔会长的领导下，在日本和中国的影响都越来越大。

辻： 非常感谢。我认为，作为文化界的人士进行文化交流是非常重要的，而政治界的交流是很功利的。文化交流可以不考虑政治方面的因素。文化艺术能促进世界的和平，不受政治的局限。

孙： 是的。文化就像水一样，看上去很柔弱，实际上很坚强，点点滴滴渗透到人的心中。许多事和人当时不可一世，最终均为过眼烟云。而文化是永恒的，艺术是永恒的，创造它的人逝去了，而文化艺术留下了。几年前我访问贵国时，前首相小渊阁下对我说，他很羡慕文化艺术家。他说我们这些政治家忙得头昏脑胀，也许什么也不会留下，而文化艺术家们把很美好的东西奉献给大众和后人。后来得知他突然去世的消息，我心里还是非常难过的。其实，对历史负责的政治家，后人也是不会忘记的。日中文化交流协会和中国文化部应继续加强合作，我们不仅要为迎接2006年的庆典协调一些事，还可以通过双方的协商，搞一些有意义的活动。现在从政治领域来说，两国领导人互访的氛围和条件好像还不具备，但我们文化之间的交流和人民之间的交流不应受其影响。我们应该促进问题的解决和沟通，迎接形成日中新的友好氛围时期的到来。我想问问佐藤女士，栗原小卷的母亲身体好吗？

佐： 她母亲身体非常健康，我们偶尔会见面。

孙： 上次她到中国来，我见过她。请代我向她致意。白土吾夫先生好吗？

辻：他现在已经坐上轮椅，但身体健康。

孙：团伊玖磨先生的公子曾说要到中国来访问，后来是受到SARS的影响，下次他来访问，我总是要见他的。

佐：去年SARS期间，团伊先生没能如期访问中国，等他来了，当时部长又不在北京。他率领的是环境建设代表团，访问取得了非常大的成果。他现在也是日中文化交流协会的常任理事，正致力于日中环境建设方面的工作。今年6月，中国方面也将应邀派出环境建设的代表团访问日本。

chapter 36

博物馆的意义在于珍藏历史、启迪未来

会见美国古根海姆博物馆馆长克伦斯时的谈话

2004 年 10 月 18 日和 2005 年 9 月 27 日，孙家正部长在文化部两次会见了美国古根海姆博物馆馆长克伦斯[①]一行，就该馆正在积极筹备的来华展览《美国三百年文明展》、两国博物馆之间的交流等进行了交谈。文化部外联局副局长孙加木，中国对外文化集团公司总经理张宇、副总经理卜键会见时在座。

一、文化交流是中美关系的第三根支柱

孙：　欢迎您到文化部来。古根海姆博物馆是很有名气的一个博物馆。我们曾在这个博物馆里举办了《中华文明 5000 年展》。这是在国外办的展览当中影响最大的一次，这个展览挑选了中国二十几家博物馆的精品。后来经过贵馆的努力，还到西班牙巡展，获得很大成功。现在我也知道贵馆正着手组织一个《美国三百年文明展》在中国举办，文化部会很好地支持，把这个展览办成功。通过这两个展览，我觉得能够使我们进一步合作。特别是我们对外文化集团公司，现在已经进行了改革，成了完全企业化、面向全世界的一个文化集团公司了。希望对外文化集团公司和古根海姆博物馆能够进一步加强合作。

博物馆事业在中国属于公益性事业，但是如何运用现代的产业理念来经营好这个会展事业对我们来说是个新课题。文化集团公司也好，还有中国其他方面一些文化机构也好，希望在和古根海姆博物馆合作的过程当中，很好地学习一些你们经营的理念和实践。另外我们还在策划一个在美国的重大项目，就是明年 10 月份，在肯尼迪艺术中心准备搞一个介绍中国文化的"中国艺术节"。这个活动虽然重点地区是在华盛顿，但是纽约我想也肯定是一个很重要的场所。关于加强中美双方的文化交流与合作，我也很珍惜和您见面的这个机会，想听听您的意见和建议。

克：　首先，部长先生，感谢您非常友好的话语！我也认为古根海姆博物馆和中国文化部之间的友谊是建立在《中华文明 5000 年展》的基础上的。我记得《中华文明 5000 年展》最早的设想大约是出现在 10 年前，也就是 1994 年前后，当时我访问北京，与中国当时的外长钱其琛先生会见的时候谈到，是否可以把中国文化进行一次全面的展示，把来自中国国内各个博物馆的展品综合在一起进行展示。于是在当时的中国外长以及中国外交部推动下，中国

---

①托马斯·克伦斯，1946 年出生于纽约，先后获得威廉斯大学政治经济学学士、纽约州立大学艺术学硕士、耶鲁大学管理学院硕士学位。后任教于美国威廉斯大学艺术系，1981 年担任该校美术馆馆长。1984 年至 1985 年出任布鲁克林博物馆规划顾问。1988 年入主古根海姆基金会，担任基金会总监和博物馆总馆长。自上任以来，克伦斯一直力图改变传统博物馆的经营模式，致力于加强艺术领域的国际间交流，在他的努力下，1998 年由中国文化部主办、中国对外艺术展览中心承办的《中华文明 5000 年展》分别在纽约和毕尔巴鄂古根海姆博物馆展出。

文化部和中国文物局以及中国对外展览中心一起进行了一次大规模的合作，将这次展览称为《中华文明5000年展》，推向了美国观众。这次展览对于古根海姆博物馆也是非常重要的，第一是因为它的展品的质量是一流的，第二是我们古根海姆博物馆首次把重点放在不是20世纪文化展览的方面。这一次的成功我想是归因于展品的质量以及展品的精美和复杂程度。正是从那一次展览开始，古根海姆博物馆迈出了走向国际性博物馆的一个大的步骤。我们希望在合作基础上，能够进一步开展来自双方展览的交流。一方面是将更多的中国展览通过古根海姆博物馆推向全世界，包括在纽约、在毕尔巴鄂、在柏林、在拉斯维加斯以及在威尼斯这5个地方进行展览；另外一方面则希望与中国文化集团公司进行合作，把外国的展览带到中国来。今天早晨我和中国对外文化集团公司的张宇先生进行过交谈，我们谈到了很多未来可以共同开展的项目，共同描绘了我们未来合作的蓝图。这个蓝图当中有很多雄心勃勃的计划。其实10年之前《中华文明5000年展》这个展览对我们来说也是一个雄心勃勃的计划，而且它实施得非常成功。我们希望未来有更多更好的这样的项目。在纪念《中华文明5000年展》10周年的时候，我向您送上这本当时我们展览的展品目录，这是古代时期展品的目录。

孙： 非常漂亮!

克： 这是20世纪展品的目录，这两个目录中就是我们当时展览的内容。同时在当年，1998年，在《中华文明5000年展》的同时，我们也给上海博物馆带来了《古根海姆博物馆馆藏现代艺术精品展》，当时展品只有87件，是一个小规模的展览，在上海的观众中引起了极大的热情。现在我给您的这本册子是我们上周五新近开幕的一个展览的宣传册，就是阿兹特克王国——现在墨西哥地区古代王国——的历史的展览。其实这个展览的举办也是本着上次《中国文明5000年展》的精神，它是阿兹特克文明展览到目前为止在墨西哥以外规模最大的一次。可以说和中国共同举办《中华文明5000年展》的合作过程使我学到了很多东西。我想我们今后可以在美国、在欧洲、在中国举办各种各样的展览，因为我们已经有了很好的合作基础，而且古根海姆博物馆未来的发展战略也将一直把与中国的合作作为核心。

孙： 通过您的介绍和精美的画册，我确实感到古根海姆博物馆在举办会展这样一些活动当中的精品意识。事实上我们做任何一件事情，特别是文化上的事情，就是要有这样一个意识，要么不做，要做就要做得非常好。古根海姆博物馆对于高品位的文化展览，用市场运作做得很成功。这是一种经营意识。通过有效的现代化的经营，使我们丰富的文化资源最大限度地发挥作用。所谓发挥作用，首先是文化作用，使人们通过展览了解非常陌生的一个国度，一种陌生的文化；其次也可以得到经济上的一些回报，来支撑我们事业的发展。文化交流也应有双赢互利的合作意识，不管是"5000年"也好，还是即将开展的"300年"也好，对我们双方来说，都是互有需求的。

为什么文化部对《美国三百年文明展》这样一个展览感兴趣呢？首先还在于中国人有迫切了解美国的一种愿望。您知道，中国改革开放20多年，前进的步伐是很大的。现在的开放是全方位的，是对全世界的开放，但是这个局面的形成首先是从对美开放开始的。中国决定对美国开放，这是一个重大的决策。在向美国开放的过程中，在交流与合作中，主要有三个渠道，或者说有三根支柱在支撑着这个局面。如果从外交的角度说，那就是：政治外交、经济外交和文化外交。

政治方面的外交您和我一样都是很清楚的。不管是民主党执政还是共和党执政，中美关系大的状况基本上没有什么大的改变。中美两个国家就像谁也离不开谁的一对冤家一样，总是有些小的争吵，但是大家觉得是共同利益把我们两国连在一起的。虽然有些小的争吵、争执，但总是没有破裂，为什么呢？因为我们有《中美联合公报》作为基础。两国通过平等的对话增强信任，这样有利于我们的国家安全，是符合双方的长远利益的。

经济方面也是很好的，应该说通过这20多年，通过中美的经济交往，我们两国的经济都得到了很强大的推动力。唯一经常争论的问题就是顺差逆差的问题，美国一方面经常抱怨逆差，一方面高技术的东西又不愿意卖给中国，简直是毫无道理。

我们同美国如果说经济上是顺差的话，在文化方面，我们存在大大的逆差。美国好莱坞的电影、音像和一些其他东西在中国确实可以说是到处可见，但是中国的文化产业的产品，包括音像等产品在美国却是微乎其微。作为文化部长，我经常对我的同事讲，我们不要过多地抱怨美国人，我们应该检讨自己，最主要是我们对于在国际市场范围内把文化作为产业来经营这方面实在是缺乏经验，我们应该在和美国朋友交流与合作当中学会这些。包括发展文化产业，包括市场运作，包括博物馆的经营方面，我们还是要虚心地当小学生。所以说对外文化集团公司在同古根海姆博物馆的合作过程当中，包括我们其他单位的合作过程当中，还请馆长不吝赐教啊。

克：请让我再说几句。部长先生您刚才提出了很多令人钦佩的观点，但我觉得您有些过于谦虚了。我想说的是，不管是在发展大众文化还是高雅文化方面，中国都是有着优势的。我想在美国方面，大众文化有很大吸引力的原因是来自于技术方面的精湛，也证明了您刚才所说的，文化方面技术和管理的经验。但是这些技术，包括管理方面都是可以学到的，也是可以分享的。正如中国在其他领域比如制造业正在经历的那样，中国方面的差距将可以在很短时间之内得到弥补。因为随着文化上对话的增加，一个文化自身的复杂程度也会不断提高。另外中国人在创造力、人的潜力方面，是有着无尽的资源的。

尽管古根海姆博物馆是一个小的博物馆，但是我们背后有一个强大的理念，就是目前发生在政治领域乃至经济领域的贸易和交流，也可以发生在文化领域，而在文化领域的交流，将对各国起到强有力的推动作用。因此，对于古根海姆博物馆来说，与中国成为合作伙伴，与中国成为朋友，对我们来说是一个很大的机遇，我们非常愿意和中国合作来共享我们的资源和技术，这是一件比较容易的事情，而且这对于我们自己来说也是非常有利的。我与张宇先生共进午餐，明天上午我们也安排了另外的会见，在此期间我们会列出一系列的非常雄心勃勃的计划，这些计划可以说是非常专业的，有很多具体的设想，比如把中国的展览带到美国和欧洲去，以及把美国的展览带到中国来，除此之外，在这个范围之外我们还提出了一个设想，就是设立一个永久性的合作机构，在世界其他地区开展活动。

孙：这是个很好的主意。我们可以超越一些个案项目的协商，可以搞一些计划性的联合行动。文化部作为中国的政府部门也会发生很大的变化，很多对外合作和对外文化交流的权力都将下放给像对外文化集团公司这样一些文化机构。政府部门要做的是应该铺平更加宽阔的道路，让这些文化机构直接地进行交流与合作，我想你们可以在这些方面进行一些具体的磋商。负责文化部对外窗口这方面业务的是我们的对外文化联络局，文化部也好，外联局也好，对贵馆与对外文化集团公司的合作始终抱着一种支持的态度。这次我看您行程的计划好像是要到上海去，我也是昨天刚刚从上海回来，我们在那里开了一个38个国家的文化部长和高官以及8个国际组织，一共46家的国际性会议。大家都深深感到，21世纪文化的作用明显地在增加。无论是高雅艺术也好，大众艺术也好，都面临着一种广阔的发展空间。这对于从事文化事业和文化企业的人士来说无疑是个非常好的消息。我相信，古根海姆博物馆有这样良好的基础，应该会在事业上越来越壮大。我希望古根海姆博物馆和对外文化集团公司之间的合作能够从个案到系统的合作，能够走上一个更加宽广的道路。

二、博物馆是大众的终身学校和精神家园

孙：　请坐！上次我们是去年10月见面的，这是我们一年时间里第二次见面，非常高兴。

克：　我想我们已经是非常好的老朋友了。

孙：　我是1998年到文化部的，当年的《中华文明5000年展》就是在古根海姆博物馆举办的，很有影响。现在又在准备《美国三百年文明展》。这两个展览都是非常有意义的项目。我也很关心《美国三百年文明展》的情况，今年中美国家领导人要互访，这个展览对增进中国人民对美国文明的了解是很有帮助的。展览进展如何？

克：　上次会见时孙部长所说的话让我非常受鼓舞，在过去的11个月中，我认为展览的进展还是非常快的。自从去年我们见面之后，我想我到中国大概有四次了。第一，美国的一些公共基金对于此次展览都给予了很大的支持。比如露丝基金会就给予了我们75万美元的支持，美国的另外一个收藏艺术作品的泰拉基金会也是我们此次展览的合作方和组织方，它给我们提供的资金援助是100万美元。事实上我们一直努力将美国最高水平的艺术品带到《美国三百年文明展》中，就像我们在1998年举办的《中华文明5000年展》过程中，中国的展品来自中国75个展览馆一样。同样这次《美国三百年文明展》大概有这么多博物馆出具展品，我们将从美国近70家博物馆和私人收藏机构获得展品，我们认为这次在中国的展览是非常重要的，同时我们也想把它办成一个成功的代表美国最高艺术水平的展览。此次展览在北京开幕后还将在

上海进行展览，此后将赴古根海姆西班牙毕尔巴鄂分馆进行展览，最后到莫斯科泰地卡画廊进行闭幕。我们非常感谢中国方面给我们的支持。

孙：博物馆事业是文化事业重要的组成部分。博物馆是大众的终身学校和精神家园。它珍藏历史，启迪未来。我们同古根海姆博物馆之间的合作是两国同事之间的合作。中美建交20多年来经济方面的交往逐渐发展，经济的交流和合作当然很重要，是基础性的交流，但是两国人民情感的交流主要靠艺术的交流。因为艺术是情感的载体，中国我的同事们满腔热情地同对方进行合作来办好这次《美国三百年文明展》，是发自内心的。现在中国人非常真诚地面对世界，并且以极大的兴趣了解世界。我希望中国观众通过这个展览不仅知道美国有发达的科技，而且通过《美国三百年文明展》了解到美国人民的内心。两国关系不管是政治关系还是经济关系要稳定地发展，人与人之间的了解和友情是非常重要的。这不仅仅是宣传美国的一项活动，也是使中国观众从中受益的一项有意义的活动。所以我希望双方加强合作，一定把这个展览办好。明天我就要到华盛顿去了。您知道，从10月1号开始将有为期一个月的中国艺术节在美国举办。中国去的艺术家以及在美的华侨华人，香港、澳门去的艺术家将有几万人。一个月的时间比较长，再次邀请您有机会去观看中国艺术节的节目。

克：周六的开幕式我肯定是希望参加的，而且在那里我会再次见到部长先生。我非常高兴也非常荣幸能够参加这样一个伟大的文化节活动的开幕式。

孙：布什总统先发了一封贺信，隔了两天，他与夫人劳拉又发了贺信。胡锦涛主席也发了贺信。这次从布什总统，美国政府到参议院，参议长，多数党领袖各方面都抱有非常高的热情来欢迎这次中国艺术节。这说明美国的大众还是非常希望了解中国的文化艺术的。关于《美国三百年文明展》你们可以指定你们的工作小组与我们外联局或中演、中展公司加强合作，我认为这个活动一定会取得圆满的成功。而且我们中方可以加强与国内主要媒体的联系，来热情地报道这次展览。

克：非常感谢！两周前在纽约古根海姆博物馆举办了关于俄罗斯艺术的大型展览，普京总统在开幕式上发表了讲话，参观了两个小时，他建议将这个展览带到中国来，作为俄罗斯年的一个项目。

孙： 我现在就可以告诉您，您见到俄罗斯朋友的时候可以告诉他们：中国政府十分重视明年在中国举办的俄罗斯年。如果俄罗斯文化部和古根海姆博物馆都认为这个展览是非常好的项目，中国文化部将全力支持。

克： 听到这个消息我非常高兴。10天之后我见到俄罗斯文化部长，我会将中国方面的积极答复带给他们。

孙：可以。

chapter 37

以堂堂正正国家主人的身份面对世界

与香港城市大学校长张信刚的谈话

2004年7月2日，孙家正部长在文化部会见了香港城市大学校长张信刚[①]教授，就文化的由来和作用，以及香港文化的特色作了深入探讨。

出于对香港这块土地的深切情感，孙家正经常会见香港工商和文化界人士。

孙：　欢迎您来文化部。看过先生一些谈话和文章，您关于应重视在香港青少年中进行中国优秀传统文化教育的主张，我深表赞同。

张：　感谢部长在百忙之中见我。这次来京，主要想就文化方面的一些问题请教部长。

孙：　不必客气。文化的内涵和外延丰富而博大，仅文化的定义，就学派林立。为了避免在概念上兜圈子，我们姑且把复杂的问题简化，仅来谈谈文化的由来和作用。

文化是一定历史、一定地域、一定人类种群生存状态及愿望的反映。反过来，又对人的生存和发展产生能动的影响。简而言之，文化从哪里来？由人化文。文化有何作用？以文化人。当然，文化的功能和作用很广泛，这里的"化"不只是狭义的教化，而是包括认知、娱乐、审美、启迪等多种层面。

张：　部长见解甚为精辟。受"以文化人"的启发，我想到，文化也是把人从动物界区别出来的标志。从这个角度，是否还可以说是"以文划人"？

孙：　很有道理。"以文划人"的提法有助于启发人的文化自觉。

张：　关于香港文化的发展问题，很想听听部长的意见和建议。

孙：　回归以后，香港经济发展，社会稳定，一国两制取得很大成功。但是，保持香港长期稳定、发展、繁荣，仍然任重道远，需要从各方面做出努力。就文化界而言，进一步做好文化认同、人心回归的工作，是一项极为重要的任务。

张：　确实如此。为了增强文化上的凝聚力，香港文化界的有识之士努力在香港民众特别是青少年中，传播中国传统文化，同时，积极组织青少年到

---

①张信刚，1940年生。香港城市大学校长。1962年获台湾大学土木工程学士学位，1964年获美国史丹福大学结构工程学硕士学位，1969年获美国西北大学生物医学工程学博士学位。曾任美国南加州大学系主任、教授，匹兹堡大学工学院院长兼生物工程研究所所长。1996年出任香港城市大学校长，兼任香港文化委员会主席、香港创新科技顾问委员会委员、香港司法人员推荐委员会委员。2002年获香港特区政府颁发的"金紫荆星章"。

内地考察学习，了解国家的历史和现实，培养民族情感。

孙： 这一点甚为重要。自有人类以来，寻根情结经久不衰。一个人，一个民族，丢失民族文化的根脉，犹如飘荡的灵魂。谈论香港文化，首先碰到的是香港文化的定性问题。文化即人，文化的定性，其实质是人的身份的自我认定，就是我们常说的"我是谁"、"我从哪里来"、"我到哪里去"。上次我去香港，会见了香港文化界的朋友。一位记者问我如何看待香港文化，我说香港文化是中华文化的一朵奇葩。这绝非客套的溢美之词，而是我对于香港文化基本属性的认识。

张： 我也出席了那次会见。大家对部长的讲话印象深刻，也很高兴。这表明，多数香港人是以中华文化而自豪的。

孙： 香港在英国人统治下150多年，尽管香港文化受西方文化影响较深，社会制度、意识形态也不同，但笼统地说香港文化是"殖民文化"、"英国文化"，我不赞成。香港文化的根在祖国。香港历来是中国的领土，香港居民的绝大多数是地地道道的中国人。香港的原住民，其语言、习俗属于岭南文化，后来，大量来自中国内地的移民带去的也都是中国各民族的文化。香港居民血管里流淌的是中国人的血，血液中蕴含的是中华民族文化的基因。由于特殊的历史原因，长期以来香港民族文化生态环境恶劣，香港文化确有其特殊的复杂性，但其根本属性、本质特征是中华文化。回归以后，更是如此。至于"文化沙漠"的说法，既不妥，也不符合事实。

张： 是的。即使在英国统治时期，境遇艰难，但中国文化的传承、民族习俗的延续一直没有中断，香港文化界也一直没有放弃努力。回归以后，条件好多了，文化发展应该也可以做得更好。

孙： 香港是国际金融、贸易中心，也是中西文化交汇的中心。回归后，香港的这一优势不仅没有削弱，而且日益加强。最近，为了支持香港的经济发展，中央政府采取了一系列政策措施。就文化而言，祖国内地可以为香港文化的发展提供丰厚的资源、广阔的市场。有祖国内地强大的后援，又有面向世界的优势和国际市场运营的经验，香港完全可以成为中西文化交流的中心，成为展示中华民族优秀文化的窗口，成为文化产业最为发达的地区之一。我想，这就是香港文化的定位。

张： 关于今后香港文化的发展，目前香港文化界讨论得很热烈，特区政府正在广泛征求市民的意见。

孙： 文化从来属于大众。研究香港文化的发展，当然需要深切了解香港人民的利益与愿望。坚定不移地贯彻一国两制的方针，保持香港长期稳定、发展、繁荣与全体香港人民的福祉紧密相连。文化的发展可以满足人们的精神需求，同时为社会的安定、经济的发展、民生的改善创造良好的文化氛围。香港是自由港，有着开放的传统，今后会更开放。同样是开放，但基础和条件已不一样。过去是英国人统治下的开放；回归祖国后，一国两制、港人治港、高度自治，香港人民才真正以国家及香港的主人的姿态面对世界。香港是中国的香港，文化是中华文化，香港人是堂堂正正的中国人。这一点很重要，香港文化的定性、定位与定向无不与此相关。

张： 特区政府和香港文化界正在为此而努力。事实上，香港的大多数人是拥护一国两制的，是信赖中央政府的。香港文化的发展，也需要内地的支持和帮助。

孙： 是的。1999年我应邀出席香港文化艺术界庆祝国庆50周年联欢大会，那团结、热烈的情景真是感人至深。香港文化当然应该保留好的传统和特色，同时，又需要注入新的精神和活力，目前，香港发展的势头令人鼓舞。对于香港及香港文化的未来，我们充满信心。

张： 与部长的一席谈话，受益匪浅。

孙： 有必要声明一下，我并非以部长的身份在发表意见。香港文化的发展，需要广泛听取香港同胞的意见，应当由特区政府筹划与决策。我所言者，只是作为朋友，与先生之间的交流和切磋。

张： 希望不久能在香港接待您。届时，如部长能拨冗赏光，我想约几个文化界的朋友，清茶一杯，畅谈文化。

孙： 谢谢！心甚向往之啊。

chapter 38

青春版《牡丹亭》体现了海峡两岸的文化认同

会见台湾作家白先勇时的谈话

2004 年 11 月 29 日，台湾著名作家白先勇①先生应邀来文化部作了专题讲座，孙家正部长在演讲结束后与他进行了亲切会见，并就海峡两岸的文化合作、青春版《牡丹亭》的排演与推广、在校大学生艺术教育等话题进行了广泛的交谈。文化部外联局副局长孙加木、人事司副司长殷福、中国对外集团公司总经理张宇会见时在座。

孙：先生的讲座结束了？

白：讲完了。很高兴来到文化部和领导们见面。

孙：文化部一直不定期地举办一些讲座，除了国内的知名学者以外，还请了国外的一些如美国、韩国的专家。所以知道您要来作讲座，我和同事们都非常感兴趣。

白：最近我制作了一部昆曲——青春版《牡丹亭》，大家对此都十分感兴趣。同时大家对传统和现代如何结合也十分感兴趣，我主要和大家探讨古典文化如何被现代的观众所接受。现在这部昆曲的DVD和画册已经制作出来，在这里我送给部长。

孙：非常精美。

白：借此机会，我想向孙部长介绍一下我的戏，同时与部长商量一下这部戏的走向。我们这部戏可以说是两岸三地的文化精英共同打造的，台湾地区的一批优秀学者包括艺术家、书法家、设计家等都参与了。这次我们一共花了一年半的时间，他们都很辛苦。此次我们和苏州昆剧院合作，苏州市方面很支持，投了资，我在台湾也募集了一些资金，香港的一些学者也出了力。我个人到苏州十次之多，还有台湾的工作人员也频繁来往。尤其重要的是，苏州昆剧院有一拨非常优秀的青年演员。它的小兰花班，骨干人员大约有十几人，非常优秀而且行当齐全，我们就相中了其中的男女主角。他们是青年演员，功夫尚未到家，我就请了当今昆曲的顶尖演员——江苏省昆的著名演员张继青女士，她是"继"字辈的代表人物，我们有十几年的交情。1987年的时候我就去看她的戏，后来她到台湾演出我都去看了，从此我们就结下戏缘。不曾想这次用上了，我说服她进驻苏州，从南京到苏州住了一年，同时我把

---

①白先勇，生于1937年7月，广西桂林人，国民党高级将领白崇禧之子。先后就读于台湾大学和美国衣阿华大学。旅居美国。著有小说、散文集多种，不少作品被改编成影视剧。近年来致力于推广昆曲艺术，他奔走呼吁、穿针引线，邀集两岸一批优秀剧作家、艺术家、青年演员，精心打造了二十七折的青春版《牡丹亭》，成为一件戏曲盛事。他所倡导的"只删不改"的原则，也为古代经典剧作的改编重演提供了一个新的范式。

浙昆的前院长汪世瑜——他是京昆的魁首，也和我有几十年的交情，也请到苏州。这样两位大师带着年轻演员们整整磨合了一年，终于排出来了！今年4月29日，在台湾中山纪念堂首演。我们这次排的是大戏，三天九小时，演两场，九千张票，一个月前就售罄了。演出时是空前的盛况。之后又到香港，一样的火热场面。之后又移阵到苏州，在苏州大学首演。我们的一个大宗旨就是：走进校园。因为要培养年轻观众的缘故，启用年轻演员也是为了吸引他们。在苏州那次很重要，等于是国内首演，有两千张票，当时上海、南京的学生去了很多，场内涌入了两千五六百人。然后到了浙大，同样的反响强烈。很重要的一场是在北京的演出，三天演下来也是爆满的，最后一天连走廊上都坐满了人，而且观众百分之六七十是年轻人，都是买的票，这很不容易。在上海大剧院的演出是大剧院落成六年后头一次上演昆曲，票价高达3600元一套，天价啊，也都基本满座。九轮下来，演了27场，上座率都在九成以上，经受了市场的考验。我们也打破了一些原先的想法，获取了重要的经验：一、年轻人不看昆曲的说法不成立；二、年轻演员很难挑大梁，而这次我们完全是由年轻演员磨合出来的；三、两岸三地的文化人的合作，也是非常难得的。像昆曲这样的高雅艺术需要很多文化人的投入，这次可以说是最大的一次两岸三地文化人的结合。总体说来是成功的。再往下，规模逐渐增大，仅作为苏州市的院团小剧组恐怕已经不能支撑它的运作，应该有一个新的定位。因而下一步应该走向世界。联合国已经宣布昆曲为世界文化遗产，我们要拿出现成的经过考验的品牌展示给他们。因此，这次我和张总商量，希望借重中演的力量把戏推到国际上，比如美国、欧洲、日本，这就不是依靠民间的力量所能实现的了。因此我希望见到部长，能够得到您的支持。

孙：　到国外去演出，首先要和国外的公司取得联系。

张：　我们现在已经和一些公司取得联系，初步打算先将节目的品牌打出去，再进一步推广市场。

白：　我觉得第一场演出最重要，如果能打响就好办了。据我了解，文化部明年10月在美国有个艺术节，在肯尼迪艺术中心举办，如果我们的《牡丹亭》能加入这个艺术节，让美国看到两岸三地这么一个大的文化品牌，能够代表联合国颁布的世界文化遗产的昆曲，影响力就大了，希望部长能给个助力。

孙：我觉得白先生此次担纲做的这个戏，还是非常成功的。昆曲和京剧一样，我们采取的是"三并举"的方针：一是整理过去的优秀的传统剧目，二是进行改编，三是新创作的剧目。这次的《牡丹亭》，是否也有一些改动？

白：我们是按照原来的剧本只删不改，把本子浓缩一点。

孙：那就是说比较贴近原著，又做了些加工，那是非常不容易的事。其中涉及的风格、唱腔以及舞美设计等，都要照顾到现代观众的审美趣味。我听到的反应都是非常好的。当年我在江苏工作的时候，通常在周六会陪母校南京大学的匡亚明校长去听昆曲，他是非常热爱昆曲的，基本上每周六都会在朝天宫看张继青、石小梅等人的戏。老戏最好的是张继青的"三梦"新改编的戏有石小梅的《桃花扇》，还有就是一些折子戏，吴侬软语，缠绵悱恻，韵味十足。

这次演出《牡丹亭》，首先在国内要继续开发市场，到大学校园去，到其他城市去；其次在国外我们要积极运作，现在昆曲以及整本的京剧在北欧、西欧都很受欢迎，会有市场。打上字幕以后，外国观众能看明白，而且它本身的音乐是很美的，故事是很感人的。明年去美国的演出，我们可以好好策划一下。因为在美国林肯中心曾经上演过另一版本的《牡丹亭》，融入了评弹、傀儡戏等因素，争议很大，国内昆曲界和戏剧评论界批评的声音很多。

白：我们的演出是正宗、正派、正统的。所以我要把张继青请去，这出戏的第一本旦角是她排的，她的演出非常严谨、非常正统。她的弟子沈凤英，花了一年的功夫，张继青也是倾囊相授。以她的年纪，再要花一年功夫恐怕很难了。我们现在是既古典又有现代的风格，创作态度是严谨的，要求非常严。

现在做得越来越大了，上海、北京包括国外的演出，可能重新要组织一下了。我的看法，这个小兰花班是以后昆曲的中坚，要重点培养。这个剧组的骨干也就十几个人，加上配角一共35个，到上海、台湾、港澳都演过了，再回去唱野台子戏，损耗了人员，士气也不对了。

孙：目前恐怕只能做一个相对的调整，组建一个剧组，比如《牡丹亭》

剧组，把它抽出来。我们全国总共有6个地方有昆曲院团，中央财政已经拿出1000万，作为扶持基金。苏州是重点基地，重点中的重点，现在主要的演员都是苏州的，这个剧组让它相对独立一点，但是放在苏州，打苏州的品牌，这样比悬在半空中好。此事文化部会加以重视，苏州市有很好的文化和经济基础，请他们也支持一点。

白： 肯定要他们支持。从整个昆曲的发展来看，还要学一些新的戏，不能老是这一出，所以，从师资方面也是应该注意的。小兰花班整个起来，成为昆曲的中坚力量，这是我最后的目的。开头先把这出戏打响，现在可以说是闯出名堂来了。

孙： 这个戏演完以后，还可以排一些新的剧目，包括纯粹传统的剧目，比较成功的一些也要排。要有大中小剧目的结合，最后要不断地出人才。

白： 我希望让他们磨练，让他们成长，我也希望他们能像上昆那样，人员配备整齐，他们有这个潜力。现在我训练的这个男女主角好极了，他们长得又好，年纪又轻，嗓子又好，那个小生是少女杀手，好多大学生拥到前面签名，好像追星一样。

孙： 这很有意义。从大的方面讲是我们两岸三地、海峡两岸的合作。到台湾演出也好，到美国演出也好，可以说是台湾和大陆文化合作的一个新的开始，是文化上的认同证明了我们在文化上是分不开的。

白： 我觉得这很要紧。不光是台湾，包括这边的大学生，也要加强沟通，要走进北大、清华。复旦百年纪念，约我们参加他们的开幕式，这是好现象。南开也约了。我们先把国内的10大名校演遍，国外最好是美国先来，美国影响大，先在美国演红了，影响其他的国家。

孙： 还是要有重头戏，一般的演出我们以前有很多，"中国文化节"如果没有一些重头戏恐怕难以征服美国观众，要有一些大戏。到北大演出是什么时候？

白： 明年4月1、2、3日。他们非常重视这个事情，北大要在演出之前开一个研讨会，关于汤显祖的。不光是演一个戏，还要搞传统文化教育，昆曲走进校园，希望把《牡丹亭》拿来演出，他们北大方面非常重视。

孙：具体的事情我会和苏州说一下，研究一下，机制上保持剧组的完整性。再就是让剧组除了演戏以外，在培养艺术修养、练习基本功上面多花一些功夫。

白：这次我专门请了一个专家来教他们这个戏，教他们词。这些培养的工作必须做，培养人才啊。做过这一次我才深深感到，昆剧人才要珍惜，因为好难培养。

孙：江苏省昆原先还是很不错的，张继青领头，包括各个行当，都是很不错的。

白：演员队伍，中间三十几、四十岁是一个大断层，这个断层很危险，如果二十几岁的不上去的话就有断掉的危险。

孙：现在四十多岁的还有石小梅、胡锦芳等。

白：对，但是再下去就难了。而且昆曲也不是看看录像就可以学会的，也不是念几本书可以学会的，是靠师傅手把手教出来的。我就怕这些老师傅走了，就没人教下去了。

孙：你现在苏州还经常去吗?

白：我想部长这边有了政策，我再去和他们谈会方便一点。

孙：我想从部里这个角度也支持一下，作为一个重点剧目。现在我们还在做一些传统剧目的整理、复排。像《牡丹亭》这个剧从整理的层面又上升了一个高度，已经有改编的成分、重新创造的成分了，以前像这么大的戏还没有过。北昆曾经搞了一个完全新创的戏，没有完全推出，也不是很轰动，首先它的词就不行。

▲ 青春版《牡丹亭》剧照

　　白： 所以我们的词就是只删不改，汤显祖的词你不能去改的。所以我们一方面把古典精神保持下来，一方面在灯光、舞美、服装上面要符合现代观众的需要，要不然观众坐9个钟头就累了，不行的。这次在北京、在上海，外国人坐9个钟头，都喜欢得不得了，看完还问我要英文的字幕，拿回去研究。我想在美国会轰动，让他们看看我们明代的精品，那时候他们歌剧才刚刚开始。

　　孙： 双方这个协议为什么还没有签呢，就是他们提供了合作文本以后，我们找法律专家又重新核了一下，改了一下给他们，他们正在研究。他们上次总裁来，本来打算签，但是后来没有签，或许他们认为文本还需要再研究一下，双方都是很慎重的。

　　到美国去办"中国文化节"，要以我们为主，请他们配合，不是我们合作的话做不成事情。一般来讲，他们如果不配合的话我们花钱租场地也要去搞；

他们配合，在内容上我们也要把关的。

白：因为以他们的眼光不一定能看得准。我们最好的东西还是我们自己知道。我一直有这个希望，让世界知道真的、最美的古典剧作。以后我想，纽约、巴黎这些地方都要去演的。

孙：就是应该到巴黎去演。

白：而且法国人他们懂的，他们的文化里有这种很精细的东西。

孙：很精细，很典雅，听起来是荡气回肠啊。

白：缠绵的东西他们喜欢的，昆曲里的水袖这类东西他们是喜欢的。

孙：我和苏州那边打个招呼，你们很好地商量一下。具体的目标呢，我们除了在国内的一些演出以外，力争明年打到美国去。他们如果不放心的话可以来看，先看录像，再看现场。这涉及到外联局、艺术司还有苏州。分管艺术的副部长我也会交代他，请他当重点来抓。

白：好的好的，谢谢！我现在自己也有个交代，我自己好像班主一样的，带了他们一年，现在放手不管了，也不负责任，只是有点吃力了。难得的是这次所有的华人，不管是哪里的，反应全都非常热烈。

孙：这就像写小说，从平面的，到立体的，有声有色的。

白：我也写小说，也写昆曲的，这次跑来做昆曲了。

chapter 39

坚持中日友好的日本友人，是日本真正的爱国者

会见日本友好六团体负责人时的谈话

2004年12月14日，孙家正部长在文化部会见了日中友好协会理事长村冈久平、日本国际贸易促进协会理事长中田庆雄、日中协会理事长白西绅一郎、日中经济协会专务理事西村英俊、日本中国文化交流协会专务理事佐藤纯子、日中友好会馆事务局长吉川顺一，深情回顾和高度评价了日本对华友好团体和友好人士所做的工作，也对当前中日关系和两国文化交流坦诚地谈了自己的看法。文化部外联局副局长张爱平等会见时在座。

村：今天您在百忙之中抽出时间会见我们，中午还要宴请我们，我们对此衷心感谢！

孙：日本的六个日中友好团体组团访华，到文化部来做客，我感到非常高兴。真诚地欢迎各位。当前，中日关系处在一个重要的时期，在这样的时期大家能够坐在一起，就中日友好问题进行磋商，我觉得这是一次非常重要的工作会见。你们这几个团体有的早在上世纪50年代，或者六七十年代，晚一点的也是80年代成立的，有二三十年到50年的历史。作为民间的组织和我们的对外友好协会关系比较密切，文化部和你们也有非常良好和密切的关系。应该说在座的各位都是文化部的老朋友。我非常珍惜这次机会，想听听各位对发展中日两国的友好关系有什么好的建议。谢谢！

村：今天您在百忙之中会见我们日中友好六团体，我对此表示感谢。昨天一整天，中国的10个友好团体和我们6个团体举行了一天的会议，因为明年是抗战结束60周年，所以我们就举行一些什么活动进行了协商，确定了共同的目标。如果两国政府和两国民间的关系发展得都很顺利的话，两国的关系就会发展得比较理想，可是很遗憾的是两国政府间的关系发展得不是很理想，明年又是抗战结束60周年，所以我们想方设法用民间的友好活动打开这种僵局。昨天我们中日双方的友好团体指出一个中心的政治问题就是小泉首相参拜靖国神社的问题，大家都非常关心，我们想通过实际行动来阻止他明年继续参拜靖国神社。

为了维护东亚地区的稳定，中日双方做出了很大的努力，起到了很重要的作用，但是日本政府制造了一些不安定的因素，令我们非常遗憾。明年是世界反法西斯战争胜利60周年，也是中日之间的战争结束60周年，在这样一个重要的年份里如何进一步加强中日两国之间的友好关系，我们进行了协商，最主要是通过文化交流来促进两国的友好关系，在这个方面，希望得到孙部长的支持和指导。

今年是我们日中友好协会成立50周年，明年是国际贸易促进协会成立50周年，后年是日中文化交流协会成立50周年，在这些值得纪念的年份里，我们各个团体都会举办一系列庆祝活动，我们的主旨都是以文化为基础进行交流，举办这些活动。

孙： 非常感谢您给我介绍了上面的情况。对于日中关系问题我也常常进行深入思考。在日本有一些组织、一些朋友，几十年如一日地为日中友好关系在工作。对于各个团体和在座的诸位所做的工作我一直是怀着敬佩之心。邦交正常化30周年的时候，我作为中方的主席到日本进行了访问，看到日本这批以日中友好为宗旨的团体几十年如一日地进行工作，我就想，这些组织成立的基础到底是什么?这些组织和人士为什么能不畏艰险、排除困难、始终坚持进行宣传日中友好、推进日中友好的工作，到底是为什么? 我认为，首先这些组织的发起人，他们是真正爱日本的，真正从日本民族的根本利益出发，从日本民族的未来着想。他们是日本真正的爱国者。正因为这样，他们认为日中友好是符合日本的根本利益的。中国的中日友好组织，他们也是真正爱国的，他们也是从中国的根本利益出发的，从中国的未来出发。不管是日本的还是中国的日中友好组织，找到了两个民族的两个根本利益可以结合在一起，因此我觉得这是我们日中两国的友好组织之所以能够不畏艰险地发展的最根本的基础。

明年是"二战"胜利60周年，回顾历史，更重要的是为了谋求美好的未来。除了两国政府的首脑来共同探讨这个问题，我觉得民间的工作也十分重要。民间的交往和友好推动国家的交往和友好，中日的关系在世界交往史上可以说是一个范例。这种民间友好的交往和友情为邦交正常化和两国关系的发展奠定了民众基础。现在的问题是，邦交正常化30年了，有些问题有进展，也有些问题有所反复甚至倒退，这是很值得研究的。有些事情很多日本朋友也很忧虑，中国的民间，包括一些青年人对这些问题很敏感，甚至有时也表现出激烈的情绪。

对于小泉首相参拜靖国神社的问题，有些日本朋友不理解中国人为什么反应如此强烈。日本民族对于死者是比较宽容的，中国人其实也是这样。但现在首相参拜的问题成了一种标志，成了日本政府对于那场战争的看法和评价，甚至意味着日本将要选择一种什么样的道路。从根本上说，日本如果想要取得中国以及东南亚一些国家的理解和谅解，作为首相，对参拜的问题就不应轻率从事。

日本是一个了不起的民族，在战后一片废墟的情况下把国家建设成今天的这个程度是非常了不起的，创造了经济上的奇迹。但是如何在国际上树立一个良好的形象——我把你们当成自己人，当成好朋友，才这样讲——对日本民族来讲，对日本国家来讲，是非常重要的。努力在政治上取得国际社会的

谅解和信任，这是非常重要的。战争已经过去60年了，再不能让战争成为我们发展中日友好关系的绊脚石。日中友好关系到两国的根本利益，两国之间达成一个共识，包括两国的普通老百姓之间都达成一个共识，就是日中两国只有携起手来，才能共同构建一个美好的未来，我觉得应该在这个方面达成共识，这不是一件很困难的事情。日本的历届政府，有些在这个问题上处理得还是很好的。

　　民间的情绪光靠友好组织来做工作是远远不够的，政府对民众的思想和情绪的引导是非常重要的。侵华战争开始的时候就有一批日本朋友坚决反对战争。我们中国政府，周恩来总理那时候就讲，"中国人民是那场战争的受害者，广大的日本人民也是那场战争的受害者。"中国方面始终教育青年人不要对日本抱有盲目的排斥情绪。我想对日本的青少年加强宣传中日友好，这个任务也是很繁重的。通过文化普及日中友好的伟大意义，对于两国的青少年来说尤其重要。这是友好团体，也是我们文化部门共同的责任。我曾在日本与一些友好组织的朋友在一起交谈的时候讲，我们所做的工作，随着历史的推移越来越能看到它的重要意义。因为这两个民族都是伟大的民族，不管有多少曲折，最终都会认识到，只有友好相处才是我们共同的利益。因此我高度评价在座的各位朋友和你们的组织所做的工作的重要意义。实际上我们都是为子孙后代工作。文化部愿意支持诸位的工作，你们开展的各项有益的工作文化部都会很热心地支持。

村：谢谢部长对我们所做的友好工作的高度评价和支持，这给了我们很大的鼓舞。明年是二战结束60周年，我们中日双方的友好团体将面向社会发表一个共同声明，目前我们已经达成了一个一致的意见，明年共同在东京发表。通过发表声明来进一步学习历史，以此为主轴策划一些活动。最具体的一个例子就是我们友好协会的平山郁夫会长最近得到文化部的支持，已于今年10月10日在西安举办了"纪念空海入唐1200周年"的活动，发现了在公元700年的时候，就是中国的唐代，有很多日本的留学生来到中国，有些人取得了很好的成绩，发现了其中一个人的墓碑，他的名字叫井真成。墓碑的发现是中日友好的又一个有力证据，通过它我们了解到日本的留学生在中国努力学习，把中国的文化带到日本，奠定了日本文化的基础。这个墓碑拿到了日本的国立博物馆进行展览，这个事情在日本也进行了广泛的介绍。这件事情在日本进行宣传和介绍的时候得到孙部长的大力支持，借此机会再次向您表示感谢。

孙：我知道这个事情，这是日中友好的一个非常重要的历史文物。这个文物发现以后有很多日本的博物馆和组织都提出要在日本展览。当时是因为出土不久，有一些内部研究工作还在抓紧进行当中。有些专家和机构不愿过早外展，我对这件事情抱着积极的态度来推动它，和有关部门进行协商，把这件事情做好。

另外我还想顺便说一件事情，就是在中日关系当中，除了中日两国战争的历史问题以外，中国人还非常关心的一个问题就是台湾问题。台办的负责人已经向你们通报了这件事情了。台湾问题关系到中国根本利益，台湾的历史上有日本占领的一个时期，所以中国人非常关注日本对台湾的立场。这些事关国家根本利益的重大问题处理好了，两国关系的政治基础才会比较稳固。

总之我觉得明年战后60周年的活动，回顾历史，主要还是要面向未来。要在历史问题上形成共识的基础上消除一些民间的对立情绪，增进友好情绪。

　　明年，中国文化部和日本有一些合作。上半年特别是三四月份，樱花盛开的季节；下半年的九十月份。我们每次在日本举行活动都得到日本朋友特别是在座的友好组织的大力支持。我们希望在中国举办的活动以及在日本举办的活动都能把它办好。我们应重视在国民特别是青少年中播下中日友好的种子。不管是中国还是日本的友好组织，怎样培养青年人继续从事日中友好事业，使这个事业后继有人，长期进行下去，应是大家很关心的问题。今天和大家见面很高兴，一会儿用餐的时候我们还可以继续交谈。你们有什么建议有什么看法，甚至是批评的意见我们都可以谈。我们几十年的友谊，大家可以畅所欲言，我也想听听你们真实的想法。实际上我们这方面的工作也是有很多地方需要改进的。

chapter 40

俄罗斯文学和艺术在中国有太多的知音

会见俄罗斯指挥家捷杰耶夫时的谈话

2005年9月1日，孙家正部长在文化部会见了率领俄罗斯和平交响乐团来华举办大型演出的著名指挥家捷杰耶夫①，并就中俄两国的传统友谊和文化交流、两国交响乐和芭蕾舞团的互访等话题进行了亲切友好的交谈。会见时中国对外文化集团总经理张宇在座。

孙：　我们这是第三次见面了。第一次是1998年在人民大会堂，我陪江泽民主席见您。当我和您谈话的时候，翻译不在，感谢江泽民主席，他给我们当了俄语翻译（笑）。后来在马林斯基剧院看演出，演出结束后您赶来和我见面时大汗淋漓的形象，给我留下了深刻的印象。见到您非常高兴，您看起来很精神。

捷：　我今天早上刚从莫斯科到北京，一路上都没有睡觉。这次能够来到北京进行演出，我认为是非常好的机会。我相信明天的演出一定是一场高水平的演出。

孙：　这件事情本身非常有意义。因为今年正好是世界反法西斯战争胜利60周年，为了和平几千万人在战争中付出了生命。现在世界总体来说和平发展，但是局部战争和不稳定因素还是很多的。和平交响乐团用音乐这种人类共同的语言来诉说人类共同关心的问题，真是太好了。明天和后天中国也将举行规模盛大的纪念抗日战争胜利和世界反法西斯战争胜利的典礼。我们邀请到参加过抗日战争的，在东北作战过的一些俄罗斯老战士参加这次活动。和平交响乐团起到的作用往往是政治家有时候难以起到的。再加上一流乐手集中在一起，由您这样的大师来指挥，肯定会引起巨大的反响。非常遗憾，明晚有个非常大的纪念抗战胜利的集会，时间上和音乐会有冲突，但我想张宇先生会把明晚演出的CD送给我。这次活动本身无论艺术上的意义还是政治上的意义都是非常重大的。我预祝您明天的演出取得成功。明年我们将在中国举办"俄罗斯年"，大家都想知道捷杰耶夫先生会不会率团参加"俄罗斯年"的活动。在您领导下的交响乐团、芭蕾舞团、歌剧团，在中国都非常深入人心。马家宜女士，您所做的工作也非常有意义，有来自各个国家的人参加这次音乐会。

张：　75个乐团，33个国家，共有12个世界级的首席。

---

①瓦莱里·捷杰耶夫，1953年出生于莫斯科。列宁格勒音乐学院毕业。他所领导的马林斯基剧院的交响乐团、歌剧团和芭蕾舞团都是世界上最顶尖的艺术团之一，而他本人也被公认为当今国际上主要指挥家中的一位。1998年，马林斯基剧团首次来中国巡演，孙家正部长陪同江泽民主席出席了在北京人民大会堂举行的交响音乐会。

孙：中国观众会怀着神圣和崇敬的心情聆听这场音乐会。说了这么多，您最近身体还好吧？

捷：如果我能再睡几个小时的话，我想我的精力会更充沛。

孙：太辛苦了。

张：因为今天下了飞机直接就去了会场，在东方君悦开完会又接受了两家电视台的采访——"艺术人生"栏目，这是原来孙部长领导过的地方。

孙：我们接待的人应该挡挡驾，让您好好地休息一下，明天精力充沛一点。住在什么地方？

张：住在东方君悦，东方广场那儿。

孙：这个地方是个闹市。

捷：我住的酒店非常舒适。这次来北京我还看见了许多新的建筑，5年前来的时候是没有的。

孙：现在当新楼像雨后春笋般起来的时候，我们也尽量把以前一些有价值的建筑保留好。城市里文化遗产的保护也是一项艰巨的任务。您在北京期间有什么需要文化部和我本人做的，可以随时联系我们。因为我们已经第三次见面，跨度7年以上了，可以说是老朋友了。

捷：我非常清晰地记得1998年时我们的会见。我们在众多的场合不仅讨论了音乐，而且还讨论了世界上各个国家的发展情况。北京和中国的发展给我留下了深刻的印象。

孙：令人高兴的是，最近六七年中俄关系在非常友好地发展。俄罗斯的文学和艺术在中国有太多的爱好者，尤其是在60岁以上的人当中。不少人的青年时代是在当时苏联首都莫斯科度过的。我们现在讨论振兴东北，东北的

许多重工业都是当时的俄罗斯朋友帮我们建起来的。尽管两国关系经历过曲折，但中国人民永远都铭记这份恩情和友谊。作为文化部长，我希望通过文化这根纽带，巩固两国人民之间的友谊，把两国人民的心拉得更近一点。我就不占用更多的时间了，因为从我的心情来讲，我希望您能得到更好的休息。我知道您的演出都需要全身心的投入。

捷：　我想说明天的演出从各方面来讲都是非常独特的。因为它集中了世界上各个优秀乐团的杰出音乐家。如果北京的年轻朋友和学生能在公开排练的时候听到这场音乐会，那将是非常有意义的事。同时，音乐家们也希望能把这场演出录制下来，让全中国的人都能看到，因为举办这样的活动非常不容易，一般两三年才有一次。

孙：　请您放心。据我所知，中央电视台对这次演出非常重视。不仅在国内会有上亿的观众，而且节目信号将通过卫星让全世界的观众都能看到。现在是一票难求啊。如果不打扰您的话，下午排练的时候能让一些学生参加，特别是音乐学院的学生，那就太好了。

捷：当然可以。能让中国的年轻人听到这场音乐会是非常重要的。谈到我们未来的关系，我想确认的一件事情就是是否能让中国国家芭蕾舞团访问俄罗斯，参加我们如白夜艺术节等一些知名的艺术节。同时，俄罗斯的交响乐团也能来中国进行演出。

孙：中国国家芭蕾舞团就是在前苏联芭蕾舞艺术家的指导下成长起来的。他们去世界各地演出的时候都说自己是俄罗斯学派的。我想这是没问题的，这也是他们所期待的。作为文化部，我们也将积极促成这个事情。

张：孙部长说了，我们肯定会积极落实。我们将与您保持密切联系。

孙：俄罗斯乐团的来访，一定会受到热情周到的接待的。明年在中国举办俄罗斯文化年，我们已经向马林斯基交响乐团发出邀请。中芭有好些年没去俄罗斯了，上次他们在克里姆林宫演出《红色娘子军》。

捷：目前在圣彼得堡我们正在修建俄罗斯第二大的剧院。这个剧院耗资巨大，非常现代。如果剧院落成后能邀请世界知名的音乐家来演出，那将是一件非常高兴的事情。我的一个好朋友，俄罗斯的经济部部长，他一个月前在中国访问。我让他看了一下中国大剧院，他对大剧院留下了深刻印象。早在胡锦涛总书记访问俄罗斯的时候就谈到了圣彼得堡正在建的剧院和中国国家大剧院，拉近了两国的文化关系。我记得江泽民主席对我说，"大剧院落成后，邀请您率一个团来演出。"

孙：是。您下午还有其他活动吗?

捷：和老朋友见面后就会有时间休息了。

孙：作为老朋友，我希望您在北京能过得舒适。

捷：谢谢。

chapter 41

希望青年一代能通过音乐彼此心灵相通

会见著名指挥家小泽征尔时的谈话

2005年1月7日，孙家正部长在文化部会见了日本著名指挥家小泽征尔①，就日中文化交流与合作、音乐教育等话题进行了亲切友好的交谈。文化部外联局副局长张爱平会见时在座。

孙：　我们上次见面到现在已经好长时间了。昨天晚上北京首都的文艺界为东南亚海啸地区义演，结果搞得很晚。最近好吗？

小泽：　非常好，谢谢！我第一次访问中国是1976年，我想向您汇报一下这些年的情况。我从1976年到现在一直受到对外友协的关照，我20多年的心愿终于要实现了，今年10月我将率领小泽征尔音乐署的学生和北京音乐学院的学生进行联合演出。这次我花了三天时间，昨天到中央音乐学院选拔优秀的学生，明天到上海选拔学生，再加上小泽征尔音乐署的学生，10月份将在保利大厦演出歌剧。为什么说我的心愿终于实现了呢？因为您知道我出生在中国的沈阳，1976年第一次访华的时候在我脑海中就出现了这样一个想法，就是我要和中国学音乐的学生保持一种友好交流的关系，所以这次举办歌剧，中国和日本年轻的音乐家终于能够一起登台演出。令我高兴的是，通过昨天和前天的选拔，我发现中国年轻的音乐家都非常优秀，非常努力。我相信我创办的这个音乐署结合中国和日本的优秀学生，到时候一定能达到西洋的水平。10月份我担任指挥，一定能达到很好的效果，届时希望您一定光临。因为音乐是建立友谊和建立友好的最好的桥梁，它可以把不同语言、不同国家的人联系在一起。所以我希望把中国和日本年轻的音乐家的合作一定要搞成功。希望得到您的大力关照。

孙：　您正在做的是一件非常有意义的工作。中日两国的青年应该通过文学、艺术这些渠道多加强交流与合作，他们不但能够合作创造出美妙的音乐，更重要的是他们这代人能够通过音乐彼此心灵相通。由您来亲自操办这件事情，亲自指导他们，这对于他们提高艺术修养、提高艺术水平都是非常有帮助的。我知道您为中日两国的文化交流做了很多事情，目前做的这件事情实际上是做下一代的工作，把两国人民之间的友谊，把文化艺术的交流延续下去。我高度赞赏这项工作，也会全力支持这项工作。如果有什么具体的事情可以和我们外联局进行联系。到时候如果在北京，我一定会出席这场音乐会。

小泽：　谢谢！因为这是我的第一次尝试，所以也许在各个方面会遇到难

---

① 小泽征尔，1935年出生于我国沈阳，东京桐朋学院音乐系毕业，日本著名音乐家。自1976年12月始多次到中国访问，成功地指挥了中央乐团演出贝多芬《第九交响曲》，是中国文艺界的老朋友。

题。我今天想把我的梦想重复一遍，我这次为什么一定要搞歌剧呢？我以前曾经学过钢琴，1959年我24岁的时候第一次到欧洲学习歌剧。现在我想把我的经验介绍给年轻的音乐家，让他们在学习交响乐的同时也学习歌剧。合唱队完全由中国的演员来演唱，这和两年前我们在北京天桥剧场演出《蝴蝶夫人》时是一样的，当时到北京来选拔优秀学生的是美国的一位叫凯瑟琳的指挥家。今年10月2日在北京演出歌剧，10月7日在上海演出，另外音乐会是8月4日在天津举办，然后回到日本进行演出。因为今年是广岛原子弹爆炸60周年，在那场音乐会上将有一位女高音，我们昨天在中央音乐学院选出了三位20岁的学生，10月21日我们将请这三名学生去演唱，乐队由小泽征尔音乐署和中方选拔出来的学生共同组成。

今天时间不太多了，我还想最后说一下我的另外一个梦想。我是搞西洋音乐的专家，但是我出生在中国，我是东方人。不管这次从中央音乐学院选拔的学生也好，还是在维也纳留学的学生也好，或者在日本的学生也好，他们的潜力都非常好。所以如果中国和日本联合起来共同排演东方的歌剧的话，我想一定会成功的。因为在中国，目前的舞台技术，或者服装、演奏和独唱都有很高的水平，如果日本和中国合作，一定能创造出不亚于西洋的、世界一流的歌剧。为什么说这还只是一个梦想呢？因为我已经70岁了，时间不多了，时不我待。在此之前我把我的梦想向谁倾诉才好呢？今天见到孙部长，希望一定得到您的支持。韩国也是我们东方的国家，所以如果把韩国加进来可能会更好。

孙：我们会全力地来实现您今年10月份在北京和上海的梦想，毫无疑问，我们也将全力以赴地支持您实现第二个梦想。如果联合中日韩音乐方面的人才，我相信一定能拿出富有东方特色的优秀歌剧。您虽然已经70高龄了，但是身体和心理都还是非常年轻的，还可以做许多的梦，我愿意帮助您实现这些梦。我很愿意陪您多待一会，但是由于飞机的原因我们没有更多的时间了，我期待下一次我们有机会再见面。

小泽：今年10月份我会来演出。

孙：对，最迟就是今年10月份再见。

小泽：感谢您百忙之中和我们见面。

chapter 42

用民间推动官方，用文化促进政治

会见日中文化交流协会会长辻井乔时的谈话

2005 年 3 月 9 日，孙家正部长在文化部会见了日本中国文化交流协会辻井乔一行，并就中日关系的发展与变化、中日两国的持久友好、文化交流的积极意义以及纪念该会成立 50 周年相关展览的筹备等话题进行了亲切交谈。文化部部长助理丁伟、日本富士施乐公司董事长小林阳太郎等会谈时在座。

孙: 知道您来我非常高兴。

辻: 正值两会期间，先生一定非常忙碌，特地抽出时间来见我们，感到非常高兴，并对您的招待表示感谢。

孙: 上午全国人民代表大会的议程是三个报告：全国人大委员长吴邦国的报告、最高法院的报告、最高检察院的报告。刚才我是直接从人民大会堂到这里来了。

现在中日两国的政治界都在考虑，就是在新的形势下如何把中日友好关系不断地向前推进。在座的各位长期以来为中日友好做了许多的工作，我知道在日本的政界中有一些人把主张中日友好的人士都叫做"亲华派"、"亲华分子"。我认为主张日中友好的这些日本朋友和一些前辈，他们首先是日本民族真正的爱国者。我认为，包括你们几位先生在内的日本反战、主张中日友好的人士，坚持这一主张，首先是从日本民族的长远利益出发的。中国从官方到民间尊敬这些长期为日中友好工作的日本朋友，也首先觉得他们主持公道和正义，是日本真正的爱国者。日本人首先爱自己的国家，爱日本；中国人爱自己的国家，爱中国。真正的爱，就会为两国的共同利益找到结合点。

现在中日关系，经济上还是比较热的，文化关系还可以，政治关系相对于经济和文化要冷一点。因此我认为要用民间推动官方，用文化推动政治。在文化交流方面，长期以来日本朋友承担了很多责任，包括一些经济上的负担。随着中国经济的发展，文化部也好，中日友好的一些团体也好，我觉得应该更多地承担一些责任，更多地帮助日本朋友开展一些文化活动。这次您率领的这个团虽然人数不多，但都是日本经济界为中日经济合作做出很大贡献的知名人士，同时也是文化界的人士。现在您知道的，中国正在筹备世界反法西斯战争胜利和中国的抗日战争胜利60周年的活动，我们一定要把这次纪念活动搞好。这个活动虽然是因为60年前的一场战争，但是活动的目的是着眼于以史为鉴，坚持中日之间的长期友好，特别是要告诉中国的年轻人，我们总结这场战争的经验和教训，是为了加强今天和未来的中日友好。严格意义上讲，就像周总理当年讲的："中日两国人民都是那场战争的受害者。"这次纪念活动有个很重要的内容，就是要高举和平的旗帜。要记住这个历史教训，创造一个和平的未来。世界要有个和平的未来，中日两国长期的睦邻友好至关重要。

辻：谢谢您！就像您刚才说的，今年是世界反法西斯60周年，能在这样一个时期见到阁下我感到非常高兴，而且觉得非常有意义。这次我们的代表团是作为经济界的人士来访问的，对于日本的经济来说，只有维护世界和平才能维持和继续发展日本经济。现在日本有一些有悖日本经济现状和本质的非常轻率的发言，但是经济界并不是这样认为的。我们日中文化交流协会是在中日恢复邦交之前就开始从事发展中日两国文化交流的工作，我们深知，文化对于两国关系发展的重要性，我们就是这样走过来的。我们日中文化交流协会明年将迎来成立50周年的纪念。我上次见到您的时候也提到，衷心地希望在我们迎来50周年的时候部长阁下能够到日本来访问，并且明年为了庆祝协会成立50周年，在5月11、12日我们将在北京保利剧院举行东京交响乐团的访华演出，到时我会去迎接孙部长的光临，请务必赏光。我们还有一个计划，就是在2007年的1—3月，我们与国家博物馆合作，在东京国立博物馆举办一次中国展。我们非常不好意思地希望孙部长在这方面能够给予我们支持。

我们是前天到达北京的，昨天我们分别见到了社科院的专家、唐家璇国务委员和国务院发展研究中心的林家彬先生，和他们进行了非常有意思的交谈，了解了一些中国的思想和现状。我们还了解了很多关于经济和政治方面的情况，我们相信这对中日两国经济发展的未来非常有意义。针对这些问题，日本的经济界也会经常对中国提出一些问题，希望到时候听到各位的指导，谢谢大家！

孙：首先谢谢您在日中文化交流协会成立50周年的时候邀请我，我非常感谢您的邀请，我们把日中文化交流协会成立50周年的事情当成我们的节日一样来庆祝，我非常高兴地接受您的邀请。您来之前我们还在议论，日中文化交流协会成立50周年的时候在哪些方面能够协助日中文化交流协会做一些工作。现在我们知道了2006年3月份举办一个大型的中国文物展览，我们部长助理，也是外联局局长丁伟先生会和你们指定的一些人来联系，具体商讨这个事情。我们一定要把它办成在日中文化交流史上有影响的一次文化活动。除了国家博物馆把这件事情当成大事来办，调出一些馆藏以外，需要的话我们可以从国内其他博物馆调出一些精美的文物。总之我相信日本经济界、文化界的朋友都比较坚定地坚持日中两国的友好。中日两个民族都是伟大的民族，两国人民都是智慧的人民。我们一定能够正确处理历史问题，同时把眼光始终看着我们的未来，面向未来来开拓我们两国的美好前景。我们一定要使中日两国的民众特别是青年认识到，日中的长期友好是符合两国的根本利益的。一些不负责任、煽动民族仇恨的东西我认为在政治上是非常短视的，也是有害的。

chapter 43

不保护知识产权的国家和民族是没有希望的

会见美国电影协会主席格里克曼时的谈话

2005年5月19日，孙家正部长在文化部会见了美国电影协会主席格里克曼①一行，就保护知识产权和打击盗版进行了坦诚友好的交谈。文化部产业司副司长张新建等会见时在座。

孙：您过去当农业部长，现在做电影协会主席，这可是很好的差事啊。

格：这在事业上是一个奇怪的转折，对吧?

孙：我觉得很好。因为我知道您在担任农业部长期间，对中国加入WTO组织的谈判持一种积极的、支持的态度。我很赞赏您在其中起的作用。由您来担任美国电影协会主席，我首先向您表示祝贺! 因为美国电影协会和中国的广电部、文化部等各方面联系非常密切。我和原来的瓦伦蒂主席有很好的交情，他年龄比我大，我们是忘年之交。

格：瓦伦蒂先生担任这个职务的时间长达38年。

孙：我和瓦伦蒂先生的友谊是在吵架中建立起来的。吵架集中在两个问题上，一个是在打击盗版的问题上，后来他和美国朋友们终于认识到我们打击盗版是诚心诚意的。我对他说，我们打击盗版并不是为了讨好美国的朋友。如果一个国家不保护知识产权，这个国家、这个民族就没有希望。最近几年美国的电影电视方面的公司、包括你们电影协会专门致函中国文化部，对我们这项工作表示满意。但是打击盗版、保护知识产权的工作仍然十分艰巨。我和我的同事们讲，我们得坚持不懈地、一点都不放松地抓下去。第二件争议比较多的，是关于中国进口美国音像制品的问题。从美国朋友的角度来讲，中国进口美国音像制品是越多越好。我和瓦伦蒂先生讲，如果我们中国的电影院100%都放美国的电影，中国的电视台100%都放美国的电视剧，我这个部长恐怕两天都当不成。我是中国的文化部长，我得为中国的文化发展服务。其实这几年我们美国的影视作品进口量还是很大的，占整个进口音像制品的50%以上。中国加入WTO，进口音像制品。不存在任何障碍，关键是要有选择。你们也要下决心，不是要在数量上取胜，而是要有更多的优秀的、适合中国市场的作品。关于进出口音像制品的问题，文化部承担着巨大的压力，因为中国出口到美国的音像制品原来是十分之一不到，最近比例稍微高了一点，

①格里克曼，华盛顿大学法学博士。曾长期担任美国众议院议员、众议院农业委员会委员。1995年3月–2001年7月出任美国农业部长。现任美国电影协会主席、哈佛大学肯尼迪研究院政治系主任。

但仍然是严重的逆差。这是我们的问题，不会也不应该过多埋怨美国朋友，而是要提高国内作品的质量。但是如何在美国市场上推开，我们还缺乏经验，需要美国朋友的帮助。再次向您表示欢迎，愿意和您一起商讨，争取把两国的文化交流搞得更好。现在我要很好地听您的意见。

格：这几天我见到这么多部委的领导，您讲的是最短的一个，但也是最有质量的一个。我非常感谢您今天抽出时间见我们。我也简单地说一下，一个是打击盗版的问题。作为老朋友，我想跟您说，这在美国依然是很受重视的一个问题，特别是昨天，我听说在国会里，有关中国如何履行 WTO 的义务，如何执行相关法律依然有一些争议。在与其他部委谈的时候我也提到了一个问题，就是我们去了一家音像零售店，发现有一些影片在美国也是刚刚进入市场，都是新片——其中有一部是我儿子的，他是个制片人——被盗版了。我们和北京市市长有一个非常积极的、正面的会谈，其中也提到在 2008 年之前，我们应该竭尽全力来清除非法的盗版音像制品。在被盗版的影片当中不仅有美国影片，也有相当一部分是中国的国产影片。第二个我想提到的是有关 DVD 零售许可的问题。目前在美国有相当一部分公司存在疑惑，就是在中国，老百姓在哪里能买到正版的产品？目前华纳公司正积极地开始降价，当然价格和盗版的还是没法比的，但是已经有了一定的合理性。在打击盗版的事情上，另外很重要的一点就是寻求如何教育和引导消费者。我想我们的底线是如果有合法的产品，价格又相当有竞争力，那么我们如何做一些推广工作让消费者及时买到这些产品。我今天提的只是两个建议，因为文化部多年来一直积极地支持我们的工作，所以这两条意见仅供参考。

孙：您讲到的问题，我原则上看法和您是一致的。我刚才已经讲了，在打击盗版的问题上，我们一点都不能松劲，因为盗版不光是侵犯了版权拥有者的合法利益，更重要的是对民族创造力的损害与打击。中国有保护知识产权的法律法规，中国政府一贯地强调打击盗版，现在看来要在具体工作上、执法惩处上加大打击力度。第二个问题，我们要在打击盗版的同时，积极扶持正版产品的生产和发行。就是中国人所习惯讲的"两手抓"，具体的我可以指示有关部门做系统的研究。另外在电影方面，中国的影视产品也希望你们在美国方面多关心一下，因为我做过广电部的部长，现在是文化部的部长，在文化产品的进出口问题上，差距太大不好，接近一点对双方都有好处。中美

▲ 会见美国电影协会主席格里克曼

合作制作一些大家共同感兴趣的影视作品，我觉得潜力还是很大的。

格： 接着您刚才提到的我继续说下去。影片《英雄》是美国迪斯尼公司下属的米拉麦克斯公司购买的，上映后连续两周蝉联美国票房的第一位，而且是在所有的影片当中。《十面埋伏》是索尼公司购买的，发行的业绩也非常不错。另外就是《卧虎藏龙》，这部影片在当年获得奥斯卡数项大奖。所以说中国影片在海外市场的潜力是非常巨大的，我们会竭尽全力鼓励更多的中国影片走向海外。

孙： 总体来说，中国政府把发展同美的关系放在十分重要的地位上，而且中国自从加入WTO以后，是很好地履行了承诺的。在中美关系最紧张的时候我访问了美国，坚持去了你们旗下的电影公司。我认为这两个伟大国家的人民应该通过文化的纽带加强合作和了解。瓦伦蒂先生是参加第二次世界大战的老战士，如果您回国以后方便的话，请您转达我对他的敬意。中国正在筹备纪念反法西斯战争胜利和抗日战争胜利60周年，当时美国政府和美国人民对中国抗日战争的支持，中国人民一直是铭记在心的。中国举行这个纪念庆典的时候，将会邀请美国的一些参与中国抗日战争的老战士和友好人士参加。

格：会有一个很正式的纪念活动吗？大概是在什么时间？

孙：现在具体的纪念活动已经开始了，重大的活动在9月初，也就是日本正式签署投降书的时候。

格：如果我记的不错的话，是1945年9月3日。也许在整个房间里我是唯一的1945年以前出生的人。

孙：还有一个。

格：是您吗？可是您看上去很年轻，没有一点白头发。

孙：你虽然头发有点花白，但是看上去很精神。很高兴和您见面，而且我希望以后能和您经常性地就文化交流方面的问题交换意见。今年10月份两国领导人互访期间，我们准备在肯尼迪中心举办中国文化节，为期1个月。有一个盛大的开幕式，还有一些重要的活动。

格：您会来吗？

孙：我会去的，并且我向您发出正式的邀请，到时候我们会给您发请柬。

格：我们希望到时候也能招待一下出席的中方领导。我想告诉您一个历史小故事，1979年邓小平先生第一次访问美国的时候，当时是吉米·卡特总统在肯尼迪中心设宴招待，那时我也在场。

孙：您看，一下子二十多年过去了。

格：我那时是国会里最年轻的议员，刚刚任职，所以我的座位不是很好，当时既没有看到卡特总统，也没有看到邓小平先生。

孙：能够参与这样一个有历史意义的活动，也算是一件幸运的事了。可以说中国迈向改革开放第一步，您就做了见证人。我愿意和您一起把两国的文化关系搞好，同时我也希望和您成为很好的朋友，"亲历"第二次世界大战的，这个房间里只有我们两个人嘛。

格：非常荣幸见到您，感谢您今天抽出时间见我们。

chapter 44

用历史的眼光审视现实，就可以看得更加清楚

会见香港民政事务局局长何志平时的谈话

2005 年 10 月 24 日，孙家正部长在文化部会见了香港特别行政区民政事务局局长何志平①，就内地与香港的文化交流、博物馆业的发展与建设以及香港的文化特色等进行了亲切友好的交谈。文化部部长助理丁伟、外联局副局长张爱平等会见时在座。

孙: 见到您很高兴! 上次您来时正巧我不在北京。欢迎您率团来内地访问。

何: 您去年来香港时给我们以指导，指出我们双方在文化方面应加强交流。这次我们拟定了一个题目，就博物馆方面进行考察。香港有十多家博物馆，比较有规模的有五家，这次他们的负责人都来了。

孙: 我听说香港有个太空馆，主要从事哪方面研究?

何: 主要是天文方面，粤语就称太空馆。

孙: 这是非常有意义的。现在我们的宇航员上天了，人们对太空了解的积极性就更高了。

何: 我们还有美术馆、历史博物馆、文化博物馆、科学馆等等。

孙: 你们这些博物馆是特区政府的还是民营的?

何: 全是特区政府的。这五家是香港最大的博物馆，是我们的旗舰。其他的要小一点。

孙: 我下次去您要带我去看看这几个馆。

何: 一定的，欢迎欢迎。

孙: 上次去香港时参观了一家私营博物馆，毕竟规模和范围要小一点。您刚才提到的这几家大的都还没参观过。

何: 这次我们来得到中联办的大力支持，承蒙他们全程照顾，非常感谢。

---

①何志平，1949年出生于香港。1967年留学美国，获医学博士学位，曾在哈佛大学从事学术研究。香港回归后，曾任香港艺术发展局主席。2003年7月出任香港特别行政区民政事务局局长，为第八、九、十届全国政协委员。

还有文化部的米处长帮我们策划各项活动，非常细致周到。下次我们将组织表演艺术的、文化产业的、电影方面的人员来做一个专题的访问，为加强香港和内地文化方面的联系和交流多做点工作。

  孙： 最近香港发展形势很不错。我看了曾荫权先生的时政报告，励治行政，造福于民，很好。就文化部来讲，我们会全力支持香港文化事业的发展。过去我拜会董特首的时候也说过，只要特区政府需要，我们一定全力支持。现在曾先生主持香港政务，我们也是一样。香港的稳定和发展与内地的繁荣是紧密相连的，内地发展了，对香港有促进作用，香港稳定了、发展了，整个国家的发展就会更加和谐。说到底我们是一家人嘛。

  说到博物馆，前面我已经说过，文化部会全力支持香港的文博事业的。这次我在美国参加中国文化节，纽约的两场聚会都是在博物馆内进行的。当天晚上是在大都会博物馆，麦克班夫人举行了盛大的欢迎晚宴。我在会上发表了讲话，第一句话就是："你们在博物馆举办这个宴会，我非常开心。因为博物馆是珍藏历史、启迪未来的地方。"第二天早上我离开前，美方又安排了一个早餐会，两项聚会基辛格都出席了。除了文化和媒体界的朋友，还有许多金融界的，如摩根银行的行长、美国证银会全国委员会主席等，这表明美方对这项活动的重视。早餐会上放映了一段当年尼克松访华的资料片。当时基辛格是一头黑发，非常年轻。现在虽然精神很好，但毕竟是满头白发了。是历史。令人感慨，给人启示。我们今天所做的一切也将成为历史。用历史的眼光看待现在发生的事情，就可以看得更加清楚，就会明白什么叫历史责任。这次你们组织博物馆的领导来访非常好。除对口交流以外，可以搞一些藏品的交换展，将内地的一些精品带到你们的展馆去展出。

  何： 我们正有此意，正想把内地最好的东西带到香港去展示给香港市民。香港和内地虽然同文同种，都是中国人，但是因为历史的原因他们对内地的文化了解得并不多。香港回归之后，董特首很注重文化的发展，但这并不是一件容易的事。香港发展一直以金融为主、经济为主、安全为主，文化方面没有投入太多注意力，所以我们要奋起直追，把时间补回来。我们一定会更加努力。

  孙： 内地文化历史悠久，但香港文化有香港文化自身的长处。因为文化不是印在书本上或是拍场戏拍场电影，文化是渗透在社会生活各方面的。文化的范畴中有一种方式文化，是讲人怎么生活、人的行为方式的。商务活动就是一种方式文化。从市场经济方面说，香港商务方面的方式文化的发展要比内地成熟，因为它较早地接触了市场经济，对世界市场的了解也比较多。守信誉、自强不息、百折不挠，这种精神也是一种文化。这也是内地所需要的。我一向不赞成"香港是文化沙漠"的说法，香港文化是在特定的历史条件下形成的，加之社会制度、意识形态不一样，有差别是肯定的，但香港文化的根还是在中华土壤中的。

我经常和同事讲，要学习各种形态的文化。香港需要向内地学习，了解中国五千多年是怎么走过来的，要建立起"我是香港人，我更是中国人"的观念。香港虽然和内地隔离了那么多年，但是它的根在中国。有些香港、台湾的游客看到长城、长江、黄河、黄山，觉得很了不起，我说，这所有的自豪都有你们的一份，你们也是中华儿女，这些是我们民族共同的骄傲。你们来参观这就叫自我欣赏。香港人来内地应该抱着主人的态度，而不是客人。近代史上中国遭受苦难的不仅是香港，还有澳门、台湾，外国军队一直打进紫禁城呐！这些苦难都是中华民族共同的苦难。进入21世纪，我们更要加强团结，所以爱国主义教育很重要。一个不爱自己民族和国家的人，在国外也得不到别人的尊重。

我这次去美国，再次感受到做一个中国人的骄傲。国家强大了，中国人才光彩。中国文化节期间，布什总统三天发了两份电报，第一份以美利坚合众国总统名义，第二份以他和他夫人的名义祝贺，胡锦涛主席也发来了电报。10月1号开幕当天，晚上在华盛顿燃放焰火，美国从来没有在中国的国庆节放过焰火。焰火是美籍华人蔡国强设计的，别出心裁，非常壮观，到最后简直有点爆炸的感觉，真是非常好。第二天美国人看到我说，孙部长啊，昨天我们看焰火时就像被炮弹击中了一样，好震撼哟！

我来总结一下吧：总体上我希望通过文化这根纽带把人心融为一体，我们是一家人。我们以中华儿女而自豪，这种观念一定要形成。香港地位很重要，有人有顾虑，认为现在深圳、上海发展起来了，香港就不那么重要了，其实不然。香港的综合优势是不可取代的，香港在天时、地利、人和这三个方面都占有优势，关键是看怎么做。应充分利用历史传统和区位优势，把香港办成展示中华优秀文化和世界时尚文化的中心城市。如果有一天，中外人士讨论到香港时说，要了解中国文化精粹和世界文化前沿时尚，应该到香港去！这样香港的文化地位就提高了。

chapter 45

倍加珍惜中华民族五千年绵延不断、一脉相承的文化传统

会见台湾友人庄汉生、画家李奇茂时的谈话

2004 年 12 月 29 日、2005 年 11 月 2 日, 孙家正部长在文化部会见了台湾中华两岸艺术基金会会长庄汉生[①]、台湾著名画家李奇茂[②]一行, 就中华文化的血脉精神、两岸文化的交流与合作进行了亲切交谈。中国艺术研究院王文章院长、文化部外联局张爱平副局长、台湾著名画家欧豪年等会见时在座。

孙：虽然是初次见面，但我知道您为两岸文化交流做了很多工作。文化交流对增进两岸的了解有特殊重要的意义。所以虽然近期很繁忙，我听说庄先生来了，还是一定要抽空见一下。我也想通过您了解一下当前台湾文化界的情态。我接触到的台湾的一些爱国人士对当前台湾的动态，包括"文化台独"都非常地焦虑。我也想听听您对发展两岸文化交流的想法。

庄：首先要向部长汇报的是，中华两岸文化艺术基金会不是一个个人的团体，也不是一个小团体，它是一个文化界和学术界的组合。至于我个人，我先在师范大学学习中国画，后到美国学习设计，之后从事过一段经贸活动，同时进行中西文化交流的工作。我从1991年起到大陆投资——时间已经很长了——我在广东东莞有了些小成就，赚了些小钱，本身就希望回归到艺术上。加上目前两岸的文化交流工作没有很多人做，一般只有台湾的一些协会举办了少量的小活动。两岸的文化交流工作十分重要，我们的中华两岸文化艺术基金会是1987年从原来的太平洋基金会转型，那也是当年国民党的一个文化交流机构，主要邀请两岸的艺术界和学术界进行交流。之后，随着当时的那拨人逐渐年长，运作方面也停滞了，目前台湾的文化界、教育界的教授们认为我比较年轻，时间也比较充裕，可以做这些工作。我自己有一个小企业，做中西文化交流的。我经常将一些有中国文化特色的东西推荐给两方。我还有一家艺术展厅在东莞，展品有387500多件，展厅面积4000多平米，相当大的一个艺术展厅，也希望文化部的领导能够光临指导。

孙：很可惜，我前些日子还在东莞呢，早见您的话我就会去看看了。

庄：部长刚才也讲了，两岸大多数人希望和平统一。为什么呢？因为大家都是一个中国，都是一个中华民族，炎黄子孙，都是同根的。怎么说我们都希望归根。两岸的文化背景是完全相同的，不是相似，相似就是另外一个解释了。

---

①庄汉生，台湾花莲县人，祖籍广东，美国普林斯顿大学硕士、荣誉博士。现任中华两岸文化艺术基金会会长、中国艺术研究院特聘客座教授等。曾多次组织大陆画家到台湾写生和交流。

②李奇茂，1925年出生于安徽，台湾当代著名画家。现任台湾艺术学院美术系教授、台湾中国孔学会会长等。曾在祖国大陆和世界几十个国家举办个展和讲座。

孙: 国家统一的问题，应该说多数人的情感都是倾向两岸统一共建伟大祖国的。我们可以看看历史，全人类对于自己从哪里来，到哪里去，都是作为永恒的话题，文化寻根嘛。像美国的黑人，多少代下来，他仍然认为自己的根在非洲，他也要回去寻根呢。他们是跨海越洋，关山万重，飞到完全陌生的异国他乡，成了美国人，仍然是那么执着热烈。而我们的情况和性质与他们不一样，我们同是中国人，两岸同胞从来没有中断过血肉联系，中间只隔着一条窄窄的海峡。我去年到福建去，在海边有一个六七千年的文化遗址。我仔细看了出土的文物以及农耕文化的状态，后来我又比照研究了一下台湾西海岸的出土文物，基本是一样的。在当时交通那么不便的情况下，文化上的交流已经达到这种程度了，所以完全可以说大陆与台湾是一颗大树上长出的枝芽。我们不管是哪里的人，即使散落在世界各地，但都始终保持着我们祖先的基因。从文化认同上讲，硬要把它割裂开，搞"文化台独"、搞"去中国化"，我觉得是做不到的，抽刀断水是不可能的，也是有悖人心世道的。我看到一些像您这样50岁左右的或者更大一点的，还有一些人文积淀。到了年轻的一代，这些东西就会淡漠，而随着年龄的增长，它又会回归，也要问我从哪里来，我的祖先在哪里，这也是一种自然的规律，是一种思想的或是心灵轨迹，能唤醒人的家国之情。数典不能忘祖，不能忘记根本啊！所以还是要做工作，两岸的文化交流，要比政治，比经贸，它的广泛性和渗透力都强。经贸活动当然也很重要，现在很多台湾客商在内地创业，上海就很多，我原来工作过的江苏也很多，昆山那地方基本都是台商。但文化的力量在于润物细无声，在于淘洗灵魂。前几年文化部搞了"情系系列"，如"情系三峡"、"情系黄山"之类活动，邀请台湾的一些人士到内地来，游览一些地方。你不用多讲，到三峡、到长城、到塞外、到西北，华夏子孙都会感慨震撼，即使在以前经济不发达的时候，山河景物还是壮丽。现在经济发展了，各方面建设的面貌也不一样了，中华民族的悠久历史和灿烂文化，我们的先人所创造的伟大文明，作为中国人还是应该感到自豪的，作为中国的台湾人也应该感到自豪的。

庄: 在台湾讲到中国，讲到中华民族，在我们中年以上的，基本上称"我国"。部长阁下在任这几年，在两岸的文化教育等方面推动得相当的好，做了很多的贡献。我和部长一样有一个强烈的心愿，就是希望强化两岸的文化交流。这次来，我们带来了几个方案，其中第一个方案：和中国艺术研究院联合，推动两岸的文化交流，作为一个大项目，希望从中生代画家开始，把我国当代的中国画、西画、版画创作水平提升一下，促进两岸的交流与合作。去年举办的近现代大展，是近50年来海峡两岸最大、最轰动的一次，加上撤展一共35天，有8万多人参观，台湾陆委会和大陆会都很支持，多家航空公司给予赞助，影响很大。

孙：你们对艺术研究院、研究生院都给予了很大的支持。

庄：我还想办一个中华艺术大学。当然我自己的能力还不够，所以请教了艺术研究院的王院长和研究生院的张院长，我经常向他们取经啊，学习啊。

孙：我看了一些材料，您做的这些工作，影响都是很好的。明年有一些项目，都是一些会展方面的，文化部都会全力支持的，这个没有问题。在文化交流方面，您尽心尽力，您有能力、有愿望做的，我们都会支持。我们有个港澳台司，是专门负责对台文化交流的。以前办的大多是展览，办得都很好。自然科学有个科学院，社会科学像哲学、社会学有社科院，专门研究艺术的就是中国艺术研究院，全国唯一的一所，最高艺术殿堂。除了画展、雕塑品、艺术品的展览以外，小范围、高层次的研讨也很好，它的成本很低，效果好，影响也大。这样的文化交流就能高屋建瓴，它总是在一种文化思想或者艺术框架指导下的，各种活动，很具体的，展览也好，艺术品、画展、演出也好，这些东西都应该有一个明确的理念引导统摄它。这就是我们中华民族源远流长的文化传统。

我跑了一些国家，从历史悠久的角度我们还不敢太骄傲，有比我们历史长的，包括古埃及、古希腊等等，文化遗存规模之大，也令人惊叹。但是有一点是任何国家所不及的，就是历史的连续性。我们常说中华文明5000年，有文字记载的4000年绵延存续未曾中断，零星出土的7000年、8000年的都有。中华文明可贵在什么地方呢？就是我们中华文明从来没有中断过。今天我们看到的汉字，与5000年前我们的祖先刻在甲骨上的甲骨文，还有后来的金文，一脉相承。中国人的文化传统、文化思想到了春秋战国时期就比较完整和深邃，到现在一直是一脉相承。"天行健，君子以自强不息；地势坤，君子以厚德载物"，这个思想是一脉相承的，任何国家都不能相比。我们中华民族历经磨难，生息聚合，一脉相承，对此要倍加珍惜呵。所以我们举办一些展览、研讨，还有演出，包括艺术、舞蹈，都要依托和彰显我们得天独厚的文化传统。

庄：研讨会相当重要，我这边有几场研讨会都很好。

孙：我们以后可以尝试把东莞作为一个基地，推动中国文化的发展和两岸文化合作。前几天我还会见了白先勇，白崇禧先生的公子，他搞的《牡丹亭》在大陆和台湾演出，反映都挺好的。你们与艺研院的合作设想非常好，有学术品位和文化蕴涵。现在台湾弘扬传统文化的团体，他们工作的状况怎么样呢？

庄：相当的广泛，相当的传统。就像您刚才说的那样，"自强不息"。包括小学生，现在还在练汉字。

孙：文化上能够做的还是很多的。因为您正经营一些企业，希望能互相促进。文化上的活动，可以对您的商业扩展有一定的促进作用；商业扩展了，赚钱了以后也可以更多地投入到文化活动中。作为文化的主管部门我们也希望这样。没有问题的，您有什么具体的要求可以提出来，艺术研究院的王院长，还有港澳台司的台湾处，都可以向他们提出来，需要我来推动，需要我出面的，我也很愿意。以前的老部长朱丽兰，我当广电部长的时候她是科技部长，她到台湾去考察，令我很羡慕。我非常想到台湾去看一下，但是现在的"气候"好像不是时候。

庄：应该没有问题的，文化艺术界是没有问题的。

孙：台湾是中国的宝岛，可以说对台湾心甚向往之。我们重新编撰《清代史》，大概要10年时间，工程非常浩大。我特地提出，把台湾方面的清史专家请回来。学者、专家、艺术家之间，加强交流非常重要。您在大陆的企业，除了在东莞还有在什么地方？

庄：还有在福建，投资其他的厂，在南京还有地产，但都不是我在管。我希望撇开这些的"不务正业"，回归文化艺术，尤其是两岸的文化交流，这是我最希望、最喜欢做的工作。

孙：生意也要把它做好。

庄：企业是我文化交流的后盾。

孙：做一些自己喜欢的事情，而且是有意义的事情，这个非常好。赚钱还是要赚，作为一个物质的支持。行，以后您有什么事情，需要我帮助的、出把力的，尽管提出来。

庄：今天我们特地来拜会孙部长，一来是代表台湾文化艺术界人士推动两岸文化交流，第二是特别邀请部长到台湾来作文化之旅，亲自带队来台湾进行文化讲座。

孙：我非常想去，台湾是个非常诱人的地方。

李：我们在台北等您。

孙：这是非常高兴的一件事，王院长也跟我提出很多次。今天中午我专门看了你们送的这本画册，这么有代表性，能够大概看到台湾艺术界全貌，而且风格独特，还是很难得的。西洋和日本的影响在整体风格中也可以看出来，但总体还是中华文化，又是以台湾地域的独特视角，以多种源流发展起来的。文化部对于各种流派采取包容的态度，有的侧重于传统的，从技法和风格各方面；有些青年人更多的是接受西洋的影响，批评也很多，但是文化部还是采取包容的、支持的态度。我第一次去法国的时候看到一幅大幅的西洋油画，一看就像中国人的作品，一细看，果真不假，是赵无极的。他长期在法国，在法国影响大得很，他把中国和西洋的风格糅合在一起，但是一看还是知道是中国人的作品。从台湾来的朋友我也见过不少，特别是文化界的人，对于黄河、长江，还有长城，大家都觉得是一种骄傲，说到中华5000年的文明，大家都是主人，都不是客人。

李：我们也没有把自己当成客人，希望部长多促进我们两岸画家的交流。

孙：我仔细看了你们的画作，有中国画的共性，也有台湾的地域特色。有些表现出很浓郁的江南韵味。有些把日本画的精细和装饰性吸收进来了，但比纯粹的日本画好，纯粹的日本画太匠气，装饰性太强，我们把它好的东西吸收进来，同时又保留并丰富了中国画的表现力。很多人物画画得也很好。希望更多的台湾画家来内地写生，画黄河画长江。内地的画家也到台湾去写生。现在中国文化在世界上影响日增，台湾同胞完全有资格分享这份骄傲。

这次在美国搞了一个"中国文化节"，很多节目像《杨门女将》到美国演出，一票难求，中国的京剧、芭蕾舞都去了，还有香港的两个团，本来也想请台湾的艺术团去，可惜时间太紧没有成行。他们认为中国的艺术是一流的，特别是绘画，现在世界上流行的印象派、现代派、抽象派从中国传统中都可以看到，只是没有这样命名而已，有些西方的画家把中国的书法运用到绘画中，立刻引起震撼，这是两种文化融合以后激发出的一种创造力。当然内地有内地的问题，比如传统文化的保护方面，在50年代后期，特别到了"文化大革命"，对传统文化破坏很大，认为新的东西都是好的，旧的都是不好的，搞"破四旧"，以至于有些方面，实事求是地讲中国文化的传统有些方面在台湾保持得更好。就我个人来讲，我的普通话讲得还没有台湾朋友好。所以内地和台湾应该多交流，双方都有学习和借鉴的地方。

现在全世界两种趋势并行不悖，一个是全球化，一个是区域化。经济全球化，科技全球化，但是地域合作越来越紧密，比如欧盟钞票都统一起来了。我们马上要开亚洲文化部长会议，加强亚洲的合作。一个中国，台湾和内地更应该加强合作，从趋势来讲是大势所趋。

庄：台湾当局有一些疑问，就是台湾有自己的文物保护法，大陆也有大陆的文物保护法，那么台湾方面百年以上的文物作品，如果到大陆来展出，会不会……

孙：会不会被扣下来？这是不可能的。

欧：我二十年来曾经组织过不少大陆的作品到台湾展出，也带过很多珍贵文物到台湾故宫展览，所以文物方面是没有问题的。现在事实上两岸的文物交流非常频繁，在上海拍卖的文物里面，瓷器等文物大约60%是从台湾过来的，可以证明最少20年前台湾就开始收藏大陆的文物。

▲ 李奇茂先生向文化部赠送自己的画作

孙： 现在除了优秀的画家以外，台湾青少年对书画的热情怎么样？

李： 比较积极。小学生很早就开始学书法了，小学里还有比赛，过年时还写春联。

孙： 我和教育部长谈过，应重视汉字的书写和汉语的朗读。现在的孩子毛笔字不会写，马上连钢笔字也不会写了，这是很大的一个问题，还是要提倡一下。过去校园里书声朗朗，现在都在打电脑了。前天我到安徽的马鞍山，我们文化部和作家协会举办中国第一届诗歌节，朗诵、吟诗。朗诵还可以，吟诗就不行了。我去参观李白墓，看到一群日本人在吟诗。吟得很有韵味，是李白的《登金陵凤凰台》，"凤凰台上凤凰游，凤去台空江自流"，摇头晃脑，很陶醉的样子。现在我们对一些传统的东西重视不够。吟诗其实可以受到两个教育，一个是文学的教育，一个是音乐的教育，这对人的性情、品味的培养是非常重要的。

李白七次到过马鞍山。马鞍山大家都知道吗？长江上南京有燕子矶，再上去就是采石矶，那里就是马鞍山。在长江上很有名。当年是个小镇，属当涂县管，李白的一个叔叔在那里作县令，他去了七次，最后死在那里。

庄： 我们很郑重地邀请部长访问台湾，希望部长能慎重考虑。以中华文化联谊会的名义或其他各种方式，台湾的文化艺术界许多人都在热烈地期待当中。

孙： 谢谢。我也确实非常想去。我真想去看看台湾的山山水水，体验一下民生民俗，感受一下台湾这块土地上生生繁育出的中华文化。去了以后肯定会很高兴的，大家在一起多好啊，谈谈艺术，谈谈文化，说不完的话嘛。等待时机吧。

庄： 希望部长三四月份能来，天气、各方面都会比较好。部长能够从文化的角度切入进来，我相信两岸人民都乐意见到这样的骨肉一家亲局面。

孙： 我们祖先的这块土地，现在惟一就剩下台湾我没有踏足了。西藏我都去了两次了，每个省自治区直辖市我都去过了，惟一就剩下了台湾。我确

238

实非常想去！这次我们办的诗歌节上，大家最感动的还是余光中的《乡愁》：小时候，乡愁是一张邮票，我在这头，母亲在那头／后来，乡愁是一张船票，我在这头，新娘在那头／再后来，乡愁是坟墓，母亲在里头，我在外头／现在，乡愁是条浅浅的海峡，我在这头，大陆在那头。朗诵的时候非常感人。中华文化是我们母体文化，两岸都有共同语言。大家都是艺术家，要把越来越多的文化人团结起来，弘扬中华文化，紧密血脉亲情。这是割也割不开、扯也扯不断的血缘亲情啊。

chapter 46

政治家应当登高望远地处理历史问题

会见日本友好人士平山郁夫时的谈话

2005年11月1日，孙家正部长在文化部会见了日本社团法人日中友好协会会长平山郁夫①先生，对中日友好往来的历史和两国民间的文化交流等话题进行了深入交谈。文化部外联局副局长张爱平等会见时在座。

孙：非常高兴再次见面。现在中日两国就是政治关系上碰上一点麻烦，两国的文化交流还是很正常的。我想再努力把两国民间的文化交流搞得更好一些。中国日本隔海相望，谁也改变不了这个现实。现在两国关系存在一些问题，我们应思考如何通过文化的交流改善两国关系。中日关系对于我们两国和亚洲地区都起到非常重要的作用。您是中国人民很尊敬的艺术家和社会活动家，我想听听您对改善两国关系有什么想法。

平：确实如您所说，在政治和外交上都出现一些不好的事情，但是大多数日本人民还是希望中日友好的。在今年7月时日本展出了一块墓碑，这块墓碑是732年玄宗时代的一位遭唐的留学生留下的，在日本没有资料记载。这件文物作为中日关系的见证很有收藏价值。这位留学生29岁去世时被很好地安葬，并被授予官位。我是去年发现这件事情的，中日双方都做了报道。那时中国处于盛唐时期，也是亚洲最强盛的国家，而日本还很不发达。在那个时期发生的这件事令许多日本人非常感动。今年7月，在文化部和文物局的帮助下，遭唐使的史料得以在东京博物馆展出，日本天皇和皇后也参观了展览，我给他们做了介绍。天皇很感动，当时正好中国的王毅大使也在场，天皇向大使表示了感谢。所以说文化交流是震撼心灵的。

后年是中日邦交正常化35周年，也是遭隋使1400年纪念。结合这两个纪念活动，刚才我也和文物局的同志谈到，希望组织一个介绍中国6世纪到8世纪的史实展览。我想并不是单纯地将文物在博物馆展出，而是在西安的大明宫、洛阳和奈良举办纪念活动，纪念1400年前两国令人感动的往事。正如三四年前我带5000名日方成员访华一样，到那个时候也可以带一两千人访华。我想那时日本驻中国的大使也穿上遭隋使的服装，场面一定很壮观。日本的媒体一定会非常感兴趣，会向好的方向宣传中日关系。还有在丝绸之路沿线有许多遗迹，为保护这些遗迹，中日韩三国正积极开展活动。最近在韩国首尔进行了签字仪式，是关于培养美术人才方面的，希望在三国共同努力下可以促成这件事情。

---

①平山郁夫，日本著名社会活动家、画家。东京艺术大学校长、社团法人日中友好协会会长。1930年出生于广岛县，1952年毕业于东京美术学校(现东京艺术大学)。自1975年始，多次来华访问，并捐资在河北、云南、西藏、青海等地建立希望小学。先后受到江泽民、胡锦涛主席的接见，是中国人民的老朋友。

我现在是社团法人日中友协会长，也是日韩文化交流会议的主席，我打算在东亚三国举行文化论坛，促成文化方面的进展。正像部长您所说，目前存在靖国神社参拜、历史教科书问题以及历史认识问题，我希望通过文化的途径解决这些问题。韩方也有领导，我作为日方代表，中方刘德有先生也积极参与。上月在韩国，中日友协的副会长也在韩国与我们见面，谈论了一些事情。我们计划下月7号在韩国首尔会晤，加深共识。现在韩国外交通商部、文化部，日本外务省非常支持这项活动，我希望也能得到孙部长的支持。

孙：中日两国文化交流在两国关系发展上起到很重要作用的事例有很多。在两国建交之前，文化交流已广泛开展，为邦交正常化打下了非常好的基础。在两国关系出现摩擦的时候，文化起到了润滑剂的作用。无论在中国还是在日本，多年来都有很多人在做友好工作。日本的民间人士对中日友好有很高的热情，中国人民很尊敬为中日友好不懈奋斗的这些人士。在一些特别形势下，这些人士提倡中日友好是面临很大压力的，因为许多不负责任的言论行为在日本被视为爱国行为。这是不正常的，是令人痛心的！长期友好、减少摩擦、避免战争是符合双方共同利益的。

平：如您所说，大多数日本人主张和平。作为我来说，非常支持反对向海外派兵的宪法。像伊拉克这样，以人道援助借口派遣自卫队我也是不赞成的。这会造成国际上的误解。日本在野党和执政党内许多人也都同意我这样的观点。

我和孙部长见面大概有10次左右了。虽然受到很大舆论压力，在中日韩共同努力下还是把高丽墓葬申报成了世界遗产。我每次回日本都向政府，特别是小泉首相报告相关情况，提议日本多做保护文化方面的工作，建言出台一部相关法律。如果不是邮政民营法致使上届国会解散，这部保护文化的法案可能已经出台了。我们的倡导得到了很多人的支持，在新一届国会应该也能成功立法。我非常强调向世界表明日本的态度，而不是留下靖国神社的印象。

孙：文化交流方面我们经常采取一些特殊的措施。像遣唐留学生墓碑，因为发现时间不长，国内的一些专家反对去国外展出。我亲自做他们的工作，王毅大使也专门写信给我。出土这样的文物，日本朋友非常关心，从中日友好

▲ 与平山郁夫在平壤相逢

角度出发，我们可以打破常规，先去日本展览，国内研究稍后进行。朝鲜申请高句丽墓葬这件事情，我知道您一直非常关注。后来在苏州召开大会，通过了遗产申报，我专门发表了讲话，表示支持并希望与会国通过朝鲜的申请。

平： 我当时在开会，申报通过时在现场的朝鲜代表立刻给我打电话，告诉我申报成功了。

孙： 中日文化交流您考虑得比较周到，2008年奥运会都考虑到了。我记得中日邦交正常化30周年的时候，我是中方委员会主席，在东京发表了演讲，陈述中国的发展对日本是机遇，不是威胁。小泉首相也会见了我。不久后，他在参加博鳌论坛时公开表示，中国的发展对日本是机遇，不是威胁。您刚才讲筹划35周年庆祝触动了我，时间过得真的很快。遗憾的是，这以后中日邦交不但没有进展，还出现了一些意想不到的事情。中国日本民间，特别是在青年当中有一些情绪化的表现。为了做民众和青年人的工作，当时，在北京人民大会堂，李肇星外长亲自出面做报告。他的演讲在报纸上原文刊登，把这种教育公开化。在中国人民抗日战争和世界反法西斯战争胜利60周年的纪念活动上，胡锦涛主席也再三强调要维护中日友好。中国政府十分重视对民众和青年人宣讲中日关系的重要性。过去了的那场战争，对日本是痛苦的经历，对中国更是如此。现在还不时发现当时遗留的炸弹、细菌弹。我们要以史为鉴，放眼未来。个别日本领导人每一次参拜靖国神社，每次日本个别政治家发表不负责任的言论，都是把愈合的伤口又撕开了。我也在电视上看到小泉首相这次参拜靖国神社，心中非常的不满。在今年这个特别的时候，还这么做，实在太不应该。

平： 我也感到非常遗憾。现在的政治家完全不了解战争。我是站在一个经历过战争、了解战争的立场上来看待那场战争的。当时我也经历过广岛原子弹爆炸的惨事。如果战争早一个月结束就可以挽救近百万的生命。广岛、长崎死亡了30万人，一个月的空袭也造成了日本各大城市近20万人丧生。在东南亚的日本军队也弹尽粮绝，死伤惨重。所以小泉所持的这些人是为日本战死的观点是不正确的，他们是被日本杀害的。不仅仅是在战争中死去的人们，战后遗留下来的成千上万的孤儿，战争带给他们的是巨大的灾难。我也在电视上发表过讲话，提到"二战"中战死的日本士兵都是带着怨恨死去的，对当时的日本政府的领导人现在应该进行清算。日本人是善良温顺的国民，我不希望他们带着怨恨死去。

孙： 政治家应该对历史负责，对民族未来负责，登高望远地处理历史问题。我为什么不满呢？因为许多人付出心血来增强友谊，增强了解，因为小泉参拜靖国神社，一下子都被冲垮了。日本人民确实是非常善良的，有些来中国的日本留学生一提起此事就连声道歉，表示给中国造成了伤害。其实，他们还是20岁左右的孩子，他们有什么责任？责任在政治家。应该把民众和青年人的情绪引导到中日友好上去。过去周恩来总理说过，中日两国人民都是这场战争的受害者。您刚才讲的遣隋使1400年，其实中日的交往还可以往前推。

平： 确实像您所说，早在汉代还没有日本这个国家的对候，双方就开始了交往。

孙： 随着历史的发现和出土文物的增加，中日在历史上交流的物证会越来越多。

平： 为在2007年纪念日中邦交正常化35周年，5月份的时候日本参议院议长扇千景的丈夫中村先生将率领歌舞伎代表团访华并演出，希望得到您的支持。

孙： 像此类有利于两国人民友谊的事情我一定会全力支持的。回顾历史，凡是为中日友好作出贡献的，都会得到纪念。政治家和文化人都应考虑得更长远一点。那年去日本访问，小渊首相会见了我，谈得非常愉快。临走他拉着我的手说："孙部长，你搞文化交流实在太好了。文化交流可以促进两国友谊，文化成果可以流传后世。"

平： 我也有同感。另外我有一个请求：马上我们将迎来大阪和上海缔结友好城市25周年纪念，我们计划发表一个共同宣言，并开展多项文化交流活动。中日两国间现在有230对友好城市，友城之间我希望有更多的文化交流，如书法展、儿童文艺展，这样会有更好的效果，希望能得到您的大力支持。

孙： 您的提议很好，如果这230对友好城市都开展文化交流活动，那就遍及中国和日本全国了。我们搞中法文化年的成功经验就是动员各个友好城市参与，使文化年的气氛遍及中国和法国。能不能从明年开始把中日文化交流逐步升温起来。我们不能因为个别政治家的干扰而坐等啊。

平： 日本德川机电公司曾向中国赠送了许多卡车，还培养了许多机电人才，现在其中的许多人都成为企业的领导者。以五人为单位，公司还将培养更多的学生，这个圈子就会越来越大，慢慢遍及中国各地。

孙： 我赞赏这一类的日本企业，他们有些在开展贸易的同时，也在自觉地开展文化交流工作。20世纪70年代，许多中国青年住在日本农妇家中学习农业知识。现在在日本，许多企业、文化机构都在做推动文化交流的工作。

平： 向您通报一下，昨天日本内阁改选，新文化大臣小阪先生是桥本派的，和中国非常友好，从他父辈开始就和中国交往。他也认为小泉参拜靖国神社是不对的。

孙： 请代为转达我的祝贺和致意。中国政府和人民、我们文化部都下决心要把中日友好进行下去，不管遇到多少困难都不放弃，这是非常有意义的。我们将继续支持先生领导的日中友好协会，有什么需要文化部支持的或需要我本人过问的，请随时吩咐。

平： 我们也会尽全力，希望您能支持。

孙： 有些方案计划好了以后，我们可以随时交换意见。日本需要什么样的项目和演出，我们也会通过各种渠道来征求你们的意见。

平： 我们也会更加努力，争取提出更多更好的提案。

chapter 47

我古老的祖国真像一个生气勃勃的少年

在中央电视台《对话》节目上与中外朋友的对话

2001年11月4日，孙家正部长与国务院新闻办公室主任赵启正，在中央电视台《对话》节目演播室，就中国与世界的交流、理解和沟通的话题，与现场的中外朋友进行了真诚的讨论。

主持人: 大家好！今天，2001年11月4日，在这个小小的《对话》演播室的现场，我们汇集了来自世界五大洲的朋友。随着各国人民之间的距离越来越近，相互之间的理解、沟通和交流就显得更加重要。有两个人一直尽心尽力地在为中国的对外交流、理解和沟通工作并肩作战，他们就是中华人民共和国文化部部长孙家正先生和国务院新闻办公室主任赵启正先生。

2001年，文化部和国务院新闻办公室发起和主办了"中华文化海外行"系列活动。"柏林亚太周中国节"和此前的"99巴黎中国文化周"、"中华文化美国行"等大型对外交流活动展现了当代中国的真实面貌，是西方社会了解中国和中国社会的窗口。文化部部长孙家正和国务院新闻办公室主任赵启正亲自组织并参与了中华文化海外行系列活动。在2000年"中华文化美国行"活动中，他们充当了文化使节，以精彩的演讲赢得了美国公众的热烈掌声。

今天有幸请到了他们两位，他们的工作的重合点就是向世界介绍和说明中国，那么我们今天也就把主要的话题锁定在这儿。

孙: 我希望今天晚上的对话能成为一个从事文化交流的同行和同事之间的真诚的讨论。

主持人: 要向世界介绍当今的中国，那么今天的中国在大家的眼里究竟是什么样的？我们先来听听大家的看法。

观众: 我觉得我们中国像一朵茉莉花。

萨尔索(巴西驻华大使): 中国变化非常快，同时又保留了它的传统文化。

龙安志(美国南龙集团总经理): 我对中国的印象有两方面。在文化方面，中国就像一个四合院，从外边看是高墙，很难进去，进去之前，你必须拐弯；当你进入院子里，会发现里边非常安静。我的第二个印象是中国像一列火车，这列火车的车头非常先进，前进得非常快，但是火车后面有些车厢跑得不是那么快，有的车厢还装着煤。现在的情况就是你们的火车前半截前进很快，后面有的部分相对落后，但无论如何方向是确定的，所有的努力都会跟随这个方向。

248

观众：我是中央台国际频道的新闻主播。刚才很多朋友说了，中国是在快速发展的，所以我想用一句话来概括，就是中国确实是一个快速发展的、令人振奋的、而且是有着无限美好未来的国家。

主持人：刚才我们听了那么多的朋友述说对中国的印象，不知道你们两位对谁所描述的中国印象比较深刻？

孙：我觉得他们讲得都非常好，因为每一个人的眼睛里面都有他自己的中国。

主持人：那么，如果请您也用一句话来说说您眼中的中国的话，是什么样的呢？

孙：我古老的祖国真像一个生气勃勃的少年。

主持人：谢谢。好，赵先生。

赵：第一位发言的巴西外交官说得好，天天变化的中国。我再加一句，她是努力奋斗、天天向上的国家。

主持人：如果用一分钟的时间，让你们来说中国，说自己眼中的中国，怎么样？请孙部长先来。

孙：我想有三个词最能够概括当今的中国现状和发展趋势：第一，改革。它和开放是联系在一起的，这是我们新时期中国的一个最显著的特点，改革开放的中国，改革开放才使我们这个古老的民族像少年一样生气勃勃。第二，发展。发展成了中国的一个主题。我说的这个发展，除了经济，还有政治，还有文化，是人与社会、人与自然的协调发展。第三，稳定。新的时期，中国取得这么大的成绩，与中国各民族的团结、社会的稳定和进步是分不开的。改革、发展、稳定，是当代中国的最本质的特点。这样一个特点就决定了我们对外方针的宗旨，就是江泽民主席概括的，叫"维护世界和平，促进共同发展"。用这三个词和江泽民主席的两句话就可以完整地概括中国在当今世界的形象和内政外交的方针。谢谢。

主持人：好，谢谢孙先生。我注意到在您说话的时候，赵先生已经悄悄地把手表拿了下来，是不是准备给自己掐时间？好，请开始。

赵：中国是一个古老的国家，是世界上四大文明发源地之一，曾经很先进。有人估算，在1800年，中国的GDP占世界的30%，在1900年，占世界GDP的7%，但是以后落后了。我们不能够再睡在我们四大发明的那段历史上了，我们醒了，我们要奋斗，所以在新中国成立之后，我们开始了这种奋斗。在邓小平先生提出改革开放之后，我们的路子对了，我们在建设中国特色的社会主义，就是中国人喜欢的那种社会，这让我们富裕起来。我们以前做梦都没有想到，自己有房子、有汽车的时代开始了。这个古老的国家焕发了青春，我们每天在进步。On time（按时完成）。

主持人：刚才大家在讲对中国的印象的时候，外国朋友讲的中国和你们原来印象中他们对中国的印象一样吗？

孙：今天在现场的，包括大使，还有其他外国的朋友们，他们的意见、他们对中国的看法有独特的方面。第一，他们对中国比较了解；第二，对中国比较友好。但是，我经常是到国外跑一圈以后就要进行自我批评。

主持人：自我批评？为什么呢？

孙：发现国外对中国的了解太少了，就觉得我主管文化工作，通过文化的渠道把中国介绍给世界的工作做得很不够。

赵：可以说，在座的都是中国问题专家或者中国通，而大多数外国人不是这样的。

主持人：今天来到现场的很多人都对中国非常了解。那么，远在中国国土之外还有很多朋友对中国不够了解。要向世界介绍一个当代现实的中国，到底要介绍哪些方面？怎样来介绍？外国朋友到底又想了解一些什么呢？

陈美银（联合国教科文组织官员）： 我在中国呆了17年，我特别喜欢中国，所以我就一直拼命地留在中国工作。今天晚上我带来了一幅我们制作的介绍中国的挂历，我们为了努力推介中国，必须首先让所有人都了解中国文化和中国优秀的世界文化遗产。

　　王黎（英特尔中国代表处高级职员）： 其实我觉得外国人最想了解的是普通人的生活。我在美国一个大学里工作的时候，发现他们对我的家史非常感兴趣。姥姥是一个小脚老太太，她是怎么把我带大的？妈妈怎么生活？我现在又怎么样？三代妇女在一个家庭里的生活，这个跨度很大。他们对这些情况非常非常感兴趣。

　　观众： 我想还应该跟他们介绍中国也有互联网，也有手机，很漂亮的手机，还有很漂亮的时装等等。

　　刘香成（美国新闻集团中国常务副总裁）： 刚才孙部长说，他到了国外，发现很多人不了解中国。我的工作一天到晚都是在跟国外的同行们讨论中国是什么样的中国，而且讨论没有结果，所以我觉得赵主任跟孙部长的任务是非常艰巨的。

　　主持人： 有没有其他外国朋友发表看法？如果您想了解中国的话，您想了解中国哪些方面？

　　外国观众： 还是想了解中国的当代文化和艺术。我觉得很多外国人对中国现代文化的了解已经陈旧，大概是20年前的情况，他们不知道中国现在的电影、艺术、舞蹈的活力，我想这些还是应该加强对外介绍。

　　主持人： 您希望了解更现代一些的中国文化。

　　外国观众： 我相信不仅是宣传当代文化的问题，而且是怎样宣传当代文化的问题。我觉得中国目前缺少科学性的宣传。

　　外国观众： 应该多作一点解释，科学的解释，给大家多一点时间来了解改革政策带来的变化，就是中国的形势比过去复杂得多。

孙： 在对外交流当中，自信、坦率、真诚是非常重要的。一些外国朋友讲，他已经很了解中国了，因为他已经跑了好几个城市。我说你的了解是片面的。比如说现在冬天还没有到来，中国政府已经在考虑还有几千万人是否能过一个温暖的冬天，温饱问题有没有解决。全世界每年增加一千万贫困人口，我们是每年减少一千万贫困人口，这是个很大的成绩。我觉得贫穷并不是什么耻辱的事，改变自己贫穷的命运，使自己的国家能够不断地发展，自己的生活能够不断地富裕起来，这是一种尊严。我们不掩盖自己的缺点。我们的电视每天都在揭露和批评我们的缺点，为什么不能很坦率地告诉外国的朋友，我们很多事情还没做好？应该真诚。

讲到交流，可以讲到很多方面，归根到底是人心的交流，人与人之间心灵的沟通。我觉得，介绍中国的历史也好，现实也好，样样东西是说不完的，但最重要的是告诉世界，中国人在想什么，在干什么，他们的希望是什么。他们是世界真诚的朋友。这个认识是最重要的，集中到一点，让世界了解当代的中国人，这是最重要的。

主持人： 了解当代的中国人，赵先生您觉得呢？

赵： 要说因为不了解中国因而闹出了笑话，也是有很多例子的，有的还很可笑，但是笑完之后要有一些思考。刚才王黎女士谈到小脚女人的故事，我在美国就遇到一件趣事：有位中国记者问一位美国青年，提到中国会想起什么。这位青年说，他想到了中国妇女缠足。我把这件事说给了一位在美国政府主管旅游事务的资深女士，她马上回答说，这位青年说得不对，中国妇女不缠足，是日本妇女缠足。

我们不能只就问题回答问题，在介绍中国进步的同时，还要讲到中国的两个方面，一是我们面临的困难，二是我们准备怎么做。如果我们不能较全面地说清楚，外国人会有误会的。

武田胜年（日本三菱商事株式会社中国总代表）： 有人对历史感兴趣，有人对经济感兴趣，有人对人民生活感兴趣，满足所有人的要求是不可能的。

▲ 交谈中的孙家正从来都是认真坦诚的

赵：刚才武田先生说，需求是多方面的，因此我们介绍中国或说明中国会有某些困难。如果以为用向中国人介绍没有问题的方式，对外国人也没有问题，实际上是进入了一个误区，对中国人讲故事，可以不讲某些背景，对中国人可以讲XYZ，但对外国人一定要从ABC讲起，这是很大的区别。故事应该重写，应该从他们的角度来写，应该适合外国人看。同时，也请在座的外国朋友帮忙，他们也许能写书，也能演说。他们的关于中国的作品可能更适合外国人的需求。

外国观众：中国申办2008年奥运会成功时，我也欢呼了。这种对中国的浓厚兴趣正在世界各地不断增长。

主持人：听了一些朋友的想法，我们可以先请孙先生给我们来总结一下，这一轮过后，您觉得刚才在供求双方的市场上有没有一些差异？共同点又在哪儿？您怎么看这些差异和共同点？

孙: 我们在谈论世界的时候，往往容易夸大差异部分，其实有许多东西是共同的。外国人渴望了解中国人的方面，和中国人想了解世界的方面，我觉得是一样的。外国人不但想了解我们的历史，更想了解当代的中国；不仅想了解总体的情况，还特别希望从具体的情况、具体的人、普通的人了解起。

赵: 中国人和外国人的思维方法不太一样，所以中国人在对外国人说自己事情的时候要注意外国人的思维习惯，外国人在看中国的时候也要想到中国人的特点。但是随着全球化进程的加快，全世界都在慢慢地走近。刚才好些外国朋友说中国的事情，他们的表达很中国式，而几位中国人的表达也很外国式。我看这很好，越来越靠近了。

主持人: 您讲到要站在中国的角度上来理解中国，我想到你们搞"中华文化美国行"的时候，这些册子、这些宣传册据说都是在国外印的，根据不同国家的特点印的，是这样吗？

赵: （举起几本画册）这本是法文的《中国文化周》，是法国阿榭特出版社编的，那本是《中华文化美国行》，是美国国际数据公司编制的。法国编的这本书，你注意一下，正反封面都是黑白的，它给人留下一些思索的余地，浪漫主义的色彩比较突出。那本美国人编的就比较鲜明，美国人喜欢这样透明，不太留思考的余地。你看封面三个小姑娘都很漂亮，就可以了。

主持人: 来，现场的法国朋友举手。您觉得赵先生说的有道理吗？

法国观众: 那当然，赵主任说得很对。

主持人: 您觉得他说得很对？美国朋友有吗？

美国观众: 我看也说不定。

赵: 幽默也是可以互相沟通的，所以我也很希望大家能理解美国幽默、英国幽默、德国幽默。英国的幽默像 red wine（红酒），喝了以后，还有半小时、20分钟的回味；美国的幽默到处都是，非常普遍，是必需的，像可口可

▲这就是孙家正谈话中所提到的那个亚特兰大的普通美国家庭，他抱着的是家中最小的男孩。

乐；德国幽默像whiskey（威士忌），不是每个人都能喝的，但喝了以后可能要一小时还在玩味。

    孙：　对外介绍中国，要注意各个国家、各个民族的不同特点，我是赞成的。我的观点是，这不是最主要的，最主要的就是要看到，不同国家、不同民族，人是有共性的。因为不同，才需要沟通，而正因为有共同点，才可以沟通。

    在美国的一次记者招待会上，有个记者指责中国人难以沟通。我讲了一个真实的故事。有一年我到亚特兰大，去访问一个普通的美国家庭，这个家庭夫妻俩，有三个孩子，大孩子五岁，小孩子三岁，最小的一个在地上爬。语言不同、肤色不一样、眼睛不一样。三个小孩初看到我们这几个中国人，就躲在后面，但是两个小时不到，就非常熟了。一个孩子拉着我，要我去看他的玩具室，另一个孩子争着要我喂他饭。他们夫妻两个送我们走的时候，大孩子在前面送，那小孩子在后面跌跌撞撞地跑，最小的一个爬着到门口送我

255

们。后来我想，为什么孩子那么容易沟通呢？因为孩子感觉到这个人对他们没有威胁，这个人是善良的，是爱护他们的。所以说，人与人之间要沟通，首先必须没有偏见，去掉偏见就非常容易沟通。我的故事和回答引起热烈掌声，那位提问的记者也笑了并拍起手来。

主持人： 您刚才讲到偏见问题，我想起赵主任说过的一些情况，赵主任在国外接受媒体采访的时候，也讲到国外的媒体对中国的报道，一方面量很少，另外一方面在少量的报道当中可能还有一些偏见。

赵： 这里边大概有四分之一是没有评论的事实报道，还有四分之一相当友善。产生带有偏见的报道的原因很复杂，这里面包括对一些问题的误解，也包括对中国的不了解。似乎很多评论中国的专栏作家并没有到过中国，所以我倒是特别想请那50%对中国报道有distortion(歪曲)的人来中国看看。

主持人：您觉得要带他们看什么地方？

赵： 我觉得除了国防机密之外，都可以看。到中国后写的新闻在事实方面我希望尽量准确，评论方面随便。比如说现在中国马路上汽车很多，但有人不遵守交通秩序，横穿马路，这都是事实，都可以报道，但是不能反过来说，中国没有汽车，那就错了。只要是符合事实，我就很高兴。至于怎么评论，可以不同。

主持人： 好，孙先生请。

孙： 的确，向外国人说明中国的时候，应该说得比较全面，自己觉得得意的、好的一面要说，困难的、不满意的一面也要说。也就是说，我们讲文化交流，不要讲得题目很大，要从细节、从具体做起。
我可以讲一个小小的细节给大家听。上一次我们在美国搞"中华文化美国行"活动，2000年9月8日晚上，中央民族乐团为美国观众演出。当时最高的贵宾是江泽民主席，江泽民主席在开幕之前一刻钟到达会场，但是那天纽约因为开千年首脑会议，到处戒严，所以普通的观众赶到剧场很困难。已经到了开场的时间，还有三分之一观众没有到场。后来我请示江主席，江主

256

席说，美国的普通观众听一场中国的音乐会是很不容易的，应该等一等这些观众。当时我非常感动，但是我怕造成误会，明明是江主席要等等美国的观众，人家可能以为我们在等江主席呢。所以当时我同陈燮阳指挥和团长商量，一定要向观众说明，贵宾已经到达，但是有很多美国的观众，因为交通拥挤没有到达，要等一等。为了使准时到达的观众不太寂寞，我们临时决定给他们加演几首曲子。当时，全场一片热烈的掌声。这个细节让美国的观众感到一位国家主席、国家元首那么关心普通人，也感受到中国人待人的周到和细心，这样就把中国文化通过一些细节传达给世界了。

主持人：赵先生当时是不是也在场？有什么补充？

赵：我在场。那天晚上有很多美国的重要人物，其中有不少世界500强中的美国公司总裁。当时我们也很着急，觉得很难处理，这个时候用这样一个解决办法，我们觉得是比较完美的。

观众：孙部长谈的这个细节，实际上反映了一个大国文化的大度的风格，是深厚文化的真正体现，我非常欣赏，也非常赞赏刚才孙部长谈的对文化交流的理念。他谈到了一种信心，就是你在文化交流中一定要有自信心。刚才谈到的这个细节，就是一种自信心的体现。

主持人：谢谢。好，我们来听听这位朋友的问题。

观众：我是中国国际广播电台的记者，我去年参加过"中华文化美国行"的采访，等我回来以后，我的好多朋友问我：你在那边采写了那么多报道都是"效果非常好"、"影响特别大"，确实有这么大的影响力吗？国外的主流媒体是不是也这样报道？你们是不是有些夸大其词呢？好几个人问我这样的问题。今天正好在这儿，我就把这个问题转给两位嘉宾，让他们来回答一下好吗？

赵：我应该送你一本书，《中华文化美国行新闻报道集》，其中都是各个通讯社，包括美联社、路透社、法新社，还有德新社的报道，以及一些华文报纸的报道，收集到的文章有100多篇。你作为中国记者没作泡沫性的报道，你作了比较实在的报道。

孙： 我想是这样的，我看主流媒体对这次活动的报道比以往的报道多得多，包括《纽约时报》，很多大的媒体，基本还是正面的。

主持人： 更多的朋友能不能给怎样更好地把中国推向世界、让世界更好地了解中国提一些建议？

外国观众： 我们今天谈了通过很多渠道去解释或者展示中国，有一个我们还没有说，是我的行业，就是电影。我记得我在美国读书的时候，我通过电影了解中国而对中国感兴趣。

主持人： 您是从中国电影开始对中国感兴趣的？

外国观众： 对。

主持人： 赵先生好像曾经说过，中国人通过美国电影来了解美国，已经做到了，但是美国人通过中国电影来了解中国，似乎还没有做到。您是不是现在还这样认为？

赵： 是这样认为，不是美国人都不看中国电影，而是看中国电影的人很少，但他就是那个少数之中的一位，并且是有心人，看了以后能够被中国文化所吸引，这是很难得的，向他致敬。

外国观众： 我想提个问题，是关于2008年奥运会的。北京2008年怎么样办奥运会？给国外介绍中国哪些方面？两位部长就这个问题有什么想法？

赵： 我想：第一，把运动会办好；另外，我们希望通过这个机会，让世界了解一个真实的现代的中国。

孙： 我觉得一方面是让世界来认识中国，同时应该努力把向世界介绍中国的过程当成中国人向世界学习的过程，互相学习的过程。

主持人： 我们导演组为这一档访谈节目设想了很多很多的结尾，但是最后我们都觉得不满意，所以现在我就想把这个难题交给两位嘉宾。

赵：一件事情过去之后还要回味，不要过去就忘了，不要忘记旧日的时光。对今后，今天就是旧日的时光。We shouldn't forget old times, and shouldn't forget old friends.（不要忘记旧日时光，不要忘记旧日朋友。）我们要保持联络，不是今天见了面，今后在路上见了就不认识了，应该说我们见过面，我们在那次《对话》节目上见过面，大家可以给我们发电子邮件，也可以给我们写信。我们应该做一个文化的朋友，不是做生意，也不是谈政治。这比较容易做，我想大家也愿意，这样我们的"对话"就有永久性。

孙：鲁迅先生说过，沟通人们心灵的没有比文化艺术再好的东西了。文化艺术应该成为沟通人们心灵的桥梁，这个桥梁是双向的，我们走出去，国外的朋友走进中国来。我希望有更多的人来做建筑桥梁的工作，使我们中国人更多地了解世界，也使世界更多地了解中国。谢谢大家。

主持人：好，谢谢两位嘉宾，也谢谢所有观众朋友的支持，谢谢你们。

chapter 48

我们应该把手拉得更紧一些

接受美国 PBS 电视台主持人采访时的谈话

2005年10月3日，孙家正部长在美国华盛顿接受了PBS电视台著名
节目主持人查理·罗斯的采访，就中美关系、中美贸易摩擦和文化
贸易逆差、知识产权的保护，以及在肯尼迪中心举办"中国艺术节"
的美好意愿等等，坦诚、允正、挚切地提出了自己的看法。这次采
访直播后，在美国主流社会和普通民众中引起了良好反响。

罗斯：中国经济实力的崛起是21世纪的重要现象。同时，中国也努力推广本国的文化。本月，在华盛顿的肯尼迪中心举办的"中国文化节"就是一个明证。这是美国历史上最大的一次表演艺术的盛会，800多名中国艺术家将表演50台节目。这是肯尼迪中心同中国政府的一次成功合作，中国文化部部长孙家正来到华盛顿，出席了文化节的开幕式。昨天，我们在肯尼斯中心就广泛的话题进行了交谈，我们谈到了中国文化、社会、政治以及中国在世界发挥的作用。请看我们的谈话。

一、来自中国的不是威胁，而是爱

罗斯：孙先生，非常感谢您能和我一起谈论中国和美国。肯尼迪中心的"中国文化节"正在进行，对中国来说，在这里以如此非凡的形式展示您的国家，其意义何在？

孙：您知道，中国和美国是两个非常重要的国家。两国建交恢复正常关系以后，各方面的关系发展很快。但是，要使两个国家的关系能够长期稳定地发展，必须要建立在两国民众互相了解的基础上。我们到肯尼迪中心来展示丰富多彩的节目，一方面让美国观众欣赏和了解中国的文化艺术，更深层次的原因则是希望通过艺术作品让美国的人民了解中国人民的情感，了解中国人的内心世界，以此来加强两国人民的心灵的沟通。只要两国的老百姓相知相亲，两国关系就有了稳定发展的基石。

罗斯：对中国和中国人民，您希望美国人民了解什么？

孙：我们想通过这次艺术节，让美国人民更多地了解当代的中国，了解当代的中国人民正在一心一意地建设自己的国家，了解中国人民对美国的看法，对世界的看法。因为这两个国家曾经长期对立过，直到上个世纪七十年代两国关系才恢复正常。二十多年来，我们的关系不断在发展。我们要进一步告诉美国人民，中国希望同美国友好，希望世界安宁与和平，同时也愿意同美国携起手来，发展我们的友谊。

罗斯：这是两个不同的国家。美国是一个发达国家，中国是一个快速发展的发展中国家，是什么造成了这种差别？对中国的发展，美国有什么值得惧怕的吗？

孙：美国和中国，一个是最大的发达国家，一个是最大的发展中国家，经济发展处在两个不同的阶段。中国是在贫穷的基础上发展起来的，改革开放二十多年发展得快一点，但基础依然较弱。

对于中国的发展，不光是美国人，也有一部分其他国家的人，心存疑惑。这个问题说明，大家都承认中国有了很大的发展，但是对发展的看法不完全一样。中国是一个长期处于比较落后的国家。从1840年以来，许多世界列强都侵略过中国，中国已经到了亡国灭种的地步。中国人民饱受侵略，饱受威胁。中国人民经过艰苦奋斗，特别是改革开放，才取得今天的局面。中国的传统哲学是"己所不欲，勿施于人"，这也是中国处理国际关系的一项基本法则。当代世界，必须大家共同发展。地球越来越小，不仅是中国和美国，还有其他国家，许多利益联系在一起。中国的发展不会威胁任何人，相反，会对世界的和平和发展有利。正如《华盛顿邮报》昨天报道的，来自中国的不是威胁，而是"来自中国的爱"。

罗斯：现在肯尼斯中心上演的所有中国节目都是充满了爱。从京剧到杂技以及众多的演出，将在一个月内向美国观众展现一个国家的爱。

孙：我们同美国的文化交流，这次文化节就是一个很好的体现。中国人也很喜欢美国的文化节目，文化只有互相交流才能互相了解。我可以给你讲一个生活中的例子。新奥尔良有一对年轻的夫妇，他们有一个可爱女孩，全家会表演很精彩的民间节目。他们接受了北京的邀请参加国际文化节。接到通知后，新奥尔良受到了飓风的袭击，他们的家产一无所有，但是他们依然希望到北京去。在朋友的帮助下，他们终于成行北京，进行表演。通过电视，中国的老百姓知道了这件事，许多人热泪盈眶。中国观众不仅看到了新奥尔良的一家三口人，看到了他们的艺术，更重要的是看到美国人在灾难面前那种自信和乐观。我想，这正是艺术带给两国人民的相互了解。

二、最重要的是中国人的心胸变得更加开阔了

罗斯：让我们谈谈中国。全世界都知道中国的经济发展，中国的增长速

度和巨大潜力。许多人相信，中国在本世纪将成为世界上最大的经济体。中国国内发生了什么样的变化？譬如中国人的变化。最近中国政府也承认存在着悬殊，在您的演讲中也谈到贫、富。如果这些是事实的话，那么是如何发生的？

孙：您提的这个问题非常重要。第一，中国在这二十多年里确实发展较快。经济平均增长是9%－4%，国民生产总值人均1200美元。这是过去不可能想象的。人民的生活也发生了很大的变化。但是如果用13亿人口平均一下，中国国民生产总值人均只有美国人的三十分之一。现在，中国大概还有一亿人平均生活费一天不到一美元，其中有三千万人平均生活费只有半个美元。中国的改革开放取得了巨大成就，但是中国的基础太薄弱了，要解决中国的问题需要作长期的努力。在发展的过程中，中国领导人提出了一个重要的治国方略：一切发展必须以人为中心，要建立一个和谐的社会，而不仅仅是追求经济增长的数字。如果您要问我这些年中国最大的变化是什么，我们认为，不是那些雨后春笋般出现的高楼，不是惊人的数字，也不是我们常说的生活富裕或者物质的增加，最重要的是中国人的心胸变得更加开阔了。他们不但爱自己的国家，更知道自己国家的利益和世界的利益联在一起，比任何时候更爱这个世界。

罗斯：政府呢？政府是否也变得胸怀开阔了？

孙：中国政府的方针是中国人民意志的集中体现。我们的国家领导人提出，要促进世界的和平与和谐。现在中国的民主我觉得有了明显的进步。我们的电台、电视台、报纸每天都在报道一些成就，同时每天都在批评政府工作的不足和失误，这在以前是不敢想象的。人民群众的文化生活、精神生活也比以前丰富了。中国人感到地球正逐渐变成一个地球村，这是很大的一个变化。

罗斯：中国是否也想成为这个地球村的一部分？

孙：是的。

罗斯：是否也要承担起作为地球村成员的责任？

孙：当然。

罗斯：那让我来谈谈您在精彩的演讲《当代中国文化的追求与梦想》中所提及的和谐。我想谈三点：和谐，民主，自由（阅读的自由，使用因特网的自由，投票的自由）。首先来谈谈和谐。您通篇在谈论和谐，您说提出构建和谐社会的目标得到了全社会的支持，这是中国社会二十多年来改革、开放、发展的延续和提升，也是今后中国社会发展的基本趋势。您所指的和谐社会怎样理解？

孙：胡锦涛主席对和谐社会理念有一个解析。首先这个社会是民主的、法制的，体现公平和正义，人与人之间的关系要诚信友爱。同时这个社会要提倡竞争，保持活力，社会是安宁的、有序的，同时人与自然要和谐相处。他提出六个方面的具体内容。但是要实现这个目标，还要走漫长的道路。因为社会的发展绝对不是我们想多快就多快的，况且像中国这样一个有13亿人口的国家。真正要实现和谐，核心是全体公民素质的提高。因此，在教育、文化方面，要经过长期的努力才行。但是我们既然看清了这个方向，我们就不惧怕道路的漫长。

罗斯：人们都说您的时间概念很强，时间对中国人民来说意味远大的前景。中国选择的道路是先发展经济，经济上发生变化，了解并参与市场。那么我想问的是，中国的政治改革将会如何？社会变得民主化会不会让中国的领导人、共产党有所惧怕？

孙：您要知道，中国共产党从它成立的时候就是以领导人民大众争取民主为宗旨的。只有人民的积极性得到充分的发挥，国家才能建设好，而要保护和发挥好这种积极性，就要尊重人民民主的权利。因此中国把尊重人权写入了宪法。我们在广大的乡村已经实行直接选举了。（罗斯：在全国的村庄里？孙：对。）您知道民主也是有条件的，如果有大量的文盲，就会影响到民主的发展。随着经济的发展和教育程度的提高，民主在不断地扩大。我们在扩大民主的同时，要增强大和法律的意识，这样社会才能够安定有序。

罗斯：政治改革会持续多长时间？会是一个世纪？50年？还是一个一直进行的过程？

孙：从我们改革开放后，政治改革就一直在进行着。中国改革的一个特点就是渐进式的改革。实际上，在我们现在的政治生活当中已经有了很大的变化。人民代表大会制度日益完善，政治协商和参政的多个民主党派的合作更加地完善，同时我认为变化最大的是民主的监督、舆论的监督，比以前有了很大的进步。我认为按着这个方向去走，中国是很有希望的。各个国家的情况也不一样，政治体制、各种制度都有本国的特点。

罗斯：我知道像您及邓小平这样的人，在"文革"中都经历了艰难的时期。邓小平恢复领导地位，引导中国在经济上取得巨大发展。您在当时能想象、预见到您今天所能看到、所参与的中国吗？

孙：不能。我相信很多中国人都没有想到中国能发展到今天这样的状况。"文革"把国家的经济影响到非常困难的地步，邓小平复出的时候已经是70多岁的高龄了，当时把以阶级斗争为纲转到以经济建设为中心，同时实行对外开放的政策，可以说在中国有划时代的意义。中国由此看到了广大的世界，看到了世界的发展，简直是大吃一惊。经历十年时间的内乱，因此当邓小平提出要以经济建设为中心，提出要改革开放，得到了中国人民普遍的拥护。实践证明，这个政策给中国带来了翻天覆地的变化。我觉得，特别是通过经济的发展，中国认识到应该和世界携起手来。因为很多的问题，世界的复杂问题，必须大家携起手来才能解决。

罗斯：随着经济的发展，出于对中国社会福利的考虑，有没有改变过经济快速发展的进程？您是否担心在经济快速发展的同时，无法满足您所说的处于贫困线生活水平的人们的最低要求？您是否觉得应该改变经济发展来照顾您所指的民众？

孙：您讲的这个问题正是我们当前面临的一个问题，邓小平当年提出的发展是允许一部分人先富起来，因为中国太大了，齐步走不太可能。但是经过20多年的发展，应该把全面发展、协调发展提到日程上来。最近这几年，中国政府加强了对西部不发达地区开发的关注，加大了投入，同时解决城市和乡村、东部和西部矛盾的问题。但在解决这个矛盾的过程中，又要防止走过去平均主义的道路，必须使社会仍能保持一种竞争的活力。把这两种关系处理好，是我们现在遇到的最大的问题。

三、保护知识产权是我们自己的事情

罗斯：请让我谈谈美国所担忧的一个问题。人们想到中美两国关系的紧密发展，就会提及知识产权，这是让你的艺术作品，如著作、音乐作品等受到应有的保护。中国是否尊重知识产权？

孙：中国人对知识产权的概念知道得要比美国人晚，因为中国过去是计划经济，几乎没有知识产权的概念。但是我可以告诉您，最近十几年，中国人对知识产权已经到了非常重视的地步。开始的时候，我们都是被动的，都是由外国商人、外国的产权拥有者提出产权的问题。后来我们认识到，对于知识产权的保护，眼前是影响到知识产权本身的利益，或者是投资者的利益，但是从长远来讲，如果不保护好知识产权，一个民族就会丧失创造力。从我这个文化部长来说，如果不保护知识产权，就没有人愿意来向文化投资。因此，现在中国政府和多数国民已经认识到，保护知识产权是我们自己的事情。我们专门成立了知识产权局，从法律上进行了立法，采取了重视打击盗版的措施，而且正在通过媒体广泛地进行教育，增强产权的意识，同时我们现在正在研究通过长效的办法来解决这个问题。但是实事求是地说，现在盗版和侵犯知识产权的现象仍然还是严重的，这将是一场长期而艰巨的斗争。最近我们刚刚成立了一个以吴仪副总理为组长的协调各部门的小组，就是要加大力度来打击盗版和侵害知识产权的行为，同时也在研究从法律上、行政管理上等各方面来加强这方面的工作。

罗斯：毫无疑问，中国政府已作好强制保护知识产权和打击盗版行为的准备，您的政府是要对此作出承诺的吗？

孙：是的。

266

四、要了解一个完整的真实的中国

罗斯： 您曾经说过，文化就像是水一样，悄然无声地滋润着万物。请问这句话是什么意思？

孙： 文化可以说是一个民族的灵魂，也是一个民族的面孔。文化从哪里来的呢？文化实际上是人的生存状态、人的愿望的反映。反过来，文化也影响人，因此我们不能仅仅认为文化是可以赚钱的东西。文化可以熏陶人的素质，开拓人的心胸，可以成为您和我之间沟通的桥梁。而所有的这些文化的功能，不是说很快就能够实现的，它就是要通过漫长的过程来实现，因此不能简单地要求文化发挥急功近利的作用，从这样的一个角度来说，文化像水一样滋润着万物，悄然无声。

罗斯： 有一样东西时下很普及，那就是互联网。目前对有关您的政府控制人民的网上阅读内容有很多批评，有些批评甚至认为：如果有人上了某些网站就会被投入监狱。这看起来就是反自由、反民主，并且与您近30分钟所谈到的价值相左了。美国人想问一下，这是为什么？

孙： 应该说互联网的出现是极大的好事，对于知识的普及，对于信息社会的沟通，发生了重大的作用。现在在中国碰到一个什么样的问题呢？无论是在网上还是在音像制品当中，有大量的色情和暴力，受到社会上广泛的批评。这个问题到底怎么解决？因为互联网是个新出现的东西，很仓促地来解决也不可能。作为一个负责任的政府，它必须要采取一些办法来保护特别是保护青少年的成长。我知道在这方面是有一些管理，但是如果说因为上互联网、看了一个什么节目被关进监狱，我认为不可能有这样的情况。

罗斯： 让我为您念一段本周《时代周刊》上的内容，严某某在海外华语网站上与网友交流他的想法，他说中国一直坚持阻止那些在美国的邪恶网站。在9月22日，他被判处7年监禁，这给胆敢在网上发表政治观点的中国人发出一个很严肃的信号。

孙： 有这样的事情？

罗斯：　我也是在问，这不是真的吗？他没有因为交流他的政治观点而被关进监狱吗？

孙：　中国是个法制国家，有完整的法律体系，他必须是触犯了法律才会被关进监狱。现在中国的言论罪、思想罪都已经没有了。这个事情我可以回去查一下，看看到底是怎么回事。您知道现在中国和美国一样，各种传闻、各类消息很多啊，至于真假到底是怎么回事，也很难说。

罗斯：　您说的有助于我们的理解，这只不过是本周《时代周刊》上的内容。您作为一个文化部长，您的态度是尊重在互联网上发表意见的。而媒体的多样性，应该是对每一个拥有你刚刚谈到的那些价值的社会来说非常关键。

孙：　是的，在互联网上发表各种的看法、意见以及在媒体上面发表批评意见，现在在中国已经是一个很普遍的现象。这没有什么坏处，因为这些意见可以帮助人们集思广益。但是我们要反对有意识地散布假消息，对一些色情的、暴力的东西也要加以限制，否则，我们就是对受众，特别是对孩子不负责任。

罗斯：　您的政府的一个观点是：美国和美国人以及其他国家的人应该尊重各个国家的不同，文化上的不同，政策上的不同。您知道，我们所有人都必须理解和尊重不同，您如何看待中国与美国的不同？

孙：　美国是一个伟大的国家，美国人在中国人的心目中有很好的印象。中国人经常批评美国政府的某些政策，但是中国人从来不对美国和美国人民反感，中国人很喜欢美国人的性格，富有朝气，富有开拓创新精神。

罗斯：　也很实际。

孙：　很坦率，生气和高兴都放在脸上，所以中国人认为美国人这一点很可爱。中国和美国确实有差异，一个可以说是东方文化的代表，一个可以说是西方文化的代表。正因为有差异，互相才有吸引力。我觉得我们两国在很多方面有共同点。何况60年前在反对法西斯和日本军国主义的斗争中，两国曾经携起手来，并肩作战。一个月前在北京举行了盛大的纪念活动，美国有很多飞虎队员去参加。

罗斯：你们给飞虎队员很高的荣誉。

孙：现在中国人每天都在学习美国。我们市场经济的时间不长，对于市场的经验，市场的运作，很多事情需要向美国学习，美国是中国的老师。但是我们也发现，我们用老师教给我们的办法来和美国打交道，有的时候是行不通的，自由贸易好像也不是那么自由嘛！所以这些都需要继续沟通。

罗斯：我们之间的贸易不平衡，中国拥有大量的美国债券和债务，你们拥有很多的美国债务，这也表现在贸易不平衡上。中国在2008年将主办奥运会，请告诉我这意味着什么，奥运会的主题是什么？

孙：我们已经向世界公布了奥运会的主题，"同一个世界，同一个梦想。"我想，体育也是一种文化，因此北京的奥运是人文奥运、科技奥运和绿色奥运。作为文化部长，我感到兴奋的是，奥运会将把各国的文化带到北京，让中国人直接认识丰富多彩的世界和文化，同时通过奥运会也可以增进中国与世界的友谊。当然我们也很重视要多得金牌。

罗斯：（笑）中国要赢得更多金牌，我们也是。奥运会某种程度是不是表明中国在走向世界，也是中国对世界在说：你们都只是谈到中国经济发展，谈到中国国际地位的提升，而奥运会是中国走向世界的社交会。到中国来，看一看她的变化。到中国来，感受一下她革命性的变化。到中国来，了解我们。

孙：当然有这方面的期待。让世界各国的朋友到中国亲眼看一看中国的变化。但是我认为更深层次的还不在看这些成就，就像我们这次中国艺术节把很多节目带到华盛顿，不仅仅是让美国人了解中国的文化，更不是要向美国观众炫耀这些文化，而是想通过这些文化的节目，让美国人了解中国人的内心，能够感受到中国人民那种善良的愿望，真正实现心灵的沟通。我一向主张：外国客人到中国去，不但要看好地方，也要看那些差的地方；不仅看城市，而且要看农村；不仅要看富裕的地区，也要看贫穷地区。我希望外国人的头脑当中有一个完整的真实的中国形象，要不带任何虚假，感到中国确实有很大的变化，同时认识到中国要发展自己，确实还要走很漫长的道路。不要以为中国已经发展到足以威胁世界的地步。我们不忍心威胁世界，也没有能力威胁世界。任何一届政府要把中国自己的事情办好都要花费极大的心血。现在秋天刚刚有点凉意，中国政府已经在考虑还有三千万人是否能够过一个温暖的冬天了。所以中国希望让世界了解一个真实的自己。

罗斯：面对中国显而易见的变化，您希望美国和美国政府应该怎样做？

孙：我觉得对于中国这样的变化，美国作为一个大国应该胸怀更宽阔，神经不要太脆弱。中国和美国差距还是很大的。比如文化贸易，现在我们从美国进口的文化产品，是中国出口美国的近10倍。统计显示，每年供全国电影院、电视台播放的美国电影有几千部，但是我们现在美国市场上看到的像《英雄》这样的中国电影则寥寥无几。所以从文化贸易这一部分来讲，中国是存在巨大逆差的。我也因此受到很强烈的批评。但是我并不过多地责怪美国朋友，中国文化产品虽然很好，但是我们缺乏市场营销的经验，还不会把这些优秀的文化产品通过市场运作的方法介绍到世界去。我们要一点点努力学习，不能怪美国朋友。同样的，美国对中国贸易产生一些逆差，也没有什么了不起的。美国在经济实力、科技水平、营销经验方面具有很大优势，完全有能力把更多的美国产品推销到中国市场上去。出口增加了，逆差就相应减小了。

罗斯：您欢迎这种增加？

孙：是的，我们不害怕。比如我们引进了那么多美国影片，仅仅分账引进的影片就有80%是从美国引进的，其他各种音像制品的故事片有一半是美国的。我认为这没有什么坏处，看到这些以后反而会激发一种创造力。我们有这个自信。我觉得对于贸易逆差的问题，应该用发展的眼光去看，中美两国都是大国，都应该气度大一点去看问题。

五、"和谐世界"理论是人类的福音

罗斯：面对目前的国际形势，有人要说21世纪将是中国的世纪。您相信这一点吗？

孙：我们不赞成这样的看法。地球是全世界人民的地球，世纪是大家的世纪。在21世纪，任何一个国家想离开世界单独发展，我认为都是不可能的。我们的命运是连在一起的，应该加强合作，加强交流，谋求共赢和共同发展。

罗斯：非常感谢您接受采访！我们这次节目的目的就是介绍中国，并将您的看法与更多的人共享。每一个美国人都应该在这个月到肯尼迪中心去欣赏中国文化节，去了解中国文化。像您所讲的，文化可以反映人们的精神，通过文化可以了解人，同时文化也可以使人们认识未来。

孙：这是我十年之内第五次来美国。我坚定不移地想促进两国的文化交流，想通过文化的纽带让两国人民的心灵更好地沟通，友谊更加增进。在1979年1月1号，就在华盛顿，就在肯尼迪中心，邓小平抱起了一个美国男孩，他说："现在整个中国和美国都在握手了。"26年很快就过去了，当年的男孩现在已经是成年人了，但是中国和美国还有许多孩子，世界上还有许多的孩子，需要携手走向一个更加美好的未来。中国和美国在26年前已经携起手来了，我们现在应该把手拉得更紧一些，在多方面加强合作。我想胡锦涛主席倡导的"和谐世界"理念之精义正在于此，这对我们两国以至整个世界都会是一个福音，是一种福祉。

罗斯：谢谢您接受采访！

"当代中国文化的追求与梦想"

——访文化部部长孙家正

《对外大传播》记者谭震、宏磊在孙家正部长刚刚从美国参加"中国文化节"回来后，尽管工作日程被紧张和繁忙充斥着，但孙部长仍抽出近两个小时的时间，接受了记者的专访。

没有见到孙家正部长之前，我们在网上搜索着关于他的信息和故事，可是这些信息根本无法满足我们想更多地了解他的欲望，他仿佛是一个更喜欢把成功的喜悦隐在幕后的人……

一、万余字的演讲稿，让人心头潮起潮落

采访前夕，《对外大传播》拿到了一篇万余字的根据录音整理的孙家正2005年10月3日在美国国家记者俱乐部的演讲稿，标题是《当代中国文化的追求与梦想》，记者一口气通读了两遍，心潮澎湃。讲稿中，似乎可见孙家正作为一个负责任大国的代表，胸怀世界，坦荡陈说，真诚地与美国的文化界、政界和传媒界进行沟通，使人想象着当时说出这样话语的人一定是满怀着深情，在用心灵对话。透过厚厚的讲稿，仿佛已经在跟他提前做着交流……

2005年10月1日晚，在美国著名艺术殿堂肯尼迪艺术中心，一台流光溢彩的综艺晚会拉开了为期一个月的"中国文化节"的帷幕。此次文化节是中美两国之间迄今规模最大的一次文化交流活动。在整整一个月的时间里，美观众不仅看到了中国表演团体的演出，而且还近距离触摸了中国的传统文化及色彩纷呈的现代艺术。

中国文化节开幕前夕，布什总统两次致信祝贺，一次是以总统的身份，接着一次以他个人和他夫人的名义祝贺。一个文化活动有总统两次致信，这在文化交流史上也是非常罕见的。文化节开幕式演出一百分钟，台下四百多人，爆发了九十多次掌声，几乎是每分钟一次鼓掌。美国的政界、文化界、商务界等的一些高层人士，包括鲍威尔夫妇以及几位副国务卿，还有美国劳工部部长赵小兰等都来到了现场。他们每个人都盛装出席，男士西装笔挺，女士身着晚礼服。他们用这种形式来表达对中国文化的尊敬之情。

谈起开幕式上九十多次的掌声，孙家正说："我想他们的掌声有的是出于礼貌，但更多的则是发自内心。美国人为台上的节目而感动，我为台下的掌声而感动。中国人勤勤恳恳地对真、善、美的追求，呕心沥血地对真、善、美的表达，精益求精地对艺术的探索，都通过艺术这个载体向人们倾诉着深情，是整个这样的艺术氛围打动了美国人。"

艺术节前，当中国代表团到达美国的时候，北京虽已秋意渐凉，但那里却是热风拂面，看到大街上很多人都穿着T恤短袖衫，孙家正在演讲中充满感情地说道：

"现在，人们刚刚感觉到秋天的凉意，但是中国政府的领导人已经在考虑那些贫困地区的农民能否过上一个温饱的冬天。我们要构建一个理想的和谐社会，需要经过几代人的奋斗。"

朴素的言语传递着深刻的道理，孙家正的这番话用细小的事实说明了"中国威胁论"之说是不成立的。尽管这段话在看他的讲稿时已被感动，但当坐在他面前，再一次听他重复当时的场景时，记者的心头仍不免一热。我们中华民族在历史上受过多少磨难，正当我们步入和平发展的正轨时，那些西方的人权主义者却又在无中生有地制造"中国威胁论"，我们为我们在艰难中前进的国家而感到不平，我们更为孙家正置身于摩天大厦林立、车流灯河滚滚的美国，坦然诚恳地道出中国依然贫困的现实而感动。演讲中他还说道：中美建交之前近30年，美国对中国一是不承认，二是封锁，而中国当时缺衣少食，供给普遍短缺，但唯一不缺少的就是遍及每一个角落的"打倒美帝国主义"的口号和标语。美国封锁中国，我们当然就要打倒你，凭当时中国的实力能打倒美国吗？打不倒也要打，因为没有比独立和自由更重要的！实践证明，美国封锁中国是封锁不住的，中国想打倒美国也是不现实的。中美携手合作对两国、对世界都是有益的。26年的实践已证明了这一点。

在美国不同场合的三次演讲，孙家正做到了有稿而脱稿，而且场场精彩。我们问："您演讲时掌声热烈吗？"孙家正回答："演讲是跟大家的一种交流，不必太追求掌声。"是的，这正如他常说的，"文化如水，滋润万物，悄然无声。"我们相信，无论掌声是起是落，那些美国人一定是把这些话听到心里了，这从美国媒体的反映中就可以得到答案。

中国文化节开幕后，美国的《华盛顿邮报》发表了一篇题为《来自中国的爱》，文章说，正当世界上兴起"中国威胁论"时，中国文化部用艺术的形式向美国人民表达来自中国的不是威胁而是爱，是那种对全人类的爱。

美国公共电视频道（PBS）最著名的电视栏目主持人查理·罗斯也对孙家正进行了一个小时的专访，节目在全美二百多个公共电视频道播放，长达五十七分钟，各台播放时几乎都没有剪辑。孙家正讲：美国是个大国，美国在处理贸易逆差问题上、处理中美关系上、处理美国同世界其他国家的关系上，应该要有大国的胸怀、大国的气度，神经不要那么太脆弱。这些话全部在美国观众面前播放出来了，而且还把他讲话的摘要在屏幕上打出来了。

艺术是情感的载体。这次美国之行，很多感动的场面在孙家正的脑海里时时浮现。在美国电视广播博物馆举办的宴会上（这次宴会，美国媒体界、文

274

化界、金融界的许多名流都参加了），已经八十多岁的美国前国务卿基辛格博士发表了演讲。演讲之前，基辛格先和大家一起看了一段1972年他陪同尼克松访华时的录像，现场的人们看到屏幕上当年的基辛格很年轻，满头黑发，而今天的基辛格已是白发苍苍的老人了，此情此景，使在座的人们都很感动。孙家正登台演讲时就即兴说道："刚才播放的是尼克松访华场景，当年率先执行'破冰之旅'的基辛格博士就坐在台下。尼克松前总统在美国是毁誉参半，但是我可以告诉美国朋友，当年，周恩来总理对尼克松说'您把手伸过太平洋来跟我们握手'，尼克松也回应周总理说'让我们一起来改变世界'，这些话，中国人都会记住，对于为改善中美关系作过贡献的人，不管他们现在在美国的境况如何，中国人民永远会把他们当作老朋友来记住！"

访谈中，孙家正还向记者讲起了2004年尼克松的女儿在中国举办纪念"破冰之旅"三十年展览的情况，展览期间孙部长会见了她。"人与人相处，真诚是太重要了，这是我内心的体会。"他感慨地说。

短短几天的美国之行，美国人记住了这个直率又坦诚的中国文化部部长，特别是通过这几次面对面的交流，让美国人进一步了解了当代真实的中国。

二、对这个国家友好，就先尊重她的文化

"文化，因为差异才需要交流沟通；文化，也因为有其统一性才决定了它是可以沟通的。"孙家正由此谈到了中法文化年，他说，法国是西方国家当中率先承认中华人民共和国的国家。但是要保持两国全面的战略性合作伙伴关系，还必须要有两国民众人心与人心的接触，两国领导人都非常敏锐地看到了这一点。基于中法两国长远利益的考虑，两国领导人都认为，通过文化来加强两国人民心灵的沟通是必要的。在为期两年的中法文化节当中没有出现什么摩擦，都是在很友好的氛围中进行的，其中很多重大项目，都得到了法国的很大支持，也采用了他们很多的创意。例如，在香榭丽舍大街展示中国的民俗民间文化，就交融着中法两国的智慧，反响热烈。还有，由法国人创意的让埃菲尔铁塔变成"中国红"，实际上是法国人送给中国人的一份礼物。

谈到中法文化年与在美国举行的"中国文化节"，孙家正对此作了分析比较，他说，中法文化年规模浩大，时间较长，整个时间是两年，一年是在法国举办中国文化年，另一年在中国举办法国文化年。另外，中法文化年的辐射面非常宽广。不仅是在巴黎，而且通过友好城市这个渠道，将中国文化遍

及法国各地，随即又辐射到欧洲许多国家，很多参加法国文化年的项目实际上巡访了欧洲，产生了巨大影响。在操办中法文化年时就考虑下一步是美国，因为中美关系在全球范围来讲，仍然是非常受人关注的。

孙家正说，在美国搞活动，由于美国没有文化部，对于这样的活动缺乏一个统一行政、管理和统领的部门，从而它的市场化程度也更加厉害。但是美国政府的态度是很重要的，通过我们外交的沟通，通过中法文化年巨大的影响和触动，美国政府对于这次中国文化节的举办表现出了异乎寻常的热情和积极态度。首先以政府名义向中国文化部发出正式邀请，副国务卿休斯女士邀请孙家正率领中国文化代表团访美，举办中国文化节。布什总统两次致信，美国众议院、参议院的议员及议会多数党的领袖也写信祝贺。美国最著名的文化艺术中心——肯尼迪艺术中心承担了大量的筹备工作，用一个月时间介绍中国文化，并且他们自己筹款数百万美金来举办这次活动。

文化是有共性的，只要是真、善、美的都能打动全人类的心灵，但文化也是有个性的。由于中国跟法国长期友好，相互文化交流比较频繁，所以法国观众对中国文化能很好地接受、理解。这次中国在美国首次举办中国文化节就要打开庞大的文化交流大门，美国在对中国文化的接受上跟法国还是不同的，对法国、美国两种文化都有深刻感受的孙家正说："在法国，我们只要展示中国文化，他们一下子就能理解，从总统到法国民众对中国文化的热爱，表现出法国对世界文化容纳的大度。而美国，更多地把文化当作商品，他们的对外文化关系，重点是文化贸易，相反，法国更多地强调文化精神，强调文化的互相欣赏。"

在比较中法文化年和肯尼迪中国文化节时，孙家正特别强调，无论是法国还是美国人民，对艺术的真、善、美的追求是共同的。为什么人类会有艺术的产生？是表达情感的需要，而艺术反过来又升华了人的情感。

在美国演讲后，孙家正说他切身体会到，文化源自心灵，又直抵心灵，但感性的东西需要理性的升华，对象国的人民只观看了表演和展览还是不够的，对外传播中，敞开心灵的交流是非常重要的。在对象国展示中国文化的时候，我们已经不是在单纯地对外去宣扬我们的文化，也要能够欣赏对象国的文化，肯定对象国的文化，这是非常重要的。

一直都说，中国有五千年的文明，美国有两百年的文明，对于这种说法，孙家正认为是不正确的。"美国在世界上，好像被认为是没有文化的，其实，美国国家形态的文化是短暂的，只有两百多年，但不能笼统地说美国的文化只有两百多年。""文化是通过人的这个载体带进去的，美国的移民为美国带去了几千年的文化。你可以说她作为一个国家的历史比较短，但你不能说她的文化历史也短。"孙部长进一步举例说，例如犹太人，虽然是现代的犹太人，但他们却有着几千年的犹太人的文化基因；又如美籍的英国人，也承载着悠久的历史文化，可以说，世界上的多元文化通过移民在美国这块土地上汇集着。"如果不承认这一点，"孙家正凝重地说，"我们就很难理解近现代美国的发展。因此，我们丝毫不能用轻蔑的态度看待美国文化。"

在"当代中国文化的追求与梦想"演讲中，孙家正曾举过这样一个例子：在美国新奥尔良一对夫妇，前一段时间北京国际艺术节邀请他们来北京表演，而飓风袭击了他们的家园，他们已经一无所有，但是他们仍然强烈地希望到北京来展示他们一家人表演的民间艺术。孙家正感慨地对记者说，从这样一个家庭中，我们能看到美国人在大难临头时所表现出来的乐观，所表现出来的对生活的热爱，所表现出来的对艺术的追求，所表现出来的对中国文化的向往，这一切不是都应该受到世界各国人民的尊敬吗？

这次美国之行，无论是演讲，还是接受电视台的访问，孙家正都表示，中国人民，包括自己在内，尽管不赞成甚至反对美国政府的某些政策，但是我们仍然认为美国是个伟大的国家，美国的人民是伟大和可爱的人民。

面对孙家正对美国文化历史精辟的阐释，记者说："深圳如果没有文化的建设和人才的'移民'，就是长不高的渔村，美国不也是这样吗？""就是这个道理。所以，我们能说深圳只有二十几年的文化吗？——那是全国文化的积淀啊。"孙家正肯定地说道。

"对外文化交流，首先是要尊重，这个尊重不是空话，而是发自内心。"长期以来，非洲给人的印象就是灾害、饥饿、干旱，在很多善良的人民心目中，非洲的这些问题是值得同情的，而有着丰富的文化交流经验的孙家正对此却有着更多的理解，"对一个国家和民族来说，'同情'和'怜悯'是远远不够的。"

多年前，为准备非洲艺术大展，文化部特别派出了一干人马去非洲收集非洲艺术品，采宝的人回来后都被晒成非洲人了。最终，非洲艺术大展在中国最高艺术殿堂——中国美术馆展出时，震撼了人心，并在全国巡展。有中国观众留言道："我们中国也有雕塑，但却只向西方学习了皮毛，非洲雕塑各个侧面的骨骼和肌肉感具有非凡的表现力。"孙家正在回忆这个艺术展的过程时说："那些雕塑的确体现了非洲人民的智慧，真的是太出色了。"他还告诉了我们一个鲜为人知的细节：那些非洲的大使和参赞们在参观中，很多人都激动得流下了眼泪，有个非洲使馆官员看了展览后，热泪盈眶地说："非洲在世界上就是个贫穷的地方，善良的人们一直都同情我们，可是中国给了我们应有的尊重。"

三、中国的"文化形象"不再是智慧而苍老的老人

文化的穿透力量是不能用语言来表达的，作为中国的文化部长，孙家正先生参与了多种国际文化公约的制定，多次代表中国站在了世界的讲台上发出中国的声音。中国拥有如此敦厚悠久的文化，可是在世界上，中国的文化形象仿佛始终脱离不开长城、兵马俑等老三样的符号谱系。中国应该给世人塑造一个什么样的文化中国形象？对于这个问题，孙家正承认，世界对中国的印象总体来说，还是将五千年文化、长城、故宫、非物质文化遗产等常挂在嘴上。"中国需要正确对待我们的文化遗产，我们要告诉世界，中国人是非常珍惜自己的历史的，非常热爱自己的文化传统，因为文化遗产是我们中国的优势，它是我们同遥远的祖先沟通的唯一渠道，是我们民族悠久历史的稀世物证，也是我们中国走向未来的基础。"但是他也强调，"让世界了解中国悠久的文化遗产的同时，更多地要让世界了解当代中国的文化，这个文化是从五千年流传下来的，同时又能体现时代精神，这是非常重要的。"

作为记者，以前我们距离孙家正部长很远，感受不到近距离的他脉搏的跳动，采访中，我们更深地感受到他的脉搏里面有着一种文化滋养的震动。他解答了我们很多问题，包括在中国的对外交往中，如何让别人理解我们的表达。孙家正语重心长地告诫我们，不能到国外去一个劲地夸耀我们是五千年的文明，我们百分之多少多少地在发展等等。在驳斥所谓"中国威胁论"时，实际上要表明威胁别人不是中国的传统，更不是中国现在的方针。说到这里，部长的眼神凝重了起来，他举了个在演讲中提到的例子，中国有一亿人每天的生活费不到一美元，三千万人还不到半个美元。说到底，中国也没有实力去威胁别人。其实，这也是在呼吁国外的媒体要理解中国政府，中国政府要把十三亿人的生活安顿好，使他们幸福、安康，这不是一件容易的事情。

这次美国行，美国的记者和一些政界人士都跟孙家正谈起2008年奥运会，他们认为2008年的奥运会对中国来说是非常重要的一个机会，可以向世界展示中国的成就。可是孙家正却说，把一个真实的中国告诉世界是我们的责任。

"我们希望更多的外国朋友通过媒体，通过他们亲身到中国的实践来认识中国，不仅是通过媒体认识中国的成就，也包括认识中国存在的问题，不光要向他们展示中国辉煌的一面，也要让他们了解中国落后的一面，不光要他们了解中国的成就，也要了解中国的困难。"正因为如此，中国希望世界和平，希望同世界各个国家合作，谋求共同发展，这个愿望是真诚的。只有这样，人家才能感受到中国对内、对外方针的一致性，才能认识到中国对外的宣传和内心的一致性。"因此从整体来说，我们的对外文化交流有双重任务，真实地介绍中国；真诚地吸纳世界上的优秀文化，丰富自己。"

讲到我们的媒体声音，孙家正提到了《对外大传播》，他说，这本刊物定位比较好，总体上是在讲我们应该如何向世界说明中国。我们国家的对外传播大格局，从表面来看，好像主要是媒体和各文化部门的文化产品在塑造着中国的文化形象，实际上，文化形象乃至国家形象的塑造，很多体现在方式文化之中，包括人的交往方式、交流方式、行为方式，中国人在国外的行为举止，以及凝聚着中国文化的各种商品都承担着传播中国的责任。

"这次在美国的中国文化节虽然只有一个月，我经历的只有一周，但是我感到一种压力。回国后，很多人给我的感觉是，国内的媒体报道得很充分，影响也很好，但是凡从美国回来的人都感觉到，在国内引起的反响比在美国的反响要差得多。法国文化年，媒体准备比较充分，这次美国的中国文化节，媒体没来得及走近，准备得并不充分，应该把中国文化节充分地放大。"孙家正不无焦虑地说道。"美国的一家著名的报纸报道说'中国在普多瓦河畔（位于华盛顿内）发起了文化革命'，这是一种什么样的震撼啊！"

就媒体和文化之间的关系问题，孙家正曾在国际博物馆协会在英国举办的展览上发表过七分钟的演讲，题目就叫《媒体是翅膀，文化是灵魂》在我们的采访中，孙家正特别为外宣媒体另外开了些"方子"，他说，我们需要非常直接地阐述我们政治观点的文章，如国务院新闻办的《中国人权事业的进展》（简称《人权白皮书》），也要有针锋相对的驳斥性的文章，例如驳斥美国《考克斯报告》的相关文章。但大量需要的是，媒体要通过信息反映中国人民的真实情况、真实情感、真实愿望。

尽管这次美国媒体非常友好，可是孙家正对他们的批评还是非常尖锐的。一个记者说，跟中国媒体打交道比较麻烦，美国的媒体才是自由的。我们的部长当然能理解这里面的弦外之音，但他抓住"麻烦"这两个字不放，说："要讲麻烦，美国媒体带给中国的麻烦太多了。你们讲到我们的问题时，讲得一无是处，一塌糊涂，而中国一旦有了发展，你们就推波助澜，渲染中国威胁论。"孙家正表现出的机敏和锋芒一下子就使那个记者语塞了。

我们中国的媒体在各方准备和对事件的传播报道上，还是比较弱的，针对这点，孙家正认为，信息不等于知识，知识不等于智慧，智慧不等于能力，因此媒体要把信息进行整合，及时地、真实地把信息传播给大众，所以，媒体的文化含量和知识含量要增加，要通过信息渠道启发人的智慧、观念和思维，这是最重要的，否则媒体只是简单地"传达"。

采访接近尾声时，我们了解到，孙家正部长是个喜欢打台球的人，尤其是喜欢打"斯诺克"，用他的话说，打"斯诺克"不仅健身而且健脑。说话间，又流露出一个睿智的长者特有的朴实和平和来。见到孙家正之前，记者一直想着这个文化部长一定是气势压人，甚至是曲高和寡的一个文化官员，可是近两个小时的交流，使记者无处不感受到他的平易近人，他把深邃、复杂的东西用最简单、最朴实的话语表达了出来。其实，将复杂简单化，才是功力和境界。

也许是因为孙家正有在广电部当过部长的经历，各方记者在他面前来来去去，一拨又一拨，于是到了文化部，当他手下的干将一个个都站在潮头的时候，他却更愿意站在镜头之后。对此，我们对孙家正部长说："希望媒体有更多与您交流的机会，也希望您的声音、智慧通过媒体这个平台放大，这也是中国对外传播事业的需要。"

曾经与赵启正（前国务院新闻办主任）一起接受中央电视台《对话》栏目的访问时，孙家正就说过，我们古老的祖国像一个生气勃勃的少年站在世界的面前。这次面对美国观众，孙家正又把同样的话语带到了世界，显示出我们少年之中国的风姿。

跋

　　收录在这个集子里的文字，是近年来我与来自三十多个国家、地区和国际组织的五十余位来访者的谈话实录，它从一个侧面反映了我国近年来对外文化交流与合作的情况。其中有三篇是与香港和台湾朋友的谈话，所以特别注明谈话的对象为"中外友人"。

　　这类会见，虽然属于公务外事，但由于话题与文化有关，有些人又是多年的朋友，故较少外交辞令和虚与周旋，即使涉及敏感的政治话题，双方大多也谈得比较坦诚。

　　为了保持真实，编辑时，除了删去一些重复的部分和事务性的交涉外，基本保留了当时谈话的原貌。

　　感谢文化部对外联络局的同志，他们录音、整理保存了完整的原始记录，这是谈话成书的基础。特别要感谢一些年轻的朋友和同事，没有他们竭力怂恿和帮助，我下不了决心，也无法完成这本书稿的整理和出版。

　　关于书名，实在是颇费斟酌，最后选定"文化境界"，既有对祛除战争与霸权、和平发展的吁求，又有对实现不同国家、不同种族文化和谐的祈盼。而作为代序的《寻找与守望》，与本书的内容并无直接的关系，却也与文化有关，表达的是对传统和文化的思考和深情，也象征着追求理想境界的执着与艰辛。当然，诗歌的语言往往有点含蓄和浪漫，而谈话则需要坦白与平实。

　　在审定书稿的过程中，当时与之交谈的那些朋友，仿佛又从世界各地来到了我的面前。尽管，当时的会见大都是应他们的所请安排的，但我仍然要表示感谢，因为没有他们的来访，便无此书。抱歉的是，他们的谈话只能根据录音整理，无法一一送他们审定了。我知道，他们中有些人，以后还会见面，有的，也许再无重逢的机会了。但我会记起他们当中的每一位，记起与他们就文化及彼此关心的问题所进行的坦诚交谈和沟通。那种时刻和那些话题常常是美好、愉悦的。如果说这本书有什么价值的话，对我来说，莫过于此。

2006 年春，北京

图书在版编目（CIP）数据

文化境界：与中外友人对谈录／孙家正著．－上海：
文汇出版社，2006.8
ISBN 7-80741-028-0

Ⅰ.文…　　Ⅱ.孙…　　Ⅲ.文化－研究　Ⅳ. GO

中国版本图书馆 CIP 数据核字（2006）第 080384 号

文化境界
——与中外友人对谈录

孙家正／著

特邀编辑／卜键

责任编辑／萧关鸿　竺振榕　　装帧设计／周夏萍

出版发行／**文汇**出版社（上海市威海路 755 号　邮编 200041）

经销／全国新华书店

印刷装订／上海长阳印刷厂

版次／2006 年 8 月第 1 版　印次／2006 年 8 月第 1 次印刷

开本／787×960　1/16　　字数／333 千

印张／19.75(彩色插页 16 面)　　印数／1—20000

ISBN7-80741-028-0/G·014　　定价：39.00 元